血仍未凝

尹玲文學論集

淡江大學中文系
編採與出版研究室 企劃

楊宗翰 編

血仍未凝

◎尹玲

年月若魘啊　愛原是血的代名詞

照明彈眩盲我們的雙睛

天燈那樣夜夜君臨空中

攝去我們急索空氣的呼吸

半秒鐘的遲疑

瓦礫之上

死亡躺在高速砲的射程內

一翻身就攫去你我的凝眸

一眼便成千古

——原刊於一九九〇年三月《創世紀詩雜誌》第七十八期
後收入一九九四年印行之尹玲詩集《當夜綻放如花》
（全詩共四節，此處摘錄自第三節）

編者序　解開尹玲的行囊

楊宗翰

　　作為「那一年我們一起K過的書」，桂冠版《文學社會學》是很多中文系學生的共同記憶，對學者何金蘭的大名當不陌生。我因為喜歡現代詩，九〇年代中、後期開始在《台灣詩學》等媒體上閱讀尹玲，雖感慨於詩中之大慟，也僅能以陌生讀者身分，保持著謹慎而遙遠的敬意。十多年品讀下來，自認已可辨識隱藏作者在文本中的身姿魅影；唯要說得上認識真實作者何金蘭教授／作家尹玲，終究還是最近幾年間的事。她在淡江大學中文系任教超過三十年，師生間流傳關於她的故事甚多，一夜白髮、一歷越南、一夢巴黎，一饗美食，一傾帥哥……，且一輩子都在淡江任教的她，晚近因腿部傷勢未癒，得加上一根拐杖助行。但我最好奇的，還是這位真實作者無論到哪都背著一袋行囊。這包看來又大又沉，我從未問過她裡面裝了什麼——只感覺詩人彷彿要把全世界都裝在裡面，方便她可以隨時出發，遠行天涯。

　　編選這部《血仍未凝：尹玲文學論集》，就是希望能夠以文學的角度與方法，嘗試解開尹玲那只神秘的行囊。本書從歷來關於學者何金蘭／作家尹玲的評述及訪談文字中，選錄了八篇學術論文、兩篇作家專訪、一篇詩集序言，以及何金蘭／尹玲三篇自剖：〈讀看得見的明天〉、〈六〇年代以及〉、〈那年那月那時〉。這些文章或訪談的執筆者，包括古佳峻、白靈、余欣娟、李癸雲、林積萍、夏婉雲、陳雀倩、陳謙、紫鵑、顧蕙倩（依姓

名筆劃序），並不限於其門生故舊，而是一份當代優秀文學評論家的名單。我對「造神」、「門派」素無好感，因為文學畢竟是一門個人的手藝，文學評論又何嘗不是如此？有誰能帶著一隊弟子走進文學史裡，還能走得足夠深、足夠遠呢？相信習慣長期一個人遊走四方的學者何金蘭／作家尹玲，應能贊同我這點小小的偏執。

作為本書編者，我曾不只一次或勸或誘，期盼作者能夠藉此書出版機緣自訂年表，以取代目前部分學位論文資料上的訛誤。唯詩人自謙恐力有未逮，加上製作時間確實緊迫，最終只被我逼出一篇新撰寫之散文〈那年那月那時〉，權充彼時走過足跡的重要印證。另一個遺憾源自我個人能力有限，一直找不到撰文評析學者何金蘭／作家尹玲翻譯事功的合適學者。此一人選最好同樣精通法文及越南文，對小說與詩歌皆深有研究，兼具語言學及文藝學專業……。尹玲在本書最末留下一句：「還未寫的，會再努力。」也請容吾輩友朋，援此語自我勉勵：「還未評的，會再努力。」

尹玲常說自己是無家之人，我想那恐怕不只是精神上的無家可歸，而是肉身確實因越南戰爭經歷了國破家亡、人事全非，並導致她日後長期受失眠與乾眼症所苦。我在越戰結束後一年出生，雖然島內各色政黨惡鬥，民主與反民主陣營紛擾不斷，但對外終究是台灣最長的和平年代。戰火紋身之痛，我們何其有幸不需親歷；但觀尹玲其人其詩，吾輩見證了一位創作者如何自死亡深淵中甦醒，從絕望的墓地裡復活。其間之心境轉折，正如她所述：

> 一個出生在越南「南方」的孩子，在「命運」「巧妙」的安排下，成長過程所經歷過的複雜問題：國籍錯亂、身份認同、文化多樣、戰爭摧殘、創作受到扼殺、書寫嚴重創

傷、陷入欲逃無路的困境，幾乎墜入死亡絕境，經過多少時間的煎熬折磨，才悟出見證浩劫書寫歷史的意義。文學的多重層次、文學的無限力量、文學於不同時代在人世間扮演的各種角色、戰爭時或太平時為人類帶來心靈精神上不同的所需慰藉，為整個宇宙、人類歷史、世間萬物作了最真實誠摯的見證神祇。

（摘自何金蘭〈讀看得見的明天〉）

　　本書書名借自尹玲戰爭詩名作〈血仍未凝〉，全詩共四節，第三節有句「年月若魘啊／愛原是血的代名詞」，愛情與死亡在詩人的靈視下，彷彿皆是如此一瞬，這般永恆。不知道尹玲那只神秘的行囊裡，還藏有多少愛與血交融的故事？唯盼血雖未凝，尚有愛不止息，讓文學與書寫的力量帶給後世更多啟發。

目次

下輯

上輯

尹玲的心靈歸鄉與文學社會學之路

林積萍

黎明技術學院通識中心副教授

摘要

　　何金蘭又名何尹玲，常使用尹玲為筆名。除了詩作斐聲文壇外，早年更有大量的散文創作，並兼及小說，是充滿浪漫風格全方位的創作者。此外，擁有兩個博士學位的她，亦有著嚴謹的翻譯與文學論著。本文分為兩部份，第一部份由何金蘭自小的學養過程出發，由其詩作、散文與訪談，探究這位面貌豐富多姿創作者的心靈世界。第二部份則針對她在文學社會學所做的研究進行整理，由一九八九年出版《文學社會學》、及二〇一一年出版《法國文學理論與實踐》兩本理論專著進行觀察。希望透過兩個面向，瞭解尹玲（何金蘭）的心靈世界以及對於文學社會學研究工作所展現的成果。

關鍵詞：何金蘭　尹玲　文學社會學　發生論結構主義　高德曼

一、尹玲精神的心靈歸鄉

> 沒有人解答妳的傻問題。妳只能在自己的思圈裏兜圈子。圈內,是妳的世界。妳只可以活在這個圈裏。妳沒法越出這個圈。
>
> 人生,是否也如一個圈?人被逼生存在圈內,一生一世也不能越出圈圈?[1]

這是尹玲[2]年少時就對生命發出的問號。

尹玲是個極早慧的作家,近年以詩藝斐聲文壇,常讓人誤以為她只寫詩。其實自十六歲開始,她便正式於越南華文報刊上發表作品,詩、散文、小說都寫,筆名有阿野、小鈴、徐卓非、芩苓、伊伊、葉秀埼、陳素素、霜州、可人、蘭若等等。除了有著多樣的文學創作外,還有台大國家文學博士與法國巴黎第七大學文學博士兩個博士學位。

何金蘭以尹玲為筆名,除戰爭詩創作廣為文壇所知,在學術上亦有著極為嚴謹的文學理論著述與譯作。除在淡江中文系法文系與亞洲所擔任專職外,亦曾在輔仁大學法文系、法文研究所、東吳大學社研所、政治大學外語中心等多所大學授課。研究專長廣及:文學理論研究、文學社會學、現代文學、文學批評、世界漢學、中法文學文化翻譯、越南文化與語言等。在文字的表現外,只要妳有機會親近她,更會驚異於她的許多本領,如百靈鳥的她,能流暢的運用多種語言;喜愛旅行的她,曾經單獨走在不

---

[1] 尹玲:〈生命的問號〉,西貢:《成功日報》,1965年6月27日。

[2] 何金蘭教授在發表文學創作時,慣以尹玲為筆名;而發表學術論著時,多以何金蘭為名發表。本文於行文時在其生平與文學創作時以尹玲稱之,陳述學術成果時,以何金蘭稱之,以符合其使用習慣。

雨的沙漠；對美食精到的她，可以為妳轉出一桌子的佳肴；和她唱歌，她能一字不漏的唱上數不盡的曲子；要是見到時尚的新式樣，肯定會在她六〇年代的照片中，看到她曾如何的走在流行的尖端。尹玲，是個完完全全的詩人，但是，她絕對不僅只是個詩人。

尹玲對童年的回憶是靜謐、安詳與充滿親情的，在她幼小的心靈中，就算區區一朵小花，都會牽動她無限的情思，她說：

> 我六歲時，一次隨家中佣人走六公里的路去給郊外鄉下的伯公送禮，第一次看到了這種令人迷惑癡戀的花朵。我俯身拾撿了許多飄在地上的落花，小心翼翼如寶貝似的捧抱回家，心裏愛得令自己都要感動流淚起來，童年就在色彩繽紛如夢一樣的日子中過去。[3]

這位懷抱著純真和詩意的少女，在夢般的童年後，卻歷經人世多重磨難，先是她的三妹不幸早殤，她為文悼念：

> 妳若還在？三妹，妳若還在，今年高中畢業，進文科升大一去。妳若還在，我給妳把長髮分兩邊梳開，用兩條漂亮的絲帶打兩個漂亮的蝴蝶結，左右的搖搖幌幌；讓二姐給妳添許多漂亮的迷你裙，在假日裏騎上漢達車給美拖描上繽紛。十九歲，青春還盈握。唸書時候唸書，工作時候工作，玩的時候也盡情玩。
>
> 妳不在，是的，妳早已不在。一切「假若」「假設」也全都是假的。妳不會十九歲，妳只有十三歲，永遠十三歲，在墓裏在我夢中都十三歲，妳永遠年輕。[4]

3　尹玲：〈能說的唯有回憶〉，台北：《中華日報》，1976年8月22日。
4　尹玲：〈假如妳能讀到──寫給三妹，假如妳能讀到〉，西貢：《亞洲日報》，1969年4月5日。

三妹在十三歲早逝，為尹玲的少女時期，蒙上陰霾。但是尹玲的性格是積極陽光的，雖然三妹早已不在，但在心中卻寧可記住三妹那「永遠年輕」的臉龐，詩人是不輕易服輸的。少女的尹玲，仍保有著十足的能量，她想竭盡所能的探索所處的世界，她對一切事物，是懷抱著高度的興味的，同時也能坦然面對人生：

> 我喜歡吃，舉凡西貢堤岸大大小小的餐廳、食館、檔呀、攤呀、担呀之類的，我都光顧了不少。口袋裏有錢和穿得漂亮時就找體面、昂貴的；沒錢時穿得隨隨便便的也可以吃一頓「平民」飯。銀包充滿時坐「的士」，空漏時擠「巴士」。一切平凡得很，也平常得很。包括這世界，這人生，以及內裏的一切一切。[5]

　　一切平凡得很，也平常得很的生活，卻硬生生的被戰爭給毀壞了，這位懷抱著純真和詩意的少女，日後卻歷經戰爭加諸的多重磨難，一九七五年四月三十日南越淪陷，整整十年，戰火紋身的她傷痛得不能言語，對親人的想念，甚至被迫扭曲：

> 我於三月下旬在台訂婚，原來的計畫是父親來主持，但那時南越局勢已經大亂，我連洗好的照片也不敢寄回去，最後的兩封信裏還求父親只當沒有我這女兒，有不如無。在共產黨統治之下，承認我只有使父親吃更多苦頭、更多折磨而已。[6]

尹玲那無助的盼望與焦心，讓她那原本飄呀飄的長長黑髮，竟完

5　尹玲：〈寂寞、寂寞、寂寞〉，西貢：《成功日報》，1967年11月21日。
6　尹玲：〈藥香〉，台北：《中央日報》，1975年12月10日。

全白了。一九九四年在暌違故鄉二十一年後，她首次踏上故土，彷彿前生，在〈野草恣意長著〉一詩中她低訴道：「回鄉是一條千迴萬轉的愁腸／中間又打著許多結／糾纏 難解 荒謬 費猜／那邊偏左 這邊偏右／讓你一步懸在半空／足足掛了二十一年」[7]二十一年的重回故鄉，父母早已不在，啃了十八年木薯的親友，個個又焦又黑，淚光真是再也難抑！

尹玲被迫失去她那小小的城堡，所以，讓人益發感受到她對親情的渴望與珍重。尹玲是不願服輸的，現在她對女兒唱著自母親傳承的歌，她堅心維護著一個讓人再也奪不去的城堡。在〈我對你唱的這些歌〉中，她連繫三代溫情的句子令人動容：「我對你唱的這些歌／小小兒歌或有時大人的歌／都是她對我唱過／我親吻你就像她親吻我／ 她體內的血心中的愛／急急又緩緩／將她的一切我的一切／全交給你 要你一天長一吋／平平安安 會笑 會叫／會說媽媽我愛你」[8]女兒出生後才十個月大，就開始領著她踏遍世界各地。尹玲企圖給寶貝女兒的是一個更廣袤的文化故鄉，女兒方滿九歲時，母女倆到了敘利亞，她說：

> 我仍然很高興能讓女兒接觸到另一種完全不同的文化，待在攝氏四十五到五十二度的敘利亞境內十天，她是那麼樣快樂地去品嘗敘利亞食物菜肴，細細觀看博物館內陳列的敘國文物……我不知道不同文化的接觸和欣賞，會給女兒帶來多少影響，但以她觀看時濃厚的好奇和細心，應該會給她開啟多種文化薰陶之後的多元視野和開闊胸襟；而歷經已數不清次數單獨與母親旅行的經驗歷練，希望能為她

---

[7] 尹玲，〈野草恣意長著〉，尹玲作品http://www.fengtipoeticclub.com/hkl/hkl-a040.html（2015.04.30上網）。

[8] 尹玲：〈我對妳唱的這些歌〉，在永恆的翻譯國度裡，尹玲書寫記錄http://mypaper.pchome.com.tw/hkl1945/post/1321320755。（2015.05.03上網）。

帶來特別且完整的回憶，以及與母親在多少言語文字不通的異地上，相依相靠、攜手同行、同聲歌唱、一起觀賞珍奇文物和美麗景色時，最難忘的溫馨。[9]

讀到這裏不禁令人為詩人慶幸，未來的路上，尹玲得以和女兒攜手同行，享受珍貴的親情。

尹玲於二〇一五年在台北，由釀出版了《那一傘的圓》散文選，清楚留下了她書寫六〇年代的證明。在南越淪陷後，失卻的除了親情，還有愛情，浪漫的少女情懷，用眾多筆名為迷霧，〈淅瀝‧淅瀝‧淅瀝〉、〈因為六月的雨〉、〈你說你十點半來〉、〈不為憑弔〉、〈故歌〉、〈回棹〉、〈荒落〉等散文作品中，道盡了愛情的甜蜜與苦痛。多年之後回憶起來，當年離開西貢的椎心之痛，仍是為了心愛的他。〈鄉愁〉一詩中說：「也曾想將／你我之間的所有／摺疊／齊整如刀切／殮記憶之棺／畢竟／時間是一座墓地／有什麼不可埋葬？／／可是　你依然飄晃／如亙古即存的幽香／盈盈若宇宙大氣／依然是／我最濃郁／終極的／一縷／鄉愁」[10]尹玲不能忘卻的是在昨日之河中，曾奮力游向的彼此，而今憑弔，不禁令人欷歔。在歷經時間的淬煉後，詩人對愛情也有了獨到的智慧，在〈酒〉中，她告訴世人：「酒／要呼吸如／愛如／你我的／呼吸／／它要／空氣」[11]。

尹玲《旋轉木馬》，則是一本有著美妙文字和精緻繪畫的童詩集。其中的作品，大部分捕捉自女兒瑋瑋兩歲半至七歲的語言。全書充滿著「純真」和「想像」，詩中多以大自然中的星星月亮、小橋流水、白雲彩虹、花草樹木等為題材，融合了親情、

9　尹玲：〈從花都至不雨世界〉，曼谷：《世界日報》2002年5月5-7日。
10　尹玲：〈鄉愁〉，在永恆的翻譯國度裡，尹玲書寫記錄http://mypaper.pchome.com.tw/hkl1945/post/1321320760（2015.05.03上網）。
11　尹玲，〈酒〉，尹玲作品http://www.fengtipoeticclub.com/hkl/hkl-a042.html（2015.05.03上網）。

友情、對世間萬物關懷、人性、想像、夢幻等做為支撐的基礎。領略過全書那完全建立在「純真的」基調上的作品後，那永恆動人的情致，不免令人心生重回童年的盼望。

　　尹玲對童年的回憶是靜謐、安詳與充滿親情的，那款款的溫馨可在〈在星空下入夢〉中領略的到：「那是一個小小城堡／爸爸用他的愛心／替我們開護城河／媽媽用她的慧心／給我們築防難牆／／爸爸最愛講故事了／我們齊齊躺著／星星在天空上眨眼／好像幫爸爸打拍子／媽媽也講故事／用她柔和的眼睛／訴說溫暖的親情／或用她好聽的聲音／唱出我們平安的童年／／我們都披著星光／聽著　想著　唱著／醒著　睡著　夢著　我們都在星空下入夢」。[12]遙想年幼的尹玲，租來一葉小舟，躺在舟心看星月，聽著故事，聽著河水輕柔地流動，看漁夫一網一網撒下，彷彿要將睡入河心的星月網起，是多麼純真詩意的畫面。這位懷抱著純真和詩意的少女，日後卻歷經戰爭加諸的多重磨難，原本飄呀飄的長長黑髮，竟完全白了。尹玲被迫失去她那小小的城堡，所以，讓人益發感受到她對親情的渴望與珍重。

　　尹玲用全副的精力在教養她的女兒，相本可見藏滿了敘利亞桃紅色的新鮮開心果、布拉格的老城廣場和布列塔尼的繡球花。從前喜愛單獨旅行，欣賞不同文化、民族、風情的尹玲，後來多了個「小人」作陪，我們彷彿聽到瑋瑋這小白靈仙子，在旅途中不住的告訴媽媽：「告訴妳個秘密哦，媽媽，妳瞧，百合花的嘴張得最圓，歌聲最動人呢！」

　　總體而言，我們觀察生於越南美拖的尹玲，雖因戰爭被迫離開了家園，但她在精神流寓之際，不但對故鄉是魂牽夢繫的，也在她早年的學養中，就在精神的原鄉建構出屬於她那時代的專有面貌。在小學時期，尹玲就熟讀中國三十年代的現代小說，書包

12　尹玲，〈在星空下入夢〉，尹玲作品http://www.fengtipoeticclub.com/hkl/hkl-a023.html（2015.05.03上網）。

裡帶著徐志摩的詩、巴金等人的小說，那個時代的作品，是較為激昂與熱情的，即使在她痛心無奈中，仍會顯露。就以她悼念巴黎恐攻〈當愛就是我們所有〉結尾可見：

> 讓恐懼流向他處
> 請只記住我們的愛
> 當愛是我們所有
> 愛即是我們的世界[13]

習染自中國現代文學中充滿革命熱情，同時也是在中國現代文學歷程中，少有的浪漫精神傾向與淑世情懷，成為尹玲終身的精神底蘊，終在因戰爭的恐懼而自我禁錮創作十年後，能重回創作之路。[14]其間展現的淑世的情懷與三十年代作品應有著相同的精神結構。小學一畢業，父親讓她到西貢阮寨街四號的「中法學堂」讀法國中學課程，全部以法語授課，[15]並在高中的課程中，因著修習邏輯學、心理學，及哲學課程等，而接觸到當時流行的存在主義。自小功課名列前茅的尹玲，在其間為現代主義的文藝流風所洗禮，加以越戰的紋身之痛，現代人對存在的虛無感、耽溺於無根與精神漂泊的氣味，具體而微的展現在

---

[13] 台灣詩學季刊雜誌社編：《吹鼓吹詩論壇二十四號：私神・宗教詩專輯》（台北：秀威，2016）（2016年3月），頁124-125。

[14] 尹玲早在1969年就結識瘂弦，1986年應瘂弦之邀，受到文友的鼓勵，重拾創作之筆。她說：1986年底，在往「南園」的活動中，重建多少昔日的詩友、文友，一個聲音一直在心底叫：為何放棄？見證浩劫，見證歷史，見證痛苦，見證災難，十年整拒絕創作書寫，重新開始學習練習是多麼困難的事，尤其所有的鏡頭再一次開啟重現，心在揪、頭在痛、淚在流、雙眼迷濛看不見任何東西。再次拒絕。再次開啟。一次又一次。每次寫完身心俱痛，一行一行、一首一首，自己的痛，親人的痛，朋友的痛，民族的痛，人類的痛，戰爭永不停止，血仍未凝。尹玲：〈南方之「內」與之「外」──試探戰火紋身後創作心靈之死亡與復活〉，成功大學中文系主編：《「全球化下的南方書寫──文化場域與書寫實踐」國際學術研討會會議論文集》（台南：成大，2013.10），頁157。

[15] 尹玲：《那一傘的圓──尹玲散文選》（台北：釀，2015），頁12。

尹玲之後生活的每一個面向。那是一種世代獨特的世界觀。而影響她精神面貌最深的除了中國三〇年代現代文學與存在主義哲學外，她十二歲所心儀的法國文學家時接觸的沙多伯利楊（Chateaubriand,1768-1848），其充滿浪漫主義的行徑，更是尹玲半生行止十分接近之對象：

> 筆者十二歲時就讀於西貢中法中學的法國中學課程，當時的法國文學老師Mr.Carré教了許多詩歌、文選和小說節錄。一幅紀厚迭（Girodet）所畫的沙多伯利楊（Chateaubriand）畫像從此深印筆者腦中心底：右手掌置於胸前、眼神向右望向遠方，他是否還在他的異國旅遊境域中？有點夢幻、有點浪漫，有點「他鄉」。二十世紀八〇年代初第一次踏上他的故鄉Saint-Malo時，筆者特地到地的故居前，佇立良久，心中翻騰著多少年前還是小少女時代的「迷戀」情懷，追念與想像在Saint-Malo城牆上與龔堡（Combourg）古堡中度過童年的他是何等憂鬱的他。[16]

這幅沙多伯利楊的畫相，留在尹玲的心中，永遠成為精神的原鄉，在一九八九年出版的《文學社會學》第一章第四節中，還特別專論了沙多伯利楊在法國文學史和文學批評史上的重要性。

她那生命的圈圍的界線，早已泯於無形，也就像〈五十四歲　你舞入永恆〉對她最鍾愛的舞蹈家紐瑞耶夫（Rudolf Nureyev,1938-1993）的理解一般：

就讓日夜思念蠶食

---

[16] 何金蘭：《法國文學理論與實踐》（台北：秀威，2011），頁25。下引皆同此註。

無悔肯定終始

畢竟　藝術才是你唯一的家國[17]

尹玲這朵不羈的雲註定終身飄流，但她已將心靈永遠安居在文字
的國度。

二、文學社會學的研究之路

　　一九七九年至一九八五年，何金蘭獲得法國政府獎學金，
到巴黎一待六年，因選修符號學家柯麗絲德娃（Julia Kristeva,
1941-）和社會學家杭特（Placide Rambaud, 1922-1990）的課
程，使研究興趣開始轉向西方文學理論。[18]而於一九八九年撰成
《文學社會學》一書，亦為其升等教授的專著。書中主要介紹五
種重要的文學社會理論：（一）文學社會學的起源——斯達勒夫
人的《文學論》與《德意志論》、（二）唯科學主義決定論的文
學批評——鄧納的「民族、環境、時代」三元論、（三）文學史
與社會學——郎松的「文學史方法論」、（四）實證社會學方法
中之文學事實——艾斯噶比的「波爾多學派」、（五）文學的辯證
社會學——高德曼的「發生論結構主義」。其中前三章為文學社會
學的起源，後二章則是文學社會學進一步成為新興學科的發展。

　　一九九五年申請到國科會的補助後，再度赴巴黎六個月，
對文學社會學與發生論分析方法的理論更為精進，除了在第七
大學重溫柯麗絲德娃探討羅蘭・巴特（Roland Barthes, 1915-
1980）外，在第八大學的「Critique Génétique」（發生論文學
批評）課程，藉由女性學者德珮・惹聶笛（Raymonde Debray-

---

[17] 尹玲：〈五十四歲，你舞入永恆〉，在永恆的翻譯國度裡，尹玲書寫記錄http://
mypaper.pchome.com.tw/hkl1945/post/1321320730。（2015.05.03上網）。

[18] 何金蘭：《文學社會學・自序》（台北：桂冠，1989），頁1。下引此書皆同此註。

Genette）的帶領，分析了如福樓拜（Gustave Flaubert, 1821-1880）等作家的親筆手稿，從筆跡的差異，追尋作家作品的原始秘密，透過作家筆跡手稿洩露出來的些許痕跡，得以透視作家在創作過程中，心靈、精神上與思維上的奧秘變化。另外，藉由柯希雍（Almuth Grésillon）於一九九四年由巴黎PUF出版的《發生論分析方法元素──解析現代手稿》（Eléments de critique génétique. Lire les manuscrits modernes）及二〇〇八年在CNR出版的《應用與實踐‧發生學進路》（La Mise en oeuvre. Itinéraires génétiques），持續深入發生論文學批評的領域。

何金蘭於二〇一一年又撰成《法國文學理論與實踐》專書，對文學社會學有更深的耕耘，並收錄多篇實際批評的論文。書中第一部份為理論的闡述，分為三章，第一章敘述對發生論的認識、第二章探討「發生論文學批評」與「文本發生學」理論與方法之奠立與發展，主要是高德曼（Lucien Goldmann）批評方法的介紹、第三章則是探討羅蘭‧巴特的文學理論。以下針對何金蘭探討文學社會學研究中，艾斯噶比、高德曼等兩位較具學科代表性的主要思想，並略述其對羅蘭‧巴特的研究成果。

（一）艾斯噶比（Robert Escarpit, 1918-2000）

羅貝爾‧艾斯噶比，於二次大戰後在法國波爾多大學從事教學和研究，六〇年代初，波爾多大學成立「文學事實的社會學研究中心」，艾斯噶比為主其事者。其研究特色，即是以實證社會學用在其他學科中的方法，如社會調查，統計技術等來研究文學現象，在文學社會學這門新興且具有高度綜合性的學科中，艾斯噶比的研究不但極具特色，並且還有相當大的影響力。

集中反映艾斯噶比文學社會學觀點的著作，有《文學社會學》（1958）；為《國際社會科學百科全書》撰寫的「文藝社會學」條目（1968）；以及一九七〇年出版由他編纂於《文學

性與社會性》一書中，由他所撰寫的論文，包括〈文學性與社會性〉；〈文學的成功和壽命〉；〈文學和發展〉，〈文學這一術語的定義〉；〈書是什麼〉等。

艾斯噶比所運用的實證社會學方法，可溯源至涂爾幹等社會學方法的基本精神，社會事物被視為「事物」，社會學方法獨立且客觀；在解釋社會事物的同時，須完全保留它的社會性。在他眼中，文學亦如社會事實一樣，具有「事物」的特性，雖然文學活動不僅只是事實，但其所具備事實的這個特性，卻保證其成為文學社會學研究的對象。

另外在艾斯噶比的理論中，亦可見到由結構主義接引而來的一些觀念，譬如白羅蘭‧巴特來的作者已死的宣稱，從索緒爾的聯想軸，雅克慎的六要素理論的影子。除了採實證社會學方法外，艾斯噶比最大特色是著重文學傳播行為的考察，他將傳播形式分為二方面，一為「過程」，包括作者，中介物和讀者；其次為「機構」包括生產、市場和消費。另外在對文學本質下定義時，他更將社會性的維度引入他的「創造性背叛」的觀念中。

其最大不同處，在於對文學性做了全新的考量，而能與慣常以價值判斷，或藝術經典本體論之類的眼光為文學下定義的文學理論做一區隔，也唯有如此文學社會學方能展現出與其他文學研究相左的研究範疇。艾斯噶比的特色，就在於以「實證社會學方法」來研究「文學事實」。

強調社會面的研究方法始自涂爾幹的「社會學方法」他認為社會學方法獨立於任何哲學與各種實踐學說之外，社會事實應被視為「事物」，故社會學方法須完全客觀；同時在解釋社會事實時，須完全保留它的社會性。[19]涂爾幹基於上述前提，認為文學亦如社會事實一樣，是「事物」而已。雖然他的眼光和社會學方

---
[19] 同註18，頁52。

法會忽視甚至反對天才論或個人創造的個體論（按：無疑的亦反對了文學中最被認可的獨特創造性。），但是並不表示用實證社會學方法開不出研究文學的新天地。艾斯噶比所代表的波爾多學派，正證明了利用實證社會學方法的結果，依然奏效的。除了在研究方法上，艾斯噶比引用了實證方法，如以社會調查、統計技術等來研究文學現象外，在理論基礎上，更是接引了自結構主義以來的觀點，艾斯噶比視文學為一種社會活動，並且提出作者－作品－讀者三環式的互動原理。就可嗅出自結構主義者賦予讀者新身分的影子。結構主義讓讀者作為一個中心角色出現在文學批評中，讀者在產生意義的過程中亦是一員參與者，甚至是本文的生產者。

文學與社會之間的關係，一直是為人所關心的課題，但真正有系統的去討論研究而成立為一專門研究學科，還是近來數十年間發展起來的，艾斯噶比在五〇年代末出版了《文學社會學》一書後，這類文學課題研究，才正式被稱為「文學社會學」，他的實證社會學方法標誌另一個新里程碑，研究的對象，關注的課題與以往的研究有很大的不同。

（二）高德曼（Lucien Goldmann, 1913-1970）

呂西安・高德曼，生於羅馬尼亞，在布加勒斯特大學獲法學學士學位，日後到日內瓦追隨尚，皮亞傑（Jean Piaget, 1896-1980）進行研究。其受皮亞傑與盧卡契的學說影響極深，並據二者發展出他的「發生論結構主義」的文學批評方法。在文學社會學眾多流派中，以馬克思主義理論為基礎，再衍生出個人獨創學說。高德曼的關鍵理論，有世界觀、意涵結構、精神結構、結構的對應關係、可能意識的極限以及同構等重要觀念，幫助我們研究文學作品如何可從理解到解釋的系列過程。

高德曼研究文學現象時非常強調文學的社會特性，他認為，

文學作品，是一個「世界觀的表達」，而此一世界觀並不是屬於作家本身的個人事實，而是社會事實，因為個人的思想感受，會因環境、生理等等諸多變動因素的限制，故很少人能永遠保持完全的一致性。「世界觀」指的便是一群生活在同一經濟和社會條件中，同一社會階級的思想體系。作家透過語言文學，將其所理解感受到的世界觀，在其概念和感覺層面表達出來，其表達的可能只是部分，也可能是一致甚至相反的狀況。作品所獲得的客觀意義，是獨立於作者意圖之外的，但也並非是形上抽象的，而是對現實整體和眾多個人思想的結構緊密一致的觀點之表達。而此世界觀亦非一靜態的圖式，而是在不斷辯證下以延續它的平衡的，人類的行為皆朝向賦予事件一具體有意義的解釋，當舊有的結構瓦解後，社會團體會制定出新的全體性以創造新的平衡。

在高德曼的假設下，人類的行為既然傾向於取得具意義的答案，於是文學創作者們，便會在實現的過程當中，盡量朝同一個目的走去，尤其屬同一社會團體的成員，皆會試圖走向一共同目的，人們會試著將思想、感情和行為的「具意義又緊密一致的結構」尋找出來。此一結構高德曼稱為「意涵結構」（structure significative）（亦有人譯作有意義的結構），一部偉大的作品，他必能融入行為的全體性中，並將其呈現出來，若如高德曼的假設，意涵結構是創作實質的價值基礎所在，那麼一個社會群體，就會試圖來創造相同的意涵結構，表達出同樣的世界觀。[20]

一部文學作品，是如何與上述概念結合起來的，這涉及到高德曼探討一系列使作品與上述觀念結合一致的概念。

先從對作品的「理解」與「解釋」談起，高德曼以為研究者需先保持一種非常理性的態度，進行作品的閱讀，以盡可能不超越作品的範圍不預設輕重的心態下，將所有細節悉皆納入考慮，

---

[20] 同註16，頁84。原文引自高德曼：《辯證法研究》，（巴黎：Gallimard，1959），頁50。

（在此可與結構主義之分析法相呼應），之後可能會在分析之中，組合成許多組意涵結構。第二步進行解釋，在解釋時，必須研究作品世界觀的因素，構成作品中所創造世界的結構緊密性之規則，以及作品豐富性的要素之發生起源等等。「理解」是因認識結構的內在規則而產生的，在採取辯證的觀點後，將此結構置入歷史—社會性之時，「解釋」便會發生，而此一置入，則表示由一個較小的意涵結構插入到另一個較大的意涵結構中，而小的本身便是大的本身許多構成要素之一。

要解釋作品，必須將作品的意涵結構與集體意識的精神結構之間的關係建立起來，這些精神結構是由一個社會團體或社會階級的集體意識所構成的，高德曼說明，在解釋作品的過程，永遠都要參照一個「包含而且超越」了被研究的結構之結構。

被研究的結構，可以有效的插入許多包含結構中，也唯有插入作品方變得可以解釋，但如何選擇最具解釋效力的包含結構？高德曼以為「以作者生平為包含結構」以及「以製成世界觀的社會團體為包含結構」兩種插入研究，最有可能達到研究作品的實際意義。高德曼特別於此提醒研究客體界定的重要性，只有選取了正確的客體時，才能將工作完成，而此界定，則有賴研究者先確立一個意念，即所有的人文現實既皆由意涵結構而來，那麼必定會呈現某種「意義」能立此準則再進行工作，方能得致結果。

再者，更進一步探討使解釋發生，高德曼以為必須以真正的辯證法，來認清中介物，此中介物便是能將經濟和社會結構以及文學結構之間聯繫起來的集體意識，此一集體意識亦是相當多重複雜，並且具有概念和意識型態的性質的，在其中，結構主義社會學，並不只是如內容社會學在作品中看到集體意識的反映，而會看到集體意識最重要的構成要素之一。

高德曼向來一直批判否定「反映論」，因發生結構主義的基本假設是文學創作的集體特性，是來自於作品世界的結構與社

會團體的精神結構是對應的概念，或這些結構有一種可理解的關係。高德曼所建立的方法論，即是不但要了解文學作品的意涵結構，還要了解文學作品在社會的形成中，是如何插入社會的包含和外在的結構裏。他試圖建立一個「功能聯繫」（liaison functionnelle），以使作品結構與社會團體的集體意識結構的「結構對應關係」（homologie structurale）能顯現出來。[21]而此一關係，絕非如反映論般，建立在作品的「內容」與社會團體的思想「內容」之間的，而忽略了「形式」的作用，總之高德曼一直都極力反對把文學作品的「內容」與「形式」分開，作品不是集體意識的反映，作品本身也建構了集體意識，文學作品中的虛構或想像等除了美學考量，更多的是理性的思維，作品的形式絕對是對意涵結構充滿辯證的關係，更具體又敏感的表達。[22]他強調形式與內容只是一體的兩面，形式是意涵結構內容的一種既具體又敏感的表達，向來究竟為藝術而藝術和為人生而藝術的爭論不休，自此高德曼認為二者只是該同時考慮的雙面向。

何者才是集體意識最重要的構成要素呢？他提出「可能意識之極限」的觀念（Le maximum de conscicnce possible），他在《人文科學與哲學》中提出：「其代表性的偉大作家是指那些能表達社會階級的『可能意識極限』的『世界觀』者。」[23]所謂「可能意識」指的是，人在傳達某些想法時，可能只是個人的部分的，甚至缺乏表達能力的，而社會團體所擁有的「真實」意識也可能會排拒其他新的理論。所以要獲致訊息的傳達，在真實意識上可能有許多誤差，而只有當團體自行隱沒或轉化使其主要的社會特徵消失時，才能以適當的方式認識現實，但此認知亦只能達到某個界限，與它本身的存在能能相容並存的終極界限，此便

---

[21] 同註18，頁109。

[22] 同註16，頁94-95。

[23] 同註18，頁111-113。

是其所宣稱的「可能意識的極限」。此一中介物，即能使作品結構與集體結構的關係被表明出來。作品的世界是一想像世界，而當此一想像世界與可能意識的極限被發現時，作品方能被解釋，高德曼以「同構」的概念，來說明這一連串的活動。高德曼曾認為真正重要的作品，因為非常接近於這些團體的可能意識的極限。

高德曼認為如果感情、思想和人的行為都是一種表達的話，那麼必須在表達的整體內，如文學作品，區辨出形式所要表達的特殊和有特權的團體來，這些形式，在行為、概念和想像的層面上，構成一種結構緊密和合適的表達，它便表現了一個世界觀。在一個作品中，會有一個概念體系的內部結構緊密性，因此作品越是偉大，就越具個人特性，高德曼認為唯有特別豐富和強烈的個人特性，才可以思考或使一個世界觀存活，故愈是一個天才作家的作品，它就越容易因自己本身而被了解，人在思想和行動的創作過程中，是最後主體，辯證的觀點也是最佳的觀點。

高德曼的發生論文學社會學，對文化產物的詮釋理論，有其相當的哲學深度，高德曼相信，人類的行為，是朝向有意義的方向去進行的，而所有偉大人文心靈的追求者，皆不放棄去尋求人類心靈上的共同結構的努力。做為一馬克思主義者，高德曼自信是一人道主義者，相信人的主體性，是創造思想與意義的源頭活水，高德曼包容的廣度極大，即使為許多馬克斯主義批評家所不喜歡，資本主義後期的人文作品，他都能恰切的給予詮釋的地位。高德曼的理論為從文本通向社會歷史整體性開闢了一條通衢大道，其理論能夠整合外部批評與內部批評兩大互相排斥的研究取向，從內在文本形式到它生產與接受過程，以及在整個社會與歷史環境下加以探索，能達到「整體性意義建構」的最終目的。

（三）羅蘭‧巴特（Roland Barthes, 1915-1980）

何金蘭在兩次赴法期間，都至第七大學去聆聽柯麗絲德娃所

開設的羅蘭・巴特的課。而上述文學社會學代表波爾多學派艾斯噶比，十分推崇羅蘭・巴特，認為羅蘭・巴特的文學研究面向雖然十分龐大，但都不出社會性的研究範圍。

巴特在《書寫的零度》和《批評文集》中，能見到巴特的文學社會學論述，[24]何金蘭針對此兩部作品，在《法國文學理論與實踐》的第三章中，對羅蘭・巴特文學社會論述分六點紹述：（一）文學語言歷史情境、（二）書寫本身及其歷史維面、（三）書寫的零度之一：白色書寫、（四）零度之二：文學語言的社會化、（五）社會化語言書寫範例分析、（六）文學、書寫、文本・閱讀性和寫作性。此外對可寫性的文本、自傳觀、文學觀、文學批評觀都清楚的分析。藉由她的闡述，可以清楚瞭解到羅蘭・巴特對文學社會學的影響與內在關聯。何金蘭著眼於羅蘭・巴特與文學社會學的理論相融之處，綱舉目張的予以評析，雖然篇幅不及她紹述艾斯噶比與高德曼的份量，但可以見到她欲完善文學社會學科整體面貌的體系的努力，而她更實際靈活運用羅蘭・巴特的理論進行實際批評，後文詳述她分析林冷作品即為成功的範例。

比利時布魯塞爾大學學者Paul Aron和Alain Viala在二〇〇六年由巴黎PUF出版了《Sociologie de la littérature》（文學社會學）一書，與何金蘭一九八九年的《文學社會學》所紹述的內容近似，可見何金蘭赴法所吸取的西方文學理論，更早一步將其帶進臺灣學界，對中西文化的交流、實有研究視野的開拓之貢獻。

三、文學社會學研究方法的實踐

何金蘭一九八九年撰寫《文學社會學》時，因已於中文系

---

[24] 同註16，頁167。

擔任教職，基於教學相長的目的，於是在五種文學理論紹述之後，第三篇特別以高德曼理論對東坡詞進行剖析，示範了文學社會學理論在中國文學上應用之可能，文中對東坡詞的意涵結構及世界觀，有著精到的分析。而在《法國文學理論與實踐》中的第四章，收錄了十三篇運用「發生論結構主義」研究方法分析現代詩的論文。這一系列的論文，足茲證明文學社會學方法的研究效力，而最早的一篇〈洛夫「清明」詩析論——高德曼結構主義詩歌分析方法之應用〉發表於文化大學舉辦的「中國現代文學教學研討會」（一九九三年六月一日）。何金蘭希望透過運用高德曼的方法，嘗試為詮釋現代詩找到新的分析方法，以深化現代文學的教學，此舉可見其淑世熱情。而其中所付諸的心力，往往比計畫中多許多，她表示：

> 必須在此說明的是，儘管我閱讀高德曼的原文著作、闡析他的理論與方法已經有非常長的一段時間（從在巴黎求學1979-1985 期間至今），但每一次要進行一首詩的分析時，我所要花的時間與精神、腦力，永遠比我能夠想像的多很多；這十三篇文字裡，以蓉子〈我的粧鏡是一隻弓背的貓〉用了超過兩年的時間，最久，林泠的〈不繫之舟〉超過半年，其他的總會需要兩個月到五、六個月之久，完成分析之後再重新閱讀、檢討，有時候會覺得好像分析的還不夠細緻、徹底，總是後來進行的研究，似乎比前面做的要好一些，圓滿一些。[25]

而研究的靈活性，在針對不同的詩作，何金蘭會尋繹著不同的適切理論，對作品進行深度的剖析，就如〈繫與不繫之間——析林

---

[25] 同註16，頁12。

冷「不繫之舟」〉單是詩作標題四字，就用了高德曼與羅蘭・巴特的兩種理論進行解析：

> 　　此詩最明顯、最突出的，是貫穿全詩的二元對立之意涵結構：「有／無」、「實／虛」、「確定／否定（或不定）」、「繫／不繫」。
>
> 　　首先，以標題「不繫之舟」來說，「舟」固然有「不繫」而航行水上之時，但「舟」也有「繫」於港灣、泊於碼頭之日；因此，「不繫」的「確定」語氣與「舟」本身可「繫」可「不繫」的本質之間產生了一種懸疑：「舟」為何「不繫」？「不繫」之「舟」是什麼樣的「舟」？若以羅蘭・巴特（Roland Barthes，1915-1980）的語碼解讀法來讀〈不繫之舟〉，這四個字的題目蘊涵了豐富無比的意義；它既是文化語碼（見本文第一段，「不繫之舟」一詞有深厚的文化背景，即莊子、賈誼、蘇軾等人的文句或詩句），也是產生懸疑的疑問語碼，更是指涉明顯的內涵語碼，象徵意義濃厚的象徵語碼以及行動不歇的行動語碼。事實上，「不繫之舟」在此詩中並不單指「不繫」之「舟」，而是在「不繫」與「繫」之間不斷掙扎，甚至有時產生困惑、疑慮，表面上「不繫」，其實仍「有繫」的小舟。這個「繫／不繫」的對立結構出現在許多元素之中，貫徹全詩，除了詩中文字和音節本身的優美之外，這種對立還為此詩帶來虛實難辨、意義多重的豐富性，而錯綜的歧義更為讀者提供了在閱讀的同時也參與書寫的愉悅和快感。[26]

---

26 同註16，頁276。

由這段引文，可以見到何金蘭運用了高德曼的方法為主要分析架構，並以羅蘭‧巴特於其著作《S/Z》中所提出的語碼解讀法的「閱讀」方法，以及「可寫性／可讀性」等重要的概念，將林冷〈不繫之舟〉這首膾炙人口的詩作的意涵結構詮釋得淋漓盡緻。

而何金蘭最新的研究成果，為二○一三年三月在臺大發表的〈草稿‧手稿‧定稿──試探周夢蝶書寫文本〉[27]一文，此文為她利用「發生論文學批評」和「文本發生學」作為理論和方法，來對她難得蒐集到的周夢蝶「手稿影本」進行探討。文中以周夢蝶的「草稿」、「手稿」與「定稿」作為切入角度，從其親筆書寫的字跡狀況，探究其「人」與「手跡」之間的各種可能意涵。她於此文中示範了「發生論文學批評」理論及方法與其他理論方法最明顯的不同，應該是將研究對象轉向文學作品或文學文本的草稿、親筆手稿、連續出版的不同版本狀況，尤其是文本或作品的最初狀態、創作者自始至終的意念、企圖、書寫、修改、掙扎、猶豫、痛苦的全部過程，及其後之演變與發展，探尋挖掘文學的「原始秘密」，所有與作品有關之資料及文獻。這個新的嘗試，除了文中引用周夢蝶密藏的原始草稿首次透露外，也對電子時代來臨後的創作過程，提出新的反省角度。

四、結語

何金蘭的學者身份，在她的詩作中，也成為創作的題材之一，如〈另外一種結構──致羅蘭‧巴特〉、〈提問羅蘭‧巴特〉等，除學術研究外，亦以詩作極特殊的致意。另外，法文精到的她，對翻譯作品更是投注了相當的心血，除了許多法國詩人

---

[27] 此文發表於「觀照與低迴：周夢蝶手稿、創作、宗教與藝術國際學術研討會暨手稿展」，由臺大臺文所、高師大國文系、中央英文系主辦，臺大文學院、臺大圖書館協辦。2013.03.23-24假臺大文學院演講廳舉行。

的詩作譯成中文曾刊登於藍星詩刊之外，一九七七年她翻譯過法國文學家雷蒙・葛諾（Raymond Queneau, 1903-1976）的作品《文明謀殺了她》，這部作品她在一九九五年加上精闢的導讀，並以中法對照方式重新出版，書名改回《薩伊在地鐵上》。二〇〇〇年則翻譯了俄裔作家安德烈・馬金尼（Andreï Makine, 1957-）的《法蘭西遺囑》，她說：

> 總覺得他（俄裔作家馬金尼）的法文比較特別，使用的詞彙也令人印象深刻。我一直警剔自己，譯成中文的《法蘭西遺囑》也必須盡量保持優美的語言，尤其是文字的音樂性。……我在這一部分的翻譯費了更多的時間和精神，除了注意意象、詞彙、詩意之外，對每一個字的發聲總希望能聽起來不刺耳、很舒服，同時也遵守原著法文詩歌的押韻之處。[28]

由上可見她對翻譯工作的認真態度。在〈在永恆的翻譯國度裡〉詩中說道：「的確／翻譯是你從小注定的／一生運命／自此國翻成彼國／自故鄉譯成那鄉／或是／從殖民變為外邦／從實有化為虛幻／或是／一出生即已永恆」[29]。

尹玲（何金蘭）這種浪漫詩人與嚴謹學者的雙重性格，是其來有自的，少時迷戀沙多伯利楊（Chateaubriand），其充滿浪漫主義的行徑，尹玲以半生的漂泊與之相契。法文充滿冷靜理性的語言特質，讓她在學術研究中得以條理清晰。二〇〇九年八月中旬，尹玲特地到日內瓦待了八天，專程到斯達勒夫人（Mme de Staël, 1766-1817）的故鄉故居參觀探訪。[30]她盡可能蒐集有

[28] 何金蘭：〈馬金尼台北行〉（台北：《自由時報》，2001.02.08）。
[29] 2015.05.03取自：http://www.fengtipoeticclub.com/hkl/hkl-a069.html。
[30] 同註16，頁9。

關她的所有資料，希望能對這位文學社會學起源的才女，能以更多的時間和精神進行詳盡介紹。此外在周夢蝶的原稿的尋繹與分析的成果外，她要再開發其他重要的研究對象。何金蘭對文學社會學的研究成果、批評實踐的方法及開發出的新研究領域，可以為我們探究更多作品文本形成之原因及其原始的秘密，以及其間與社會性的無盡連結。

徵引書目

一、專書

尹玲：《旋轉木馬》（台北：三民，2000）。
尹玲：《那一傘的圓──尹玲散文選》（台北：釀，2015）。
何金蘭：《文學社會學》（台北：桂冠，1989）。
何金蘭：《法國文學理論與實踐》（台北：秀威，2011）。

二、報紙、期刊

尹玲：〈生命的問號〉（西貢：《成功日報》，1965.06.27）。
尹玲：〈寂寞、寂寞、寂寞〉（西貢：《成功日報》，1967.11.21）。
尹玲：〈假如妳能讀到──寫給三妹，假如妳能讀到〉（西貢：《亞洲日報》，1969.04.05）。
尹玲：〈藥香〉（台北：《中央日報》，1975.12.10）。
尹玲：〈能說的唯有回憶〉（台北：《中華日報》，1976.08.22）。
尹玲：〈從花都至不雨世界〉（曼谷：《世界日報》2002.05.05-07）。
尹玲：〈當愛就是我們所有〉，台灣詩學季刊雜誌社編：《吹鼓吹詩論壇二十四號：私神‧宗教詩專輯》（台北：秀威，2016.03），頁124-125。
尹玲：〈馬金尼台北行〉（台北：《自由時報》，2001.02.08）。
何金蘭：〈南方之「內」與之「外」──試探戰火紋身後創作心靈之死亡與復活〉，成功大學中文系主編：《「全球化下的南方書寫──文化場域與書寫實踐」國際學術研討會會議論文集》（台南：成大，2013.10）。
何金蘭：〈草稿‧手稿‧定稿──試探周夢蝶書寫文本〉，「觀照與低迴：

周夢蝶手稿、創作、宗教與藝術國際學術研討會暨手稿展」（臺大臺文所、高師大國文系、中央英文系主辦，2013.03.23-24）。

三、網頁

尹玲：〈野草恣意長著〉http://www.fengtipoeticclub.com/hkl/hkl-a040.html（2015.04.30上網）。

尹玲：〈我對你唱的這些歌〉http://mypaper.pchome.com.tw/hkl1945/post/1321320755（2015.05.03上網）。

尹玲：〈鄉愁〉http://mypaper.pchome.com.tw/hkl1945/post/1321320760（2015.05.03上網）。

尹玲：〈酒〉http://www.fengtipoeticclub.com/hkl/hkl-a042.html（2015.05.03上網）。

尹玲：〈在星空下入夢〉http://www.fengtipoeticclub.com/hkl/hkl-a023.html（2015.05.03上網）。

尹玲：〈五十四歲　你舞入永恆〉http://mypaper.pchome.com.tw/hkl1945/post/1321320730（2015.05.03上網）。

尹玲：〈在永恆的翻譯國度裡〉http://www.fengtipoeticclub.com/hkl/hkl-a069.html（2015.05.03上網）。

尹玲《那一傘的圓》中的女性絮語
和虛無判詞

陳雀倩

宜蘭大學人文暨科學教育中心助理教授

一、前言

　　尹玲在台灣文壇被習以為常的當作「詩人」看待，然在2015年1月甫出版的《那一傘的圓》（尹玲，台北：釀出版，2015.01），則是將她過往在美拖居住、成長時[1]以散文、短篇小說來作為發聲文壇主要文類的作品集結，文中充滿著「少女式」[2]青春的苦澀、愛戀的癡迷、憂鬱的神往、虛無的哀愁等等過度早熟的情感。如果說，後期從南園[3]歸來的尹玲正式在台灣文壇蛻變成一位詩人的話，那麼，在美拖成長期間的尹玲，毋寧是一位散

---

[1] 美拖是尚未遷移來台唸書、定居之前，尹玲出生至青少女時居住的地方，該部作品可見大部分她於美拖成長的少女憂鬱、還有屬於文青式的愛戀書寫。該時期根據筆者對尹玲的訪談中所述，內容請參見拙作內文，〈存在／虛無下的戰火繆斯──專訪尹玲〉，《文訊》第353期，2015年3月。

[2] 所謂「少女式」的書寫，不見得指涉的是寫作的年齡僅侷限在少女時期，而是關乎敘事者的語調、敘事者的情懷、敘事者的靈魂所聚焦的種種思緒，以及作品整體所透露出的強烈敘事感──不是妙齡少女習以為常地賦新辭強說愁，而是即使跨越了少女的年紀，仍舊骨子裏充滿著少女的哀愁的情調。這乃是筆者想要為尹玲此時期寫作風格定義為「少女式」的緣由。

[3] 南園時期意謂她從戰火殤情的悲痛走出，在「變髮」（髮色一夕成白）與「變臉」（作品形式的歪變）之後的作品形式風格的走向。該分期亦根據筆者對尹玲的訪談中所述，請參見拙作內文，〈存在／虛無下的戰火繆斯──專訪尹玲〉，《文訊》第353期，2015年3月。

文家兼小說創作者。她作品形式的多變等於定義了她生命底蘊階段性的改變，兩者是一種抗衡或頡頏的對位。

尹玲去年新著《那一傘的圓》一書根據內容梗概分了幾卷：卷一「我們怎能無語」描繪家鄉的記憶和戰火煙硝；卷二「因為六月的雨」鋪展因戰亂而來的愁緒和離情；卷三「踏在夜的潮上」敘寫在戰火邊緣青年男女的感覺結構：無常的亂世、斷裂的永恆；卷四「故歌」則是百轉千迴的戀人絮語的複調；卷五「寄向虛無」乃是向生命的探問，追索關於生與存在的虛無，以及死亡之後的愛無盡。整本書的基調建立在哀愁的氛圍上，讀之令人低迴不已，讀者不得不也被感染了憂鬱的氛圍。也許尹玲以貌似愛的呢喃之主調來敷寫她處於美拖期間的「少女式」感懷，然而卻內在地以這種女性細節的敘事來對比於當時紊亂的時代情緒。如同她在〈因為那時的雨——書寫六〇年代南越〉一文中所陳述的：「在戰火焚燒的邊緣僥倖存活下來，絞盡腦汁尋找可以避免被逮捕入獄的種種文字縫隙，以謎語般的詞彙[4]記錄刻劃二十世紀六〇年代及七〇年代前半，在南越淪亡之前，那又緩又急、又緊張又焦慮、又恐懼又無奈的絲絲縷縷青春歲月。」[5]

基於《那一傘的圓》中的敘事語調與結構是以一種細膩的、女性化的、甚至是絮叨的形式，在觀察、見證和記載六〇、七〇年代南越曾經歷過的一段歷史——屬於政治的、戰爭的、悲痛的、歡樂的、社會的、文化的歷史，[6]是屬於尹玲收藏於身邊53年以來（尹玲，2015：27）的書寫。本文試圖分析該書中屬於尹玲的女性絮語和愛戀敘寫，以及對於生／死體悟甚深繼而透露出的現代意識——存在／虛無交織的，讓敘事者也無法定位的一種

---

[4] 比如用「雨」代替「烽火」，「瘋雨」或「瘋狂的雨」比喻無處可逃的「沐浴」。

[5] 尹玲：〈因為那時的雨——書寫六〇年代南越〉，《那一傘的圓——尹玲散文選》（台北：釀出版，2015年1月），頁28。

[6] 同註5，頁28。

心靈歸向。

二、愛的呢喃和女性絮語

在《那一傘的圓》中，幾乎在每一卷不同主題的選文中，戀人絮語是尹玲不變的主題。卷一「我們怎能無語」、卷二「因為六月的雨」、卷三「踏在夜的潮上」、卷四「故歌」、卷五「寄向虛無」都包含了關於愛戀的耽溺和敘寫。如卷一以〈我們怎能無語？〉一文做為卷題，主要是在凸顯家鄉記憶和戰火煙硝的愁緒和離情，如〈有一傘的圓〉、〈淅瀝‧淅瀝‧淅瀝〉、〈有一葉雲〉中的「圓」、「淅瀝」、「雲」等等用語和意象，如「淅瀝」象徵著敘事著對於淅瀝戰雨的描述；「圓」和「雲」都象徵著對一種庇護的祈求和盼望。在〈淅瀝‧淅瀝‧淅瀝〉一文中有很甜旋的戀人絮語，敘寫綿綿不已的淅瀝戰雨，情人的愛戀也是綿綿不已。

> 他伸手向她，她也嘗試伸著手向他。無奈隔絕的山海不是一重，他們甚至連一重的山海也不能飛越。煙硝之下，烽火之下，她早已不相信世界會有一個明天。我們的明天在砲彈的歡呼聲中，瑟縮藏得不見蹤影。愛情的語言不是空洞的夢囈就是愚蠢的焚身。她把一切信心託付虛無。而虛無的存在與否誰又能加以證實？[7]

少女對愛情仍寄予一點盼望，但那一點盼望仿佛像虛無一樣，永遠不得人心，於是在無止盡的盼望和失望中，她不如託付給虛無。她還是不免要進一步探問：「時間會不會把記憶的光采

---

[7] 尹玲，〈淅瀝‧淅瀝‧淅瀝〉，《那一傘的圓——尹玲散文選》（台北：釀出版，2015年），頁97-98。

磨得只剩一堆屍骨，或者連屍骨也腐化無蹤？在時間的滾滾流逝中，什麼是可以不被淘掉的？我們的愛情嗎？她知道他的答覆將是肯定的，但她不問他，他不是時間。她也不敢相信那個答覆，她不願相信，它荒謬如同相信人類沒有死亡。」[8]戰火帶來更極致的生命的無常，愛情在這樣的時空下，也只是淪為一個奢侈的、空洞的符號，然而她卻仰賴這樣的無望之望繼續苟延殘喘的過下去。〈淅瀝・淅瀝・淅瀝〉一文敘寫女孩對「閉鎖」、「空」、「死亡」、「無我」、「時間」等等關鍵詞的聯想，觀念和觀念之間，段落和段落之間，似是連貫的呢喃，卻又像是支離的碎語，這種絮語特質如同羅蘭・巴特《戀人絮語》書中所述：

> 巴特認為，對情話的感悟和真知灼見（vision）從根本上說是片段的，不連貫的。戀人往往是思緒萬千，語絲雜亂。種種意念常常是稍縱即逝。陡然的節外生枝，莫名其妙油然而生的妒意，失約的懊惱，等待的焦灼……都會在喃喃的語流中激起波瀾，打破原有的連漪，蕩漾出別的流向。[9]

再如論者汪耀進所述：「愛情不可能構成故事，它只能是一番感受，幾段思緒，諸般情境，寄託在一片癡愚之中，剪不斷，理還亂。」[10]在淅瀝雨聲中的女孩內心也是這般不可抑止的思緒流動。

又如卷二的〈因為六月的雨〉敘述送殯之後，少女旋被多愁善感的哀傷浸淫得無法自已。敘事者倒是使用連篇的女性絮語叨叨念念她的情人，如：「只要轉一轉眼珠，離別就在眉睫上。你

8　同註7，頁98。

9　汪耀進，〈羅蘭・巴特和他的《戀人絮語》〉，《戀人絮語》（台北：商周出版，2016年2月），頁6。

10　同註9，頁7。

不惆悵，還是把惆悵深藏？你無話，我也無話。想來不會盡在不言中。」（尹玲，《那一傘的圓》，2015：108）彼此的無語道盡了彼此的思念。又如：「我徹夜不眠，感冒加深，沒精打彩。不敢向鏡子問我蒼白了幾許。可能不蒼白，而像失意，像他們問你的，為何我心事重重。」（108）戀愛就像患了病的重症一樣，動彈不了。再如：「沒人回答。雨也不回答，轉瞬間雨都趕到別處去陪伴相送另一人了，讓陽光重撒起野來，熱風轉不出狹窄的車廂。我又孤單寂寞，咀嚼充溢心版的記憶，回憶翻騰。」（109）無論如何，戀愛中的愛侶，離了對方一瞬、未見對方一面，都像是大病初癒卻又患病，永遠也病不止息的思念。再者，以六月綿綿無盡的雨來描述情人離別後的思念：

> 雨不如我的思念密，很不起勁的疏疏落落。我回房內，油燈下讓你的容貌在眼前幌來幌去，也讓你的話聲在耳邊縈縈迴蕩。厚厚的空虛遽然而來，令我醒覺擁抱我的不是你的雙臂。我在這裏，閃人的小城，電流一整天停頓。而你在八十里外，如何的你呢？[11]

　　女性對戀人思念的絮語仿佛綿長細雨，下個不停，尹玲慣以這樣的無休無止的浪漫情緒來著墨在時代傷痕中受挫青年的愛與愁。誠如洪淑苓所疑所言：「是什麼樣的戀情如此纏綿、生死相許？」、「這不是尹玲個人的懺情書，而是走過烽火歲月，為整個時代的年輕人保留了最完整的記錄——他們的青春戀曲是一部未完成的血淚史詩！」[12]處在美拖期間的尹玲，將作品氛圍鋪織得傷感、浪漫、多情、憂鬱，這種愛感簡直要把人淹滅，若不

---

[11]　尹玲，〈因為六月的雨〉，《那一傘的圓——尹玲散文選》，頁110。
[12]　兩段引文分別見洪淑苓，〈時代記憶與青春戀曲——讀尹玲的作品集有感〉，收錄於尹玲著，《那一傘的圓——尹玲散文選》，頁124、125。

是出於她真忱的將個人的青春浪擲在愛情的漩渦裏，讓自己浮潛其中，要不就是刻意以這種肝腸寸斷的柔情來抵制無常的戰火、無常的離合、無常的生與死。如她在〈因為六月的雨〉又說及：「人好奇怪，明知要分離，還是不顧一切的相聚。我問你，好迷惘的問你，沒有聚，是不是也不用分離？正因為人們知道必須分離，才來相聚。」（尹玲，2015：111）、「就走了嗎？怎麼不走？遲也離，早也離，遲離不如早離。早也死，遲也死，遲死不如早死。」（111）對於愛的要求，盡乎苛刻。然她的苛刻原來是一種愛到極致的悖論（paradox）似的無法拒絕──不愛！正如戀人和她的對話：「看你，又講死了。／／死又有什麼不好？我只要我的生命像曇花，絢爛而短促。」[13]、「那今夜催斷人腸的淅瀝？雨是我的血，我的淚，為你而流。」[14]離和死、愛和死、雨和淚，交織成綿綿不已，激情的絮語，

　　尹玲散文文本中的女性絮語，還表現在對女性和女性之間的情誼書寫。如〈這些日子的編結〉中述及她和琴之間的絮語。如：「我不曾要妳送我。不相親的人相送是諷刺。相親的相送是心靈凌遲。不相親的不必相送。相親的不能相送。」[15]亦是一種悖論式論析的絮語，代表她對女性情感要求的純粹與裸裎。那到底要不要、能不能相送？敘事者以一種妒意的、佔有的、或根本可謂泛濫了的關心同同性的、異性的友人，「直至生死相許」般的既浪漫又純真的感情，自然呼透出一種偽裝也偽裝不了、矯飾也矯飾不了的「少女式」情感。如「我回鄉下了。好多的繫念繫綁妳，妳也許不知。春節裏每天數著分針的移動，等著妳突然間出現門檻邊。妳不來，教我的盼望化為蘆葦上的露珠，顆顆滾落深江。」（尹玲，2015：127）、「不曉得妳信不信，太相親相

---

[13]　尹玲，〈因為六月的雨〉，《那一傘的圓──尹玲散文選》，頁111。

[14]　同註13，頁111。

[15]　尹玲，〈這些日子的編結〉，《那一傘的圓──尹玲散文選》，頁126。

愛會遭天妒。我在擔心著，哪一天我須遠離妳。或者不必我走，一旦你發現我原只是一個膚淺、自私、脾氣爆燥，普通平凡的女孩子而不是妳欣賞中的才華洋溢時，那種幻滅會教你永遠避我不見。」（127）

　　無論是對男女戀情的付出，或者是女性情誼的付出，尹玲的叨叨絮語老是著墨著人性最低弱處：即是愛得懇切時，便擔心對方若知道了自己的弱點，自己也就無法承受被恥笑的地步，自尊得不敢再裸裎自己的愛究竟有多深，究竟有多麼容易受傷。

　　在卷三的〈踏在夜的潮上〉裏敘寫的女性情誼，亦是出於一種佔有欲旺盛、猜忌心強烈的少女情思。如：「我很憤怒。憤怒並不由於她的無視於我，而是一種被騙的感覺氾濫充塞身上每一個細胞。既然我隨時都有被拋棄的可能，又何苦費盡心機的跟我來一套親親熱熱的對白和鏡頭？那是讓觀眾看嗎？或是為博取我易感的情懷？」（尹玲，2015：186）其中的憤怒和猜疑無疑是將自己真心的深度更加裸裎而出，當她估算到人與人之間彼此的對待若不能旗鼓相當的話，對她而言不僅是一種受傷，她的跋扈也無啻於是一種感性的表徵。再如：「她回來，躺在我身邊空的帆布椅上。我還在生著悶氣，不願開口也不願理睬人。她有一搭沒一搭的儘找話聊。聊呀聊的，忽然的她又發起霹靂來了。」（186）訴盡女子之間因齟齬而生的閒隙，是多麼活靈活現的少女式情感表現！少女的情感澎湃而多面，當她沉靜時，也許她正在思考，蘊釀下一場更大的風暴；當她發洩時，那真的就是激情波瀾的展現了。如以下所述：

　　　　她憤憤的跑去收拾她的行李。我一個人躺著，更覺孤單委屈。人，為什麼要帶同那許多憂煩？海對面那青山，難道說也馱負了一山頂的惱人心事？眼前這深海，正以澎湃來發洩心底的苦痛？我把帆布椅退還，給了錢，踩著軟軟的

細沙行回「家」。[16]

　　一種莎岡的、「日安‧憂鬱」（*Bonjour tristesse*）式的語調不免呼透而出。尹玲自小在越南接受法語教育，對於中國現代文學有某種深度的接觸，對於受到外國現代文學的濡染或者影響也就更為自然。她的短句式可以表達出女性特有的斷裂的情緒，比如卷四「故歌」中的〈起誓〉：「第三天，妳來找我，妳向我道歉，妳解釋，妳用盡好話求我。哦，我本來就不是硬心腸的人，嘴頭硬，心頭軟，我答應妳不再恨，我答應妳我會更喜歡妳。」（尹玲，2015：271）瑣碎的、家常的、鄰家女孩式的對話充斥在敘事者和女性友人的對話之中。再如〈叛誓〉中：「我沒有哭。真的，我沒有哭；是我哭不出了，我再也沒有眼淚來哭悼我們的情。」（317）、及〈倦言〉之中的「探戈流動，探戈旋轉，探戈在這小房間飄揚。幾遍了？我沒有數。妳仍然還沒回來。噢！呵欠！呵欠！我很倦了，我得去睡。」（207）諸如此類的短句敘述，特屬於尹玲「少女式」的囈語和非理性的情愁不言自明。

三、現代意識和虛無判詞

　　尹玲曾自述她青春時期的閱讀受到存在主義和卡謬的影響[17]，以至於本書中，不管是對愛情的摹寫、戰火的刻畫、故鄉的流戀、生命的探問等等主題，都透露出很深的存在感及虛無意識對她文本內在精神的影響。在卷一「我們怎能無語」的〈淅

---

[16] 尹玲，〈踏在夜的潮上〉，《那一傘的圓——尹玲散文選》，頁186。

[17] 2016.08.16晚上在修改此篇論文之際，何老師仍從正在法國普羅旺斯旅行的地方打越洋電話來關心進度，甚為感激，甚為歉疚。在聊談中曾談到她受到卡謬的影響。

瀝‧淅瀝‧淅瀝〉一文中，藉由深夜時分於女舍的獨思、緬想，透露出她內在甚多的虛無和死亡意念，如文中所述：

> 空床，多麼值得悲哀的空！一個空的房子。一個空的城市。一個空的宇宙。一個空的生命。啊！她會受不了的，她一定會受不了那種一無所有的空。生命不是她所要。突然生命就以一生的責任套在她頭上肩上。到底怎樣的生命才是不空的生命？充實它以童年的無知、少年的愚蠢、成年的痛苦及老年的病死嗎？[18]

於靜謐的此起彼落的夜的鼾聲中，同儕的女伴早已呼呼睡去，而憂鬱少女尹玲仍舊在「空」蕩蕩的寢室裏揣想個人與宇宙之間的對位，以及如何才能填滿那空掉的時間裏對於生命空洞感的覺受，儼然包裹著濃厚的存在哲思於少女內心。

在卷五「寄向虛無」之中，對於三妹早逝的哀悼、還有對於自己的歉疚、對於死亡的無力等等，敘寫出一種現代主義式的存在感之困惑，尹玲顯然的，感染了是六○、七○年代的現代主義思潮的影響，在她對於三妹亡後的個人內在的紓發裏，還包括〈退還的記憶〉、〈訊〉等文章中，經常可見到她對於小妹的想念，在力不從心的哀悼中，嗅出一種虛無的荒蕪感。拙作〈存在/虛無下的戰火繆斯——專訪尹玲〉曾經述及尹玲在《那一傘的圓》中的書信體敘述方式及語言用辭反映了存在主義中虛無的思想背景，誠如下文：

> 《那一傘的圓》集結她狂熱寫作時期的故事，在寫作形式上有些奇特的展現，比如〈距離〉（1965）一文是採取書

---

[18] 尹玲，〈淅瀝‧淅瀝‧淅瀝〉，《那一傘的圓——尹玲散文選》，頁96。

信的方式，一段段寫給名叫「黎黎」（離的同音字，別
離、距離、疏離）的書信體進行的對話，表面上是和同
一個人、事實上是與好幾位不同的對象、以寫給不同人的
文章段落之敘述方式來說故事。「黎黎」，似乎也是「離
離」，述說人與人之間心的距離，會因為許多事情與不同
的想法，越來越深。那種黎黎（離離）也就好像是每天每
天都有不同的別離、戰火裡永遠都有人死亡，彷彿那天才
跟她說：「再見了，我要去當兵了！」的鄰家男孩，沒幾
天就那麼自然的死在戰場上。在她的記憶中，「永遠」都
有人死去，她覺得「永恆戰地戰地永恆」，從過去到現
在，腦海和心裡從沒有停止過戰爭。現代主義意識型態中
的疏離以及存在主義中虛無之思想背景，影響她巨大且深
遠，〈寄向虛無〉彷彿就是她的人生判詞。[19]

〈訊〉一文中說及的一段文字：「人的死不知是否一種解
脫。我常設想假定我死掉。可是我並不能想像出什麼來，我現在
無法知道死後如何，正如死後不知人世如何一樣。人的生與死相
距太大，也太小。我感到我目前的存在只是一種僥倖，更是一種
負擔與悲哀。」（尹玲，2015：168）為想及三妹的死，她為自
己鮮上墳點香而自疚，祈求妹妹不要怨她，她不得不將死亡設想
到自己身上，揣想它到來的那一天，她會是什麼感受？——但終
究無法想像、無法感受，正如她無法了解三妹所處世界的感覺，
料三妹應如是！於是當然也就有「人的生與死相距太大，也太
小」這樣的判詞——如果無法理解，生死雖只有一線之隔，怕也
是相距甚遠；如果可以試著理解死亡，甚至不懼怕它，它也彷彿
在生的世界左右，與活者不遠。

---

[19] 陳雀倩，〈存在／虛無下的戰火繆斯——專訪尹玲〉，《文訊》第353期，2015年
3月，頁36-44。。

〈寄向虛無〉一文更是尹玲代表性的對於虛無精神的體現，如其中她對於三妹的埋怨的敘述：「現在，妳什麼都不要了，妳不要我的愛，不要我的懺悔，和我的追念；妳也不要這個社會，妳不要世界。不要宇宙，更不要人類。我感到氣梗在喉裏，差不多要窒息。」（尹玲，2015：408）窒息來自於悲傷的極致，無法消解的痛苦，於是她進一步向死發聲探問：

> 三妹，人死了會到哪裏去？為什麼人死了就永遠不能再和活的人見面？我總不能想像得出死是什麼，人怎麼會死？而且妳還那麼年幼，妳還那麼可愛。要是我死了能和妳再見，那我願即刻死。但死了見不到，死了沒有什麼感覺時，我的死將會有什麼價值？[20]

　　如死後能見到三妹，她情願死；但是死後若沒有感覺，死將有何價值？「一個活的人，上帝不給他美好的靈魂和純潔的心，而美好的靈魂和純潔的心卻被上帝奪回。我問我：這是怎麼一回事？我答不出。我問上帝，但只有烟上升，小孩子們嬉戲、在爭吵；還有一個個墳墓，淒悲、沉默、無言。」（尹玲，2015：409）、「離開墳場，我無言，我問上帝在哪裏，是否在虛無？而，三妹，也被困在虛無裏？」（409）上文的兩則敘述，都在紓發敘事者對於死亡之後的現狀感到困惑，困惑之因乃在於為何死亡像是死者遺棄了活者？Lynne Ann DeSpelder和Albert Lee Strickland在〈跨文化和歷史的死亡觀點〉一文提到：「在群體生活中，死者，不論在世時或死後，都是群體的一部分，就像一個社會秩序裏看不見的成員一樣，死者常常是生者的盟友，扮演為生者服務的角色，像翻譯者、媒介者及超越身體感官所能接觸

20　尹玲，〈寄向虛無〉，《那一傘的圓——尹玲散文選》，頁408。

領域的大使。」[21]死者三妹雖是一個「看不見的成員」，然卻在敘事者內心擔任著一個寄託——一個虛無的寄託，雖然敘事者「答不出」這是怎麼的所以然來，但是每來上墳，她便有了對話的對象，她傳遞的話語也就有了去處，她內心愁思的情緒也就有了安置。「寄向虛無」像是尹玲內心中一種已死卻未死的殘餘的星火，總是曖曖滅滅忽亮忽熄的在她內心裏糾結、纏繞，和她的「荒落」的愛有著異曲同工之妙，在〈荒落〉一文中的幾段集錦引文中，說出了荒落的愛與死之間的隱喻和關聯。她說道：

> 很痛，我知道我還生存，我沒有死，我還活著，我還痛苦，也許我將快樂，但我仍還活著。[22]

> 我見過太多人死，那麼容易地，那麼突然地，在一轉瞬間就無言地離去，永遠也不再看我一眼，我曾向你追逃過我三妹死時的情形；也打從那一次起，我才明白死原只是這麼一回事，死了的人將永遠被遺忘。[23]

> 妳真正愛上一個人時，一定會感到不能缺少他。沒有他，妳活下去也沒意義。妳說，妳有沒有這感覺？[24]

> 夜，很淒清，我有荒落的感覺。我又想到了死。[25]

> 荒落的夜，荒落的星，荒落的風，陪伴我，一個荒落的失

[21] Lynne Ann DeSpelder、Albert Lee Strickland著，黃雅文、詹淑媚等譯，《死亡教育》（台北：五南，2006年），頁83。
[22] 尹玲，〈荒落〉，《那一傘的圓——尹玲散文選》，頁410。
[23] 同註22，2015，頁411。
[24] 同註23，2015，頁412。
[25] 同註24，2015，頁413。

眠人，懷著荒落的思想和荒落底情感。[26]

　　三妹的死告訴了她無常人世的真理，當她愛得苦痛、愛得心酸時，她唯一能夠聯想到的感覺或者說可以直接比擬的感覺，無寧「死」來得貼切了。她的存在感建立在愛的有無基礎上，當愛失落了或者萎謝了，她的感受就如荒落的荒原一樣，星、風、思想、夜與感覺完全的荒蕪了。無寧死。這就是她的愛與死之對位，任人也無法改寫的憂鬱的底蘊。她寧願自己還痛苦著，至少還能愛著；但若是已然荒落了，愛的對立面也就是虛無了。〈無盡的愛〉一文亦鋪陳她對三妹的無盡的思念、猶如走不完的路，如浮雲般的三妹所在處，空無一物的，「沒有，什麼都沒有，只有那善變幻的白雲片片」（尹玲，2015：437），遙遙白雲和走不完的長路，如她的人生判詞一樣，在失落的荒蕪中尋找存在的痛感，如果還痛，那也就是愛了；如果還有愛著，她也就能證明自己的存在感。

四、結語：「那時」的晚期風格

　　《那一傘的圓》著墨了許多尹玲經過綿延戰火至遷居台灣後，她恆長而從未澆熄的愛的燭火，在大時代無歇止的淅瀝戰雨下，她試著用她內心源源不絕的愛感來編織頂上的「那一傘圓」或者是「那一葉雲」，做為安全的遮蔽。

　　雖然來到安居的台北、雖然旅行在巴黎、漢堡、日內瓦、布拉格等世界各地，無地不存在著她孤獨而寂寞的行旅剪影，無疑的，她也是在無歇止的尋找一種安置自己的形式。然而在現世安穩或者行旅背後，真正可以定義尹玲心靈歸向或者撫慰她尋索家

---

[26]　同註25，2015，頁413。

/國疲累之旅的，便是她內心綿延不絕的，絮叨不完，書寫不盡的，關於愛的賦格與對位，那是她作品形式的主題與變奏。不管是詩歌、散文或者小說，她說不盡與彈不完的戀人樂章，貫穿了她的生命旅程和對於虛無的如影隨形。

這本書的出版代表了尹玲在散文上的成就，雖然裏頭所敘所寫所戀所思是發生在尹玲燦爛美麗的青春時期，然而這樣的浪漫和憂鬱的特質與屬性卻是延續並貫串至此時此刻，她依然是文中所述的「一葉雲」——一朵美麗而憂鬱的老靈魂。在愛德華・薩伊德的《論晚期風格——反本質的音樂與文學・導論》一文中，曾經提到「晚期」一詞的特殊感受及各種境況，它的範圍從未完成的約定，經過自然的循環，直到消失了的生命。[27]它涵蓋的生命意義遠大於從前、現在、或未來，它就像一種意識流式的生命貫串，誠如文中對普魯斯特《追憶逝水年華》的論述：「敘述者在結尾處受到了自己對於過去的可復原性的新洞見的魅惑，同時也對那些有可能給他留下的短暫歲月感到極度痛苦。他認為人是一個十字路口，時間是一種實體。正如薩伊德的筆記所說：『是持續的特徵』。」[28]如借用上述薩伊德對《追憶逝水年華》中個人與時間的對位，乃至交錯出個人意識與逝水年華的和諧旋律之觀點，來理解尹玲個人意識與南越時間的對位其內涵，所交錯出的鬱鬱寡歡的抒情浪漫，也就不意外《那一傘的圓》為何在2016年付梓，其所蘊含和銘刻的「晚期」意義，是發生在一種柏格森式的時間實體——綿延（durée）[29]中，並自始至終未曾改變過其

---

27 邁克爾・伍德，《論晚期風格——反本質的音樂與文學・導論》，收錄於愛德華・薩伊德著，閻嘉譯，《論晚期風格——反本質的音樂與文學》（北京：生活・讀書・新知三聯書店，2009年6月），頁導論1。

28 同上，頁導論2。

29 在柏格森對綿延（durée）的解釋裏，綿延為一種心理的時間，真正的時間，如「我們的欲望、意志和行為是我們全部過去的產物」、「唯有直覺，可以通達絕對」。參考自朱立元《當代西方文藝理論》（上海：華東師範大學，1998年），頁77~79。

浪漫式憂鬱和綿綿絮語的抒情結構。

在此書的自序〈因為那時的雨──書寫六〇年代南越〉一文最後，尹玲寫著這樣的結語：

> 你是在尋根嗎？你是為了尋覓那時嗎？你無法遺忘的『那時』?!那時的雨、那時的風、那時的淚、那時的笑、那時的粗野、那時的浪漫、那時至今漫長歲月裡在你絕望時遇到的傘，瘋雨時傘的圓會為你遮風擋雨，天晴時傘的圓繪出亮麗花朵繽紛色彩給你帶來希望，讓你再站起來，再走下去，不畏艱難。／／哦！那一傘的圓！[30]

「那時」的那時，有尹玲揮之不去的昨日種種，她的愛戀、她的憂傷、她的想望、她的痴狂，通通寓於「那時」，「那時」成了尹玲的永不停息的「持續的特徵」，也成了尹玲面對逃離戰亂和夢回家園之個人意識與時間之間的對位。是故「因為那時的雨」──尹玲回顧南越書寫散文集結之自序主標題也就彰顯了舊作其超越時間限制的「晚期風格」：「晚期並沒有指定一種與時間相關的單一關係，但它始終都會帶來時間上的後果。它是記住時間的一種方式，無論是錯過了的、適宜的時間，還是過去了的時間。」[31]是故，我們可以了解十二歲就開始閱讀法國十九世紀初葉浪漫主義的代表作家佛朗索瓦・熱內・德・夏多布里昂（François-René de Châteaubriand, 1768-1848）[32]和

---

[30] 尹玲，〈因為那時的雨──書寫六〇年代南越〉，《那一傘的圓──尹玲散文選》，頁408。

[31] 邁克爾・伍德，《論晚期風格──反本質的音樂與文學・導論》，收錄於愛德華・薩伊德著，閻嘉譯，《論晚期風格──反本質的音樂與文學》（2009年6月），頁導論2。

[32] 尹玲曾在〈法國文學批評理論〉一文裏提及十二歲即閱讀沙多伯利楊（又譯夏多布里昂）（Châteaubriand）的畫像，印象深刻，並從此對此作家有某種懷想。見《法國文學理論與實踐》，（台北：秀威，2011年11月），頁25，註解7。筆者

法國著名浪漫主義詩人阿爾方斯・馬里・路易斯・普拉・德・拉馬汀（Alphonse Marie Louis de Prat de Lamartine，1790-1869）、20世紀初法國女詩人安娜・諾阿依夫人（Anna de Noailles, 1876~1933）[33]等法國浪漫主義文學的尹玲，其對浪漫主義文學的感知與熱望、甚至是中國浪漫主義作家徐志摩作品對她的文學滋養[34]，在南越戰雨中但凡所有事物對她的巨大影響和微妙衝撞，一點一滴形成她內在情感的「持續的特徵」──浪漫、憂鬱，就那麼化為一句句綿延不絕的絮語，作用於「那時」的歷史與生命交織的觸動中，於喜怒哀樂中、於悲歡離合中，我們也就可以理解她所謂的「那時」，和「那時」一直持續的感覺結構了。

引徵書目

一、專書

Lynne Ann DeSpelder、Albert Lee Strickland：黃雅文、詹淑娟等譯：《死亡教育》，台北：五南，2006。

尹玲：《那一傘的圓──尹玲散文選》，台北：釀出版，2015年11月。

朱立元《當代西方文藝理論》，上海：華東師範大學，1998二刷，頁77-79。

羅蘭・巴特：《戀人絮語》，台北：商周出版，2016.02初版，17.5刷。

薩伊德：閻嘉譯：《論晚期風格──反本質的音樂與文學》，北京：生活・讀書・新知三聯書店，2009.06一版一刷。

按：尹玲的浪漫主義血液源自法國十九世紀初葉浪漫主義。

[33] 5-6月期間曾與何老師在台北東方文華見面喝咖啡時，她自述少女時代曾受到這些大家的文學及其風格的影響。其中特別提到夏多里昂的《墓外回憶錄》（Mémoires d'outre-tombe，現在坊間新譯本譯為《墓中回憶錄》）對她的啟發，甚至包括雨果、繆塞等人對她的文學啟發。

[34] 來自尹玲口述她年少時期對於這些作家的孺知情慕和文學吸收。

二、專書論文

尹玲：〈法國文學批評理論〉，《法國文學理論與實踐》（台北：秀威，2011年11月），頁17-35。

尹玲：〈因為那時的雨——書寫六〇年代南越〉，《那一傘的圓——尹玲散文選》，（台北：釀出版，2015年11月），頁27-37。

汪耀進：〈羅蘭‧巴特和他的《戀人絮語》〉，《戀人絮語》（台北：商周出版，2016年2月），頁3-11。

洪淑苓：〈時代記憶與青春戀曲——讀尹玲的作品集有感〉，收錄於尹玲著，《那一傘的圓——尹玲散文選》（台北：釀出版，2015年11月），頁20-26。

陳雀倩：〈存在／虛無下的戰火繆斯——專訪尹玲〉，《文訊》第353期，2015年3月，頁36-44。

邁克爾‧伍德：《論晚期風格——反本質的音樂與文學‧導論》，收錄於愛德華‧德華‧薩伊德著，閻嘉譯：《論晚期風格——反本質的音樂與文學》，2009年6月，頁導論1-12。

三、作者個人網頁文章

尹玲：〈絕不幻化的永恆〉，「作家十七歲4」，在永恆的翻譯國度裡：尹玲書寫記錄，http://mypaper.pchome.com.tw/hkl1945/post/1321628404#1 （2002.07.16上網）。

城堡與白鴿
——尹玲詩中的逃逸與抵抗

夏婉雲

淡江大學中文系兼任助理教授

摘要

對越戰前後的越南人而言，「美國是我們的主，法國是我們的神」，心中的神祇不能更換，但至少腳下還有土地。但對有自覺力卻漂泊海外的越南華裔詩人尹玲，卻有無根的茫然。這也衍生了她的逃逸意識和一生漂泊的心態，她有東方的身體、西方的進步思想。只有藉不斷逃逸、跨越，彷彿讓心中沒有著落，才有安定的力量。本文即透過拉康的三域說、梅洛龐蒂的身體－主體說、左右腦的「跨與互動」探討尹玲的詩作的逃逸動力和抵抗精神，並指出尹玲的「無根鄉愁」使她能始終處在追求「過程的」關係之中，而不必一定能產生什麼「結果」。末了並以尹玲的詩作挪用高德曼，找出意涵結構再細緻分析詩的方式，指出閱讀的「延緩」也是使讀詩人走向「過程」、自字詞中重生的方式，宛如為一首詩建構一座「小小城堡」、「一傘的圓」，以顯現出詩之深層意涵和結構之美。

關鍵詞：尹玲　城堡　逃逸　意向性　高德曼

任何一鄉最後卻只是你我回不去的一個他處。

——尹玲〈故事 故事〉

一、引言

　　尹玲的身份是複雜的、她的文化認同更是遊移、多元，身份與認同形成了她一生最大的困境。她客家籍的父親兩歲即隨親戚由廣東大埔移居越南，對家鄉大埔的印象當然是模糊的，來自「華族」廣東的這群客家人胼手胝足的生活、教養下一代，這個大埔家鄉乃成了尹玲常常被耳提面命、不能遺忘的原鄉。

　　但她的外婆是越南人，1945年出生在越南美托小鎮的尹玲自然而然至少就有四分之一越南血統，越語、客家語都成了她的母語，「我承繼了兩種血統，也享受兩種幸福，卻也承擔兩種不幸」[1]，一邊「只是書上的圖片」的中國抗戰完是內戰，內戰完是各種階級鬥爭、繼而文化大革命，把人與山河搞得天翻地覆」。一邊是越南在法國人統治多年後，慶幸能夠獨立，卻在中共暗助下開始赤化。這樣複雜又脆弱的越南，宛如環伺的列強用刀槍玩弄的嬰兒，驚慌與恐懼、死亡與炮火成了家常便飯：

> 也許活，也許死，死的陰影散佈每一條街道每一角落，一個塑膠炸彈的爆炸，也有冷冷的小粒子彈從暗裡發出，……我們，只關心今天是晴是雨？我們讀一則故事似的讀我們眉宇間半生的浮沉。[2]

---

[1] 尹玲：〈我們暫且迷信〉，《那一傘的圓》，（臺北：釀出版，2015年），頁104。

[2] 尹玲：〈我們暫且迷信〉，同上註，頁101。

血仍未凝：尹玲文學論集

054

年輕時的尹玲要長年面對的竟是死的陰影，而「人與人之間都帶著冷漠和猜忌的面具」，而是因北越的入侵滲透南越使人人充滿自危的不安感。以是「我們從不過問世局，不敢也不想」，由於對人性失掉信任、對政治的混亂、戰爭就在身旁而惶惶亟欲避亂而不能，甚至只能失望地不同主義和思想和主張始終處在對立之中，活著也等於沒有活著一般，這種越南的傷痛經驗是臺灣詩人所沒有的，即使前行代詩人的年少抗戰內戰經驗也未如此複雜、難以分析。

她複雜的身份、多元文化的交叉影響，使得她的不安、掙扎與失落比在臺灣的任何其他詩人可能都更為嚴重。雖然成長過程中她受過良好的中文和法文教育，在讀華文小學時要唱的「國歌」卻是「三民主義／吾黨所宗」起頭的，來臺灣後每回在看電影院起立唱國歌時是要「泫然欲泣」的。但畢竟她生長越南，那兒離開美托往西貢的方向路上兩排的鳳凰木是她心中最美的越南象徵物，這成了她1969年來台後追尋的安定意象，「曾刻意的到處去找鳳凰花的蹤影」，竟曾經看風雨中的鳳凰花樹看到入神：

> 看得目瞪口呆，直以為正置身於回不去的家鄉裡。那時是六月底，南越早已於四月三十日淪入敵人手裡，鳳凰花已成為一種思念、一種情緒、一種秘密、一種不敢開啟的記憶。[3]

那高挺四張樹頂當五月開滿了鳳凰花時，就是「一傘的圓」，可以抵擋風雨和「前路」，因為她「早已不相信世界會有一個明天，我們的明天在砲彈的歡呼聲中，瑟縮藏得不見蹤影」，即使

---

[3] 尹玲：〈能說的唯有回憶〉，同上註，頁46。

愛情也不可相信，「不是空洞的夢囈就是愚蠢的焚身」，於是只能「把一切信心託付虛無」。[4]尤其是南越淪陷前，她心力交疲的在台灣四處請託和奔走，希望能營救出家人和父母，最後只救出弟妹來臺。那時感受到的痛苦和煎熬即使成家後也難以消除，「我不在臺北，我不在西貢，我不在任何地方。我只是一個迷途的遊魂，流離失所，沒有目的，沒有時空的阻限」[5]，這樣的虛無感迄今仍沒有消除。

因此尹玲一生自始至終是憂鬱的，她本來期待有個家如「小小城堡」可以保護她，過其無災無難的一生，她期待的「白鴿」並沒有降臨。因此她始終是睡不安穩的，這世界同樣的災難一而再再而三的在世界各地重複上演，在烏克蘭、巴基斯坦、巴黎，重複上演著她遭遇過的悲劇。這樣時代下的詩人，其要逃離痛苦、掙扎的經驗與心境，自然與臺灣其他詩人不同，本文即透過拉康的三域說、梅洛龐蒂的身體－主體說、左右腦的「跨與互動」探討尹玲的詩作的逃逸動力和抵抗精神。

二、尹玲語言的流動和詩的兩個根球

尹玲是早熟的，生長在多種「語言流動」和各種文化衝突的越南，因此本身也是充滿矛盾的。她既欽羨西方尤其是殖民者法國的高雅進步，又難過於越南的貧困落後，而父親所唸唸不忘的祖國又變成了中共，台灣或香港又幫助不了他們什麼。尹玲雖然生長在重視中國傳統習俗的客家家庭，父親還是為她選擇了中法學校，讓她受了五年完整的歐洲法國教育，深深薰習了殖民越南長達七十年（1884-1954，二戰時日本短暫占領過）的法國文化，所以法國的文化和思想、生活方式深刻地影響了尹玲。

---

[4]　尹玲：〈漸瀝·漸瀝·漸瀝〉，同上註，頁98。
[5]　尹玲：〈撕碎的回憶〉，同上註，頁88。

即使日本曾佔領越南、美國曾託管越南、客家人大多會言香港話,這些多元文化雖對尹玲皆產生影響。但對尹玲而言,日本、美國、香港文化只算是暫時性的撞擊,中國文化、法國文化、越南文化卻都是她深層文化的伏流,但那時越南太弱、中國過於傳統,以現代精神文化而言,法國絕對是強勢的,她一生的矛盾自此而生。

從她十二歲(1957)即寫下的第一首詩〈素描〉,可以看出她的欣羨和痛苦,尹玲的早熟也由此詩即可窺知,此詩前二段如下:

塞納河是一張流動的床
枕著聖路易小島
枕著聖母院　雨果的鐘樓
枕著整個巴黎初生的臍帶
河水輕哼溫柔的搖籃曲

香榭麗舍在落日中升起
升至與凱旋門頂齊
華燈猛然振翅
越過無聲　村莊般的靜謐
溶入合攏的暮色[6]

此詩寫於1957年11月16日,卻相隔31年才刊登於1988年4月藍星詩刊第15號,很難想像這是才十二歲的大女孩所寫的。此詩不僅寫巴黎的美景,也帶出法國的文學魅力(雨果小說筆下的巴黎聖母院)和在1954年退出越南後對越南政治的影響。詩的前兩段很

6　尹玲:〈素描〉,《當夜綻放如花》,(台北:自費出版,1994年),頁101。

有法國近代精神的詩風，起筆就不俗，首段說「塞納河是一張流動的床」，此句有可能轉化自海明威《流動的盛宴》一書扉頁上的題獻：「年輕時假如你有幸在巴黎生活過，那麼此後你一生中不論去到哪裡，她都與你同在，因為巴黎是一席流動的盛宴。」此巴黎之「文化名片式」的題詞一定影響了尹玲。而當她說此河床枕著最著名的聖路易小島、聖母院、和鐘樓，由「河」而「島」而「教堂」而「鐘樓」，像鏡頭由遠拉近，最後作特寫。末了說「枕著整個巴黎初生的臍帶」，由「床」而「枕」而「臍帶」而「搖籃曲」，令自然的與人文的「大景」並比有強烈生命力的「小景」，則此「臍帶」與「搖籃曲」就不只連結了巴黎與塞納河，也連結到欣羨有如孺慕母親的尹玲身上。

二段寫香榭麗舍大道、落日、與凱旋門三者的關係，並隱含了法國勢力在越南的消褪。「香榭麗舍在落日中升起」是「落日在香榭麗舍中升起」的倒裝，而因沿著香榭麗舍大道就會見到的凱旋門，它是法國首都巴黎的一條大道，被譽為巴黎最美麗的街道。而「落日」與「凱旋門」頂齊是可能的，說香榭麗舍「升至與凱旋門頂齊」則或有其美景與規模之壯闊難以形容之意；「華燈猛然振翅」可能有——亮起、引人眼睛為之一驚，卻是無聲的靜謐的，「村莊般的靜謐」有與家鄉聯想，代表一種歡喜。但也有此種美景已在暮色中合攏，此後可能再難相見。此二段對巴黎的素描可能得自圖片、照片。法國在1954年撤出越南後，十二歲的尹玲在接下來兩段中寫出她的矛盾心理：

教人如何分得清

這是大西貢呢

還是小巴黎

時空交織　在此

重疊成奠邊府以前

和奠邊府以後

不知道要愛還是要恨

那百年殖民的錯綜糾纏

來不及揮手

巴黎就已在你腳下

隨著八年晝夜

縮成肉眼看不見的

往　事

12歲擁他入夢

此後專注如秋空的雁

這最初 也是最末

這唯一唯一的星辰[7]

由於具法國風的西貢某些景象類似巴黎，一時之間面對「大西貢」也有「小巴黎」的聯想。1954年「奠邊府（戰役）以前」法國統治著越南，「奠邊府（戰役）以後」，法國從此退出統治了七十年的越南，此戰役乃有決定性關鍵。尹玲的懊惱、「不知道要愛還是要恨」也由此開始，越南重回越南人手上，本是美事，卻又被劃分為南北越，長期陷入混亂，期待的和平始終沒有降臨。因此尹玲在1957年自然是「來不及揮手」，1945到1954年，法國佔領八年，關於巴黎的一切「就已在你腳下／隨著八年晝夜／縮成肉眼看不見的／往事」，此後巴黎乃成了「最初也是最末」、「唯一的星辰」，像不能再相見似的。尹玲寫出了法國撤出越南後的感嘆。

　　美好的事物彷彿是不分國界的，包括文明和精神文化在內。

---

[7]　同上註。

殖民者與被殖民者的關係的確是存在不平等，但羨慕、學習較文明的社會非常自然，何況南越赤化後，越南人（包括華裔）逃離越南都獲法國當做難民接容安置，法國前總統希拉克還收養了一名越南孤兒，當年眾多越南人（或者華裔）甚至把法國當作祖國。

這是一種多複雜的殖民文化現象，「美國是我們的主，法國是我們的神」是失落之語，而神比主子更重要，主子可以隨時換，而心中的神祇卻不能更換，但稍有自覺力的越南人卻有不知該尊奉哪一尊神祇的飄盪和茫然。這也衍生了尹玲的逃逸意識和一生漂泊的心態，尹玲成了一個要不斷遊牧的人，大環境使她不安，她有東方的身體、西方的進步思想。只有藉不斷逃逸、跨越、不安居，彷彿讓心中沒有著落，才有安定的力量。

當1994年後尹玲首次回久別的西貢，卻發現「法國色彩褪去許多」：

> 那時你常流連看電影的法式EDEN長廊早已不見，TXT行不再是你青春時的時髦和夢幻。最具法國味道的著名CATINAT街，法國餐廳、法國咖啡館也已不存在。你在一半昔日一半現在的所謂故鄉西貢（1975年後叫做胡志明市），心房絞痛心中淌血流滿面，哀悼不知何處去的一切。[8]

在西貢她尋找著昔日法國的味道和色彩，那是有高品味的精神文明符號，接近人對美與知識的追尋。而在法國，她卻又經常一兩個月居無定所，無法安頓自己：

> 在完全沒有住宿地方的情況下漂泊流浪，從這座城市

---

[8] 尹玲：〈有一傘的圓〉，《那一傘的圓》，頁34。

到另一城市，從這村莊到另一村莊，聽著有若母語的法語、……，天天在耳邊或高或低，若有似無。越南的一切若有似無。[9]

「有若母語的法語、越語、粵語、潮州語、海南語」，說明了尹玲的語言天份，使她有能力在不同的語言文化中自由「流動」，也「造就」了她精神的痛苦、游離和漂泊感，漂泊在法國、越南和中國之間，而始終落後的「越南的一切若有似無」，其生長的原鄉幾乎只形成背景，卻也是她永遠書寫不完的巢穴和深淵。

幸好她在這「流動的語言之海」駛著詩的船，因為詩，只有詩才易從日常語言的束縛中「流動」出去，她創作的前二十年以散文為主、兼寫小說，參加過「濤聲文社」[10]，在1969年即離開越南，無緣參與1972年越華八大文社的盛會[11]，且那時詩作又極少，1976至1986年又「停止寫作整整十年」[12]，1987年再度提筆後，詩才成為創作主力。而從尹玲1957年的第一首詩可以看出，她文化的根源和書寫的能力來自中國，她詩的近代精神來自法國，中國和法國宛如成了她鍛練詩創作能力的「兩個根球」[13]。越南是她的小母親、書寫不完的題材汲取處，以血淚、戰爭和鳳凰花組成，中國與法國則都是她的大她者、是她的父親，一個是永遠空缺的祖國，臺灣與香港暫時補足這個缺憾。法國是逃避處、高度文明和有秩序有思想深度的國家，補足了她在精神力量、思想結構上的空缺。她的複雜、流動和不安，也成就了她。

9　同上註。
10　方明：《越南華文現代詩的發展》（台北：唐山出版社，2014），頁28。
11　同上註，頁32。
12　尹玲：〈有一傘的圓〉，《那一傘的圓》，頁30。
13　陳千武（恒夫）在〈台灣現代詩的歷史和詩人們〉，提到「兩個根球說」此處借用作為尹玲詩創作的影響來源。

三、尹玲不存在的城堡與白鴿

尹玲常對朋友說，她沒有家，但明明她有夫有女、在臺北有個家。許多人難以理解她的心境，其實她心中的家早在越戰結束時就被摧毀了，而且不只她一人，她在越南的朋友、親友、同學、文友，她投稿過的三家最大華文報的主編們，無不死的死、逃的逃，四散至全世界各地，那是一個再也拼不全一個家的全面性悲劇世界。她寫過一首童詩〈在星空下入夢〉，表達了她對家最好如「城堡」堅固的想望：

那是一個小小城堡
父親用他的愛心
替我們開護城河
媽媽用她的慧心
給我們築防難牆

媽媽也講故事
用她柔和的眼睛
訴說溫暖的親情
或用她好聽的聲音
唱出我們平安的童年

我們都在
星空之下入夢[14]

---

[14] 尹玲：〈在星空下入夢〉，《旋轉木馬》童詩集，（台北：三民書局股份有限公司，2000年），頁28-29。

「護城河」、「防難牆」表示有危險必須請父母加以阻絕，「星星在天空上眨眼／好像幫爸爸打拍子」指出天空的安全和廣袤，最後「披著星光」、「在星空之下入夢」，這樣的「城堡」可以阻絕陸地的危險，卻假設空中是安全的。

原來安全的「小小城堡」是父母雙手建築不了的，是小老百姓無能力自我建構的，而且真正的「城堡」往往是政治權力運作的中心，是一般老百姓接近不了的，還常為有如謎一樣的「城堡」丟出來的命令或規訓所左右、控制、毫無抵抗能力。

卡夫卡著名的小說《城堡》所描述的，就是一個由不可撼動的城堡所掌控的世界，從來沒有人能到過城堡內，但隱約中卻可以強烈感受到城堡對每個人的掌控與箝制。小說內容是描述在一個寒冷的冬天的夜晚，土地測量員K來到了一個村子，他的目的是要前往村子附近的那座城堡去執行公務，城堡就在附近的山岡上，他卻怎麼也走不到那裡。城堡的主人伯爵人人皆知，卻從未有人見過，K用盡心機，東奔西突，但一切努力終屬徒勞，K至死都沒有能夠進入城堡。「城堡」在書裡比喻國家機構與牢不可破官僚制度，冥冥之中似乎又有著一股不可抗拒的力量約制著一切，讓人始終無法越雷池一步。於是人只能繞著城堡周圍徒勞地努力，末了存活也成了一種茫然，若是在無意之間要稍加抗拒，很快便會潰敗、遍體麟傷並伏首稱臣。而且因「城堡」對每個人的控管，使人與人之間產生疏離、生孤獨與絕望之感，不得不在困境、怪誕與荒謬的制度下中不斷探求尋索出路，卻發現在龐大組織制度底下幾乎無路可走，到末了也只能逃離、或以各種方式避掉衝突、自建保護膜、只希望好好地活著以及簡單的死亡罷了。

此種令人不寒而慄、既意味保護也意味箝制、既走把關同時也是權力的國家機制，即位於是拉岡三域中的「象徵域」，是人一出生即被劃了槓的主體，而尹玲更是處在被法國中國越南三國同時劃了三條深淺不一的槓，其矛盾、荒謬和複雜可想而知。

法國心理學家拉康（Lacan, Jacaueo, 1901-1983）認為嬰兒出生時只是一個非主體的自然存在，是內在的統一體，受本能「需要」的驅使，帶著濃厚的「生物性」，易於得到實現和滿足，此過程為「實在域」：「實在是一種永遠『已在此地』的混沌狀態而又在人的思維和語言之外的東西，因此她是難以表達、不能言說的，它一旦可以被想像、被言說，就進入了想像域、象徵域」。[15]實在域既是一個原初統一體存在的地方（心理的而非物理的），就不存在任何的缺席、喪失、或者缺乏，於其中的任何需求圓滿具足。既如此則不存在也不須使用語言，因圓滿或具足即永遠超越語言的，也不能夠以語言加以表徵，此亦即位於現代大腦科學所說的「右腦區」，而語言是被制約和學習而得、也是控制人思考方式的工具，充滿了「社會性」的各種規訓和限制，位於「左腦區」。像「城堡」對尋常百姓的控制一般，語言對人的控制非同小可，理性左腦（囚／象徵域／像固體／迴路感）在日常生活中對感性右腦功能（逃／實在域／像流體／合一感）長期的壓制，語言成了最大的力道，如何從日常語言逃出，成了人要重獲自由感的努力過程，如此由左腦逃向右腦，成了所有藝術、影音創作、乃至詩努力的方向。[16]

　　右腦顯然比左腦具有更大的能量、更強的聯結力、和更大的快樂，過度理性或壓抑就不可能快樂。所以拉康才說語言總是涉及喪失和缺席，只有當你想要的客體「不在場」時你才需要言詞。如一切具足，需要的皆「在場」，即不需要語言。尹玲強大的語言能力也暗示著她奇大的喪失、離「圓滿具足」的遙遠，也幸好她有能力在各種不同的語言文化中自由「流動」、「漂泊」，可以自由轉換，尤其是在「跨國旅行」時，使得她的匱乏

---

[15] 黃漢平：《拉康與後現代文學批評》（北京：中國社會科學出版社，2006），頁25。

[16] 七田真：《超右腦革命》，劉天祥譯（臺北：中國生產力中心，1997），頁94。

得以快速轉移，不致泥淖於其中之一，當她說「越南的一切似有若無」時，正是她短暫的脫離越戰陰影、暫獲釋懷的一刻。更幸好她在詩語言的創作上始終持續不斷，而詩的創作正是藉占優勢的左腦中的語言／文字（囚）去表達占劣勢的右腦之感性的、直覺的、注重當下的與圖象畫面（逃），不管是現成的、自創的、或重組的畫面。因此詩是左右兩半腦合作的產物，而右腦正是創造性形象思維的主要範疇，文字從左腦被挑出來在右腦進行直覺地比對，其創造性由此而生。而詩人（像嬰兒／小孩般）就只能站在左腦語言思維與右腦形象思維之間求取「跨與互動」，來來回回於左腦語言區與右腦的圖象區之間，無非自語言控制的「象徵域」一再逃出，卻只能逃入「想像域」，向「實在域」張望罷了，因為「圓滿具足」自出生後就永遠喪失、永恆地匱乏了，「圓滿具足感」則可以藉著其他形式或創造活動短暫獲得。[17]尹玲即是透過「跨國旅行」（身體／語言的轉換）、「詩語創造」（從日常語言逃逸）、「高德曼的挪用」（詩語言詮解與掌握，見下節）的等三形式的「跨與互動」，使自己有機會從受控語言的「象徵域」游離出去，站在「想像域」向「實在域」張望，因而短暫重獲「綻放」（海德格）或「澄清」（梅洛龐蒂），此時時間要較平常緩慢下來，具有形式主義「延緩」的效果。上述的說明或可將之歸結如下圖：[18]

[17] 拉康：《拉康選集》（上海：上海三聯書店，2001），頁72。

[18] 參考夏婉雲：《臺灣詩人的囚與逃：以商禽、蘇紹連、唐捐為例》第二章圖2-3並予以重整（臺北：爾雅出版社，2015），頁53。

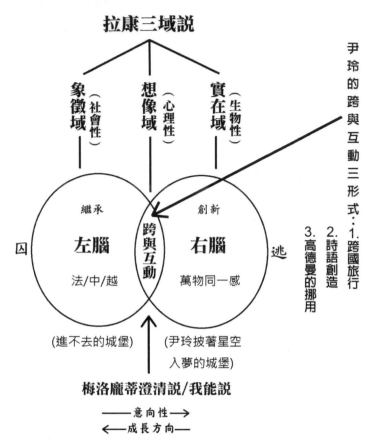

圖一　尹玲在拉康三域中「跨與互動」的位置和形式

　　1970年尹玲離開越南到臺灣求學的第二年，她寫下〈我們暫且迷信〉一文，期待和平的「白鴿」終將到來，她與躲在小閣樓避戰怕被抓伕的情人終可相聚，文末說：

　　　　我們問蒼天，我們問白雲，問所有可以供奉的神，祂們答以默默，只有默默。問所有122厘大砲，問最新的M16，問B52……你能說，從生到死，除了空洞，人還有什麼呢？

你的戒掉陽光，鎮日鎖在囚牢裏仰望隙縫的明天。我的離鄉背景，馱負懷念和相思的摩擦。他抱一些浮萍，……我們暫且迷信，救生圈救出的，一定是一隻輕巧完整、能飛抵任何角落的、可以避彈的白鴿。[19]

「122厘大砲」當然是看不見的「城堡」（美國）提供的，面對的敵人又是另兩個強大的「城堡」（中共和蘇聯）提供的支援，結果只造成更大的傷亡，戰爭成了死神收屍的巨大「空洞」。尹玲與情人分隔兩地，情人像「被囚的鷹」「雙翼終將折去」「日日禁足方丈小樓」（見〈血譜（二）〉一詩），卻仍期待「抓到一個救生圈」，這個「救生圈」可以救出「一隻輕巧完整、能飛抵任何角落的、可以避彈的白鴿」。很遺憾的，1975年越戰結束，「白鴿」始終沒有來臨，而是以戰敗收場。和平果真是一個「名詞」、「浮萍」與「水泡」。

因此尹玲的「披著星光入夢」的「小小城堡」並不存在，她對那躲在背後掌控百姓命運的「巨靈式城堡」（國家機器／強權）始終是厭惡的，對能帶來和平的「白鴿」不存希望，她的厭戰反戰思維劇烈而強大，比如〈一隻白鴿飛過〉一詩：

永遠　是
一些不相干的人
在千里之外（比如巴黎）
高尚的某座宮裡（比如愛麗舍）
決定你的命運
你未來的生或死
簽下一紙他們稱之為

---

19 尹玲：〈我們暫且迷信〉，《那一傘的圓》，頁101-102。

和約

的勞什子

你當然仍在你的土地上

冰雪覆蓋著

心僵凍

家中僅剩的孩子

昨天在一場不關他的事

某雙方衝突中

吃下一枚

剛好送到的

子彈

塞拉耶佛依然飄雪

含著一嘴冰血柱

那只白鴿

它

只不過恰巧

飛

過

（寫於一九九六年四月二十二日）[20]

塞拉耶佛是波士尼亞的首都，是近代世界史最重要的一個地方。
第一次世界大戰就從這裡爆發。波士尼亞戰爭（又稱波赫戰爭）
持續時間達3年半，戰爭造成約20萬人死亡，200萬人淪為難民。
最後各國聯合調停在1995.12.14簽署了岱頓協定。和約地點就
在巴黎。本詩寫於和約簽訂後四個月。戰爭地點在南斯拉夫，和

---

[20]　尹玲：《一隻白鴿飛過》（台北：九歌出版社有限公司，1997），頁29。

約地點在巴黎，所以她說：「永遠是一些不相干的人，在千里之外（比如巴黎），高尚的某座宮裡（比如愛麗舍），決定你的命運」，所以簽下一紙，她鄙視這種大他者，稱之為「勞什子和約」，愛麗舍宮是法國總統的官邸，高尚豪華之地，如同城堡一樣，皆是權力中心。尹玲在紫娟的訪問稿中說：「法國總統府裡這批人提到和平，讓我想起以前越南就是這個樣子」。

她說：「一大群『大人物』在法國巴黎開停火協議，問題是停火地點『塞拉耶佛』（波士尼亞）每天仍在不斷打仗。」[21]而種族滅絕的野蠻行徑，仍在迫害中。如同塞族共和國總統的野蠻行徑一樣，「開戰永遠是因某一個人的眼神，一個手勢，而戰火就在別的國家真的打起來了！」他們在簽停火協議，我們仍不斷打仗；雖然她寫的是「塞拉耶佛」（波士尼亞）的內戰，但內隱的是越戰。尹玲想及1954年越共打敗法國，在日內瓦簽訂協定將越南分為南北越，也是在千里之外，高尚的某座宮裡，決定你的命運、你未來的生或死。而一般小人物呢！「你當然仍在你的土地上／冰雪覆蓋著／心僵凍」皆是對戰爭殘酷后的比喻。

她對戰爭製造者的控訴表現在她諸多的戰爭詩中，這是臺灣眾多詩人所難以觸及的部份，而且由「直接經驗」所得，因此真實而動人，比如〈血仍未凝（三）〉：

年月若魘啊　愛原是血的代名詞

照明彈眩盲我們的雙睛

天燈那樣夜夜君臨空中

攝去我們急索空氣的呼吸

半秒鐘的遲疑

瓦礫之上死亡躺在高速跑的射程

21 紫鵑：〈河流裡的繁花——專訪詩人尹玲女士訪問稿〉，《文學人》，2009年3月。

一翻身就攫去你我的凝眸

一眼便成千古[22]

「披著星光入夢」的夢想在尹玲後來的日子裏變成了「照明彈眩盲我們的雙睛／天燈那樣夜夜君臨空中」，情人　亂中相見成了死中求生，相吻要「急索空氣的呼吸」被炸彈「攫去」，死亡就在「半秒鐘的遲疑」之際，「你我的凝眸」很可能下一秒即「一眼便成千古」，其慌恐和厭惡可知。而〈碑石流著湄河一樣的淚〉第一節則寫道：

那年　無所謂前後方
火線就在客廳或者是臥房
　　　在學校或寺廟
　　　　在巷弄在墓地裡
能夠醒來 便能拾起昨夜
　　　飛如星雨的彈殼
鑄成360隻手鐲
讓流浪域外的愛人
細數鐲上
　　　子彈開花後
　　　屢血的淚痕
再把傷別的吻
在夢中
顫顫地印回

22 尹玲：〈血仍未凝（三）〉，《當夜綻放如花》，（台北：自費出版，1994年），頁27。

已腐的黑唇[23]

此詩說若僥倖不死，則有機會把「飛如星雨的彈殼／鑄成360隻手鐲」，讓在域外的愛人可以細數「屢血的淚痕」，然後透過夢中把「傷別的吻」「印回／已腐的黑唇」，寄出手鐲的人有可能在愛人收到後早已死去。時間的落差使生前寄去的手鐲竟成死別的遺物，人間憾事莫過如此。尹玲此詩以「砲彈／手鐲」的「醜／美」、「大／小」造成「昔／今」、「生／死」的對比，令人讀後唏噓不已。此詩第二節又說：

> 照明彈落在你的眸中
> 豎成萬道不帶名姓的碑石
> 細細的流著
> 湄河一樣
> 　　不會止的
> 淚[24]

此詩以「眸」之小，卻包容了「照明彈」、「萬道不帶名姓的碑石」、「湄河一樣／不會止的／淚」，既有天降之物、又有數不盡的不動之墓塚、流不盡的河，使得時間空間濃縮於一眼，因一瞬而成永傷，戰爭之殘酷和其傷害遠遠在「城堡」中控者的計算之外、關心之外。

尹玲呈現不只是一己的傷痛，她還把視角轉到昔日是敵人的北越婦女，如〈橙色的雨仍自高空飄落〉一詩由此婦女的觀點看待那場戰　，那時「各方神明祝禱的西貢」常派機來北越轟炸：

---

[23] 尹玲：〈碑石流著湄河一樣的淚〉，《當夜綻放如花》，頁31。
[24] 同上註，頁32。

藍空中B52鎮日哼唱白色催魂曲

河內來不及更換睡衣

就沉入瘡痍妝點的夢窗

醒來鏡子裡召喚的

是一副不堪修飾的眉眼

「瘡痍妝點的夢窗」、「不堪修飾的眉眼」皆寫轟炸後的場景和死亡，最恐怖的是落葉劑所造成的後果，即〈橙色的雨仍自高空飄落〉詩中「橙色的雨」[25]：

高空經常飄落橙色的雨

我們母親的娘家

許多農村許多叢林

處女地深處

雨後竟開出奇異的花朵

潰瘍了S整個身腰

天空頓時萎謝

大樹一株株瘸腿

稻穀化膿

綠草癱成爛漿也似的泥

土地從此不孕

我們的孩子

25年後的血

仍然流著當時的天賜

生下一張張扭曲的臉

嵌在一具具

---

[25] 橙色的雨指橙劑為美軍在越南戰爭時期執行落葉計劃以對抗在叢林中活動的越共，https://zh.wikipedia.org/wiki/%E6%A9%99%E5%8A%91。

無手無腳

彎如鐵絲網的軀體上

恣意穿刺我們的眼睛[26]

毒劑的後果是「祝禱西貢」的「各方神明」（指參戰各國）所未曾估計和關心的，因此土地「開出奇異的花朵」、「從此不孕」，人「潰瘍了整個身腰」、臉「扭曲」、「無手無腳」、「彎如鐵絲網的軀體」等現象又如何向「各方神明」追討？

　　「意向性」（Intentionality）是現象學最主要的字眼，其特性有二：一是投射向外在對象而獲得確定的特性（瞄準）；二是主動建構意義的特性，也就是意向的充實（射中）。而梅洛龐蒂「身體-主體」的意涵則認為世界的意義不再只是以知識論的態度被呈現，而是在實際活動的當下意義才被聚合，以往「思維主體」的意涵，現在轉為「行動主體（身體-主體或肉身主體）」，開啟了另一新的世界與主體的意義領域。因此人必須直接涉入情境產生行動，與其他人產生「跨與互動」，共同行動與實踐，始可展開存在意義，則空間的情境自能成就行動之意義。[27]

　　因此尹玲的「跨國旅行」（身體與人與語言與事物產生互動）、「詩語創造」（左右腦互動／語言與形象互動）、乃至「高德曼的挪用」（閱讀的延緩和過程化），無非是藉助不願被固定的「身體」、「語言」、「時刻皆在變化的事物」，於既然存在的「天地之爭（互動、纏繞、運動）」中，借助於藝術或「作品」將此「運動的過程」宛如當下發生似地固定下來，以便能夠認識其存在，且也須借助於作品方能為我們所體驗，亦即把時間從生活中偶然易逝的狀態轉化為一種延續和永存，也就是

26　尹玲：〈橙色的雨仍自高空飄落〉，《當夜綻放如花》，頁42-43。

27　梅洛・龐蒂（Maurice Merleau-Ponty）：《知覺現象學》（姜志輝譯，北京：商務印書館，2001），頁273-275。

「將結果過程化」、「易逝的延緩化」。

尹玲在〈故事 故事〉中說的即是「放緩時光」的方式：

你我之間多少溫馨時光就是在
賞析品嘗「故事故事」的雋永當中
滴滴點點輕輕緩緩絲絲逸去

「故事故事」就在你我柔和言笑之間
輕盈細膩地漸漸沁透我們
最終凝成心頭的最濃記憶
繫著你的童年我的中年無數漂泊羈旅
在巴黎在布拉格在塞維亞在大馬士革
然任何一鄉最後卻只是你我回不去的一個他處[28]

「賞析品嘗」是先眼手再鼻口耳通過五官慢慢過關，「滴滴點點
輕輕緩緩絲絲逸去」是讓時間不那麼快而要「絲絲逸去」，而且
還得「輕盈細膩地漸漸沁透」才「凝成記憶」，還得身體處在
「無數漂泊羈旅」的不同空間情境中，即使明明知道「然任何一
鄉最後卻只是你我回不去的一個他處」，是說不管你住在何處都
不是妳的家鄉，你都回不去那個住所，你都沒有家，就算有自己
的家鄉你也回不去，因為現在的臺北、越南和最早的臺北、越南
景物已非，都只是一個虛假的故事，沒有一個可以真正回得去的
「小小城堡」，「城堡」是被人中控室般控制住的，也沒有一支
救生圈救得上來一隻可以「避彈的白鴿」。她的抵抗方式就是讓
一切不斷漂移、絲絲逸去、漸漸沁透。

她又藉著下列這首〈髮或背叛的河〉寫這種宛如宿命的世界

---

[28] 尹玲：〈故事故事〉，《故事故事》（台北：秀威資訊，2012），頁22-23。

觀與人生觀：

> 其實　打一開始
> 它就蓄意背叛
> 從未猶豫
> 嘩嘩由西向東
> 無視癡想的黑
> 恣縱地走向白
> 任你如何誘迫
> 甚至以
> 死[29]

這裡的「它」既指髮（由黑轉白）、也指湄公河（出面向東，遠離土地），更暗指在越南角逐爭權奪利、操弄人們的「各方神明」、「大小城堡當家的」，根本無視老百姓的存在和生死，「蓄意」、「從未猶豫」、「無視」、「恣縱」說的均是它們任意而為的行徑。尹玲無以抵抗，詩即是她的抵抗。

四、挪用高德曼分析尹玲詩舉例

越南淪陷後，尹玲花了四年時間才救出弟妹，安排好他們就讀，1979尹玲去法國學習她喜歡的文學社會學，尤其對「發生學結構主義」（Genetic Structuralism）深研之，呂西安・高德曼（Lucien Goldmann, 1913-1970）研究的文本是經典小說，尹玲卻挪用其理論研究新詩。

越共侵擾越南二十年，愛讀書的尹玲對共產主義、社會學

---

[29] 尹玲：〈髮或背叛的河〉，《髮或背叛之河》（台北：唐山出版社，2007），頁30。

有一定的看法，越共占領越南四年之後，尹玲去法國學習她喜歡的文學社會學，始知「時代、環境、社會」都會影響文學，她在讀呂西安・高德曼（Lucien Goldmann, 1913-1970）理論時得到救贖，高德曼可說是以馬克思主義建立理論來研究文學社會學的人。創立的文學理論「發生學結構主義」原來是要從社會結構整體面來看，係從社會、現實、集體意識等大的結構來呈現世界觀，她在越戰糾纏不清的根莖，至此慢慢鬆弛開，凡事有它緊密的意涵結構，只有在分析作品微小構思的細緻中，才能得到內在的快樂，也就是說快樂並不是外求的「城堡」和「白鴿」，而是朝著自己內心出發，她才能自我重生，走向過程、找出結構、重新解構，才能顯現出詩之美，她浸淫在其中。而朝著什麼方向進行，一直不斷的處在過程之中，而不是要獲得什麼結果，這就是高德曼結構主義和現象學的核心相似處。

二十世紀中，高德曼創立的文學理論「發生學結構主義」，對高德曼來說，這是指文學作品跟社會、經濟、背景之間的關係。他的調查研究是一系列相關的全體性以漸進和辯證方式進行的融合歸併。他說：「通常讓人了解一部作品的行為並不來自作者，而是來自一個社會團體。」[30]除了這個融入全體性的概念之外，高德曼也要求一部文學作品概念體系的內部連貫性（coherence），從整體去互相了解各個部分。（何金蘭，P99-101）

發生論結構主義的理論係從社會結構、整體現實、集體意識、社會階級等大的結構來呈現世界觀，高德曼做過許多小說、戲劇的分析。尹玲則以發生論結構主義來研究詩。她以此法分析了十一首詩，尹玲找出詩中的思想、感情和行為，以 微的分析過程、延緩閱讀地呈現具意義又緊密一致的意涵結構[31]。以下試

---

[30] 何金蘭：《文學社會學》（台北：桂冠圖書有限公司，78年8月），頁152。
[31] 何金蘭：《文學社會學》，頁95。

舉二例。

（一）〈書寫失憶城市〉一詩簡析

拆
　拆
　　拆
拆去一切
記憶的可能
唯獨留下
撒滿空中的口沫
企圖建構
通往天際的
虹[32]

筆者將尹玲〈書寫失憶城市〉詩放在歷史脈絡、社會結構中來詳細分析。我們先找出二元對立總意涵結構是「遺忘／留存」的關係。「書寫失憶城市」這城市有三層意思：

第一層指的是實體屋瓦的城市：現在這城市不是過去的城市，沒有過去的痕跡了，早被「遺忘」，只「留存」下老城的記憶某些人心中。

第二層指的是我內心的城市：是說過去城市真是太美好，它只「留存」在我的心裡，而且不會與別人相同，但面對新城市的面貌卻有「失憶感」乃至「虛幻感」，彷彿我是被城市「遺忘」的人不會訴說的是的城市。因沒有了家人，沒有了家，沒有了人倫、也拆掉了家的精神象徵、和拆光了過去的精神文明。

第三層次是指政客對「共產理想」的拆解：只剩下政客的口沫，1975年北越統一了越南，共產黨直接掌控國家，但至1986

---

[32] 尹玲：〈書寫失憶城市〉，《髮或背叛之河》，頁89。

年，越共也開始改變經濟政策，學習市場經濟和對外開放投資的模式，所以表面上是共產主義，而骨子裡卻是掛羊頭賣狗肉，實際是向資本主義靠攏。共產主義的理想性被「遺忘」了，只有空洞的共產這個牌位，政客也失憶了，只「留存」黨教條，像「虹」被掛在天上，虛妄的只剩下黨綱，政客也失憶了，得了健忘症。

這個「遺忘」和「留存」的二元意涵結構，此「遺忘」和「留存」二元對立意涵結構或顯或隱，不但貫穿全詩而且也依次出現在詩的許多元素中。

1.遺忘／留存

平日被隱藏、難以窺探的心態，藉助哭喊拆光城市記憶被照亮，作者藉之彰顯自身巨大的批判、無力和無奈。如1954年越共打敗法國，在日內瓦簽協定將越南分為南北越，爾後越共一直要侵略南越，1961年起越戰爆發，美國幫忙打了十幾年消耗戰，導致百萬越南人及五萬八千美軍死亡。「自己的土地，許多國家來『幫忙』」，「『他們偏愛血腥』，『我們』卻是『他們』殺伐的『殘者』」，越戰歷史恆在那兒，只有在書寫失憶城市時「逼顯」事物當下才會現形，「隱藏」的世界完全浮現，如利劍之出鞘，如針尖般不得不現出原形。本詩結構緊密性也是呈現在時空的精神結構上，這些簡潔的語言精煉後顯發了詩作，因為詩，只有詩才易從日常語言的束縛中「流動」出去。

2.時空交感

筆者以為此詩的時空是交感的，「拆去一切記憶的可能」是時間，留下「撒滿的口沫」是空間，口沫拋出的弧線，「企圖建構通往天際的虹」用動作瞬間拉出事件的空間，時間和空間糅合交綜，時間和空間互為表裡，處理極靈活，這種時空混融的手

法，往往能造成情思綿邈、錯綜幻化的意趣。[33]

發生論結構主義最重要的是「關係」，「身體－角色」既是「主體」也是「客體」，互為主體的關係，客體亦為主體，身體與世界之間有相容相摻的情境關係，「拆去一切記憶的可能」當城市角色沒有了，身體也沒有依憑，一切皆是無意義的「口沫」和「虹」。除了西貢，這失憶城市也可指台北、或其他城市，尹玲心中六〇年代的台北亦跟現在的不一樣，當1994年後尹玲首次回久別的西貢，卻發現法國色彩褪去許多「最具法國味道的著名CATINAT街，法國餐廳、法國咖啡館也已不存在」[34]，皆是失憶城市，所以：「我不在臺北，我不在西貢，我不在任何地方。」[35]台北、西貢，皆是被拆拆拆拆，皆是失憶的城市，她被迫漂泊流浪。

3.詩的微小結構探析

詩的眾多微小結構的細膩密集可加強總意涵結構的深度和廣度，茲分析之：

    （1）第一至三行：「拆／拆／拆」，連用三個拆，且一個拆字一行，表拆光，拆個撤底意，拆光有點是氣話。拆，故意不念舊情，寫不念舊情，其實隱藏的是最不捨舊情，拆一個字有拆個徹底意。為什麼要拆？就是不想記憶、要拆光對城市的記憶。這首詩的形式分析是：三個拆一字排開，從上拆到中，從中拆到下。

    （2）第四行：「拆去一切」。「拆去」：接上行拆字，是頂真格，很狠心的拆光。「一切」：含所有人、事、情感和景物，皆拆個夠、拆個光、不留一絲的意思。

---

[33] 夏婉雲：《童詩的時空設計》（台北：富春出版社，2007年）。

[34] 尹玲：〈因為那時的雨〉，《那一傘的圓》，頁34。

[35] 尹玲：〈撕碎的回憶〉，同上註，頁88。

城堡與白鴿——尹玲詩中的逃逸與抵抗

0
7
9

（3）第五行：「記憶的可能」。是「可能的記憶」之倒裝句。所有能想到的記憶，既不想記憶、想要忘掉，以至故意用失憶之法。

（4）第六行：「唯獨留下」，「唯」是唯一，只獨獨留下。

（5）第七行：「撒滿空中的口沫」。有二意：一是指和他人說話時，唯獨留下還有一點趣味的事件，或稱自己的話語是口沫、泡沫，無意義的打嘴泡。二是指政治協商或政客的談話是泡沫，沒有意義的語言。「撒滿」：散布、東西散落出來，零零碎碎撒了一地，有拋物線的感覺，才能連到空中。「空中」：向空氣中。「口沫」：口中泡沫，代表沒有意義的話語。

（6）第八行：「企圖建構」。不可能建構，所以才要企圖建構。

（7）第九行：「通往天際的」。天際不可能通往，故是虛擬的、虛張聲勢的。

（8）第十行：「虹」。虹是氣之七彩繽紛，此虛幻不實的色是虛擬的橋，口沫建構是不可能，它只能建構的虹，通往天際的虹。

　　從微小結構，可看出第一層意義是對受創者言，他們心中也想拆光對一座城市的記憶，為什麼不想記憶？因人事時地物的記憶太痛苦，然而拆去一切記憶可能嗎？這真是兩難習題。第二層意義戰爭和政客硬生生將她的家鄉轟炸光、拆光，拆去她一切的記憶；只留下一張嘴一口泡沫，而講大話不能建國；政客對人民講得天花亂墜，皆是撒口沫；口沫建構是不可能，它只能建構天上虛幻不實的虹。所以口沫＝天際＝虹。此是第三層意義：拆解就需重建，但用口沫可以建構嗎？拆光城市、撒滿空中的口沫，表示一切皆沒有意義，都是空談；對死了幾百萬人而言，對打了多年的越戰而言，寧願不要記憶，所以是個失憶的城市；而午夜

夢回，城市記憶還是拆不光，會從夢的縫隙中緩緩逸出。

（二）〈一個人在Joyce〉[36]一詩分析

在上首〈書寫失憶的城市〉中，她對這城市不要記憶，要拆去城市一切的記憶，這首1997年的詩也是要遺忘一座失憶的城市，且此城市滿佈塵埃，上首是直接不滿的控訴，而此首是靜坐此處想紛擾的彼處，〈一個人在Joyce〉詩如下：

> 靜享獨處
> 遺忘一座失憶的塵埃城市
> 及其獸類的叫囂
>
> 輕撫彷彿南歐的風
> 翻飛
> 逝去時光的支支
> 白旗[37]

詩人身處臺北市幽雅名叫Joyce的咖啡館，靜享獨處如南歐般的平靜生活，她遺忘了家鄉西貢塵埃般的城市（當然也有可能暗指政客喧囂的臺北），啡館店前有花園，放了六、七個白色帳篷雅座，白旗代表什麼嗎？西貢，是真的遺忘了嗎？她真的失憶了嗎？為什麼要在喬伊斯獨坐，因為別處找不到安靜，尹玲寫詩永遠用他方跟此方的對比，永遠用白髮變黑髮來對比。

這一首詩用高德曼發生學結構主義來分析，其二元對立總意涵結構是「清靜／紛亂」，平日被隱藏、難以窺探的心態，藉助遺忘一座城市、控訴獸類的叫囂被照亮，作者藉之彰顯自身嚴屬

---

36 Joyce喬伊絲，咖啡館店名，此處在臺北市松山區慶城街，名為Joyce west cafe。
37 尹玲：〈一個人在Joyce〉，《故事故事》，頁201。

的批判、無力和無奈。這個「清靜」、「紛亂」的二元意涵結構，或顯或隱，不但貫穿全詩而且也依次出現在詩的許多元素中。

1.清靜／紛亂

紛亂：是吵雜、煩躁、煩擾、混亂，外在的強勢，容易被打擾的外力，自己無法控制的主義、機器、無法抵抗的團體力量，也代表獸叫囂、腐敗、戰爭，永遠是共產國家人民的大背景、大陰影。清靜：表安靜，詩人身處臺北咖啡館享受南歐般的平靜、幸福。此是內在、內縮、自我控制的、也是弱勢的，在無法推倒的大他者中、只有靜享獨處時，眾人的力量才似乎隱退，好像上有政策下有對策般的暫時求取片刻的安靜。這時代每個人都在懷疑、猜忌大背景大他者（政府／國家機器／財團／大企業）的意圖和陰謀中生活。

2.白旗意涵

「逝去時光的支支白旗」有三層意思：

第一層表示投降：南越戰敗向越共投降、彷彿脆弱的小城堡向強勢的大城堡投降，無力抵擋的小老百姓向大他者投降，向野獸投降。而由叫囂的「紛亂」中走向投降後的「清靜」，其結果不是死亡、被清算、逃亡、或苟延殘喘豎「白旗」地活著。越南共產黨掌控國家，然而1986年後，越共也開始改變成市場經濟，學習市場經濟和對外開放投資，所以表面上是共產主義，而內部是資本主義在開發，在時代潮流下共產主義竟也豎起「時光的支支白旗子」向資本家投降了，象徵共產主義的破產。在西方衝擊下的越南人要活著，心思是非常複雜的，所以白色也表示一切皆枉然。

第二層表示Joyce咖啡館帶出南歐的點點記憶：Joyce咖啡館的庭園有大白傘豎立，風中拍拍響如白旗翻動，再「紛亂」的拍

動（乃至叫囂）也可供日後或書寫的當下短暫「清靜」地回味。因而帶出作者過去跨國旅行中一個一個事件的記憶，即使是遺跡還有石頭墩杆立、樑柱高聳及石堆纇圯地錯落其間、如旗幟般豎立在不同的時光中，而只有記憶是無法投降的。

第三層表示白髮：「逝去時光的支支白旗」表示一根根白髮，生命終也得向歲月投降。尹玲的早生白髮，是必要之痛。有些詩人將白髮的降臨想成「死亡空降的傘兵」、「飄落白色的咒語」、「白即是美」、「五十歲以後」、「死亡，你不是一切」「獨白」。尹玲一夕之間變白髮，白髮日日頂在頭上，提醒她多年來逝去的憂傷時光。依本詩前後意，「支支白旗」，既代表支支白髮、也代表再「紛亂」獸的叫囂最終也得「清靜」下來，向時間、死亡投降。

3.詩的微小結構探析

詩的眾多微小結構的細膩密集可加強總意涵結構的深度和廣度，茲分析於下：

(1) 第一行：靜享獨處。靜享：靜靜地坐在臺北市松山區 Joyce咖啡館，享受獨處時光。獨處：靜享獨處彷若短暫靠近母體、享受與南歐記憶合一，有南風習習、有安全幸福之感。

(2) 第二行：遺忘 一座失憶的塵埃城市。遺忘：即使舒適，她首先想到的還是他方，刻意要遺忘的大他者——不堪回首的城市。失憶的：她對這城市不要記憶，要拆去城市一切的記憶，要遺忘一座失憶的城市。塵埃：這城市有太多塵埃，一為戰爭、落後、一為心裡上它佈滿傷心、難抑悲楚的點點蒙塵。城市：主要應是指家鄉、西貢，這個魂牽夢掛要遺忘的大他者。

(3) 第三行：及其獸類的叫囂。獸類：代表戰爭、政客、

越共，尹玲詩文皆把好戰份子、政客喻為無人性的獸類，可見心中的痛；獸是國家的機器，大他者的御林軍。叫囂：尹玲詩文皆把好戰份子、政客的行為喻為紛爭、囂張、敗壞。及其：承接句，上承要遺忘一座失憶的城市，和製造這城市戰亂、塵埃的野心家；下接為何要遺忘的原因，因為內中有獸的紛囂。

（4）第四行：輕撫彷彿南歐的風。輕撫：是「我」輕撫白髮，省略主詞；輕撫是我撫摸，或者是風輕撫，我的手借風來翻飛。彷彿：彷彿是南歐的風在輕撫我頭髮。南歐的風：是詩人柔和想像風如手的暗喻，只有風可以安慰她的白髮，且只有如南歐的風可以安慰她的白髮。

（5）第五行：翻飛。此處有兩個動詞，一翻飛，一輕撫，輕撫是我撫摸或者是風輕撫；翻飛就只有風會翻飛。

（6）第六行：逝去時光的支支。逝去時光：白旗如余光中的向歲月的投降，白旗＝白髮，一夕之間變白髮，白髮日日頂在頭上，提醒她二十七年來逝去的憂傷時光。

（7）第七行：白旗。表白髮，向逝去時光的投降，白：白色表一切皆枉然，也可象徵她的幽幽傷痛。

尹玲寫詩永遠用他方跟此方的對比，永遠用白髮變黑髮來對比。在Joyce啡館店靜享獨處，在台北清靜中回想那個「紛亂」城市。從微小結構中，在台北清靜的一角可看出「獸的叫囂」或「翻飛逝去時光的支支白旗」的「紛亂」，需要「清靜」的獨處，柔和的「手」去自我「輕撫」，才有機會如沐浴在南歐的風中獲得安慰。一座塵埃城市還在、獸還在叫囂，代表憂傷時光的支支白旗還在翻飛，尤其午夜夢迴，會從夢的縫隙中緩緩逸出，而一切走向「白」走向「逝」走向「死」是必然，心中清靜則何

妨獨享。

五、結語

　　很少人能夠體會尹玲所謂「無根的鄉愁」是何意，對於1949年由大陸來台的前行代詩人而言，他們的鄉愁至少是「有根」的。但一個在台的越華詩人如尹玲，卻成長在「我們操著粵語　越語　法語／美語　英語　國語／和不知哪一國哪一地的語／誰的聲音大　誰／就是我們的主子／我們是宿命的終生異鄉人」[38]，她的宿命是：

> 不斷的出發
> 便無法完成一次
> 真正的回歸
> 一千隻伸展的翅
> 何如一雙棲止的鞋[39]

她寧願棲止成鞋卻不能，只好不斷出發、不停展翅！這剛好造就她成為一位詩人。因為人活在世上就理應始終處在一種「進行的」、「過程的」關係之中，而不為當下處境所「囚」，也不定要自該處境中「逃」出，定要「逃」進另一處境方才罷休，到時另一處境也會是另一形式的「囚」了。若是能「意向性地」在不同處境（也包括身份／地域／心情）之間適恰地「跨」與「互動」，乃至只是「跨」在現在與過去回憶之間，自然就會有不可思議的收穫。這或也是尹玲後來詩、詩論愈寫愈好的原因，她跨國旅行，一去往往數月，居無定所，她在今與昔、此城與彼城、

---

[38] 同上註，頁81。
[39] 尹玲：〈昨夜有霧〉，《一隻白鴿飛過》，頁191-192。

此鄉與彼村、在遺忘與留存、清靜與紛亂之間不斷「意向性地」互動，而能創造出不同於其他詩人的詩作。她知道「任何一鄉最後卻只是你我回不去的一個他處」，「披著星光入夢」的「小小城堡」是不存在的，永遠「可避彈的白鴿」也是不存在的，她在高德曼的挪用中找到可以自我重構的詩的城堡。這些都是她自我救贖、既逃逸又可抵抗「該供向哪一方宇宙／哪一方神祇」[40]的安定力量，那麼不斷出發、不斷跨與互動又何妨。

本文即透過拉崗的精神分析、梅洛龐蒂的身體現象學、乃至左右腦的「跨」與「互動」探討尹玲詩作的逃逸動力和抵抗精神，並指出尹玲的「無根鄉愁」使她能始終處在追求「過程的」關係之中，而不必一定能產生什麼「結果」。末了並以尹玲的詩作挪用高德曼，找出意涵結構再細緻分析詩的方式，指出閱讀的「延緩」也是使讀詩人走向「過程」、自字詞中重生的方式，宛如為一首詩建構一座「小小城堡」、乃至只是「一傘的圓」，以顯現出詩之美。而原來詩的寫或讀均是「使結果成為過程」的方式，尹玲以她的一生和詩，為我們展示了一位詩人不懈地追求「一千隻伸展的翅／何如一雙棲止的鞋」的「過程」。

參考書目

七田真著，劉天祥譯：《超右腦革命》（台北：中國生產力中心，1997年）。

方明：《越南華文現代詩的發展：兼談越華戰爭詩作（1960年～1975年）》（台北：唐山出版社，2014年）。

拉康：《拉康選集》（上海：上海三聯書店，2001年）。

梅洛・龐蒂（Maurice Merleau-Ponty），姜志輝譯：《知覺現象學》（北京：商務印書館，2001年）。

黃漢平：《拉康與後現代文學批評》（北京：中國社會科學出版社，2006年）。

---

[40] 尹玲：〈讀看不見的明天——重構另類六〇年代〉，《一隻白鴿飛過》，頁82。

夏婉雲：《童詩的時空設計》（台北：富春出版社，2007年）。

夏婉雲：《臺灣詩人的囚與逃：以商禽、蘇紹連、唐捐為例》（台北：爾雅
　　出版社，2015年）。

家國想像與自我定位
——論尹玲詩的河流意象

余欣娟

台北市立大學中國語文學系助理教授

摘要

　　尹玲是越南華僑，具有越南及中國血緣，再加上越南曾受法國殖民，遭逢越戰等歷史因素，遂使尹玲的詩文充滿了「戰爭」、「悲愴」、「飄盪」與「無法歸屬」等意象。「河流」的隱喻性強烈，它隱含了「源流」與「時間」等鮮明意象，而尹玲詩就多達三十首詩提及「河流」。因此，本文以「河流」作為切入視角，自文本上下語境論其隱喻及意象，討論尹玲詩的家國想像及自我定位。

關鍵字：尹玲　河流　國族　時間

一、前言

尹玲（1945-）本名何金蘭，曾就讀崇正華文學校、中法中學，並畢業於西貢文科大學，又獲得台灣大學中國文學國家博士以及法國巴黎第七大學文學博士。如此學貫中西，源自於她的成長背景。尹玲是越南華僑，在越南受過中文、越南、法國等語言文化教育，在1969年離開越南前，平日交談就混雜了越語、大埔話、潮洲話、國語、法語等[1]。而尹玲的父親在九歲離開中國後，始終以「中國語言、中國文字、中國文化」教育子女，在家僅使用故鄉廣東大埔的客家話[2]；如此也加強了尹玲「身分認同」中的文化意識。然而，尹玲除了與父親使用大埔話，她和母親則以越語溝通，在學校又使用法語、越語或國語；除此之外，學校在升旗時，亦輪播著「馬賽曲」、「中華民國國歌」和「越南共和國國歌」。如此多元的生活，影響了尹玲[3]。移民家庭所面對的「融合」問題，是否接納越南文化、法國文化或者堅持中國文化，一直在她的成長過程中拉拒與調適。尹玲曾以「何金蘭」身分寫下〈宿命網罟？解構顛覆？——試析尹玲書寫〉時，便揭露了這項矛盾，她說「在類似上述的狀況下，身分認同／文化認同變成不太容易：什麼身分？何種身分？總是無法說得很清楚。至於文化呢？老是移過來移過去、挪上去挪下來，最後是：好像每一種都認同，又好像每一種都不認同」[4]，她又以〈在永恆的翻譯國度裡〉詩作自剖，認為自己一生「終生漂泊」、「永恆翻譯」、

---

[1] 尹玲家庭與生平經歷可參見尹玲〈尋找真正的自己〉，《婦研縱橫》（第78期，2006年4月），頁18-25。

[2] 何金蘭〈宿命網罟？解構顛覆？——試析尹玲書寫〉，《臺灣詩學》（第10期，2007年11月），頁280-281。

[3] 同前註，頁284。

[4] 同註2，頁284-285。

「無法界定」[5]。

　　致使其終生漂泊、無法界定的，除了身分認同，還有越戰（1961-1975年）之炸裂。她在〈巴比倫淒迷的星空下〉的詩句「戰火紋身」[6]，幾乎成了她詩作的意象縮影；瘂弦曾以此為題撰文〈戰火紋身──尹玲的戰爭詩〉，認為「『戰火紋身』的意義不僅是『洗禮』。這『紋身』更代表『傷痕』」[7]，而尹玲自己也以此為標題，寫下〈戰火紋身後之再生〉[8]記錄南越華文現代詩的發展。另外一本由尹玲所指導的淡江大學碩士論文《從戰火紋身到鏡中之花──尹玲書寫析論》亦圍繞在此意象。白靈替尹玲《一隻白鴿飛過》寫序〈棲在詩上的蝴蝶〉，文中指出尹玲的內在悽苦來自經歷了戰亂、親友亡故，浪跡天涯，留學台灣、法國達十五年，而尹玲擅長多國語言的背後，可能代表了「無所歸屬」、不知何國為依歸的「飄盪」與「茫然」。[9]洪淑苓〈越南、臺灣、法國──尹玲的人生行旅、文學創作與主體追尋〉亦處理其生命行旅與越戰影響，詮釋尹玲的「漂泊意識」，而以〈北京一隻蝴蝶〉中的「一條罹患風濕的皮鞭」為例，認為「『悲愴』符碼也已經牢牢鑲嵌在她的靈魂深處」[10]。

　　從上述可見尹玲詩作之主要意象群在於：「戰爭」、「悲愴」、「飄盪」與「無法歸屬」。不過，若閱覽尹玲所有詩集後，可發現尹玲談及越南、中國文化或法國時，時常會有「一條河流」默默地流過詩作，既不喧嘩卻也必需，無論語境處於悲苦

---

[5]　同註2，頁286。

[6]　尹玲〈巴比倫淒迷的星空下〉，《藍星詩刊》（第27期，1991年4月）。

[7]　瘂弦〈戰火紋身──尹玲的戰爭詩〉，《現代詩》（第18期，1992年9月），頁40。

[8]　尹玲〈戰火紋身後之再生〉，刊登於風笛詩社網站。http://www.fengtipoeticclub.com/hkl/hkl-s003.html（2015.12.2上網）。

[9]　白靈〈棲在詩上的蝴蝶──序尹玲詩集〉，尹玲《一隻白鴿飛過》）（台北：九歌，1997年），頁11。

[10]　洪淑苓〈越南、臺灣、法國──尹玲的人生行旅、文學創作與主體追尋〉，《臺灣文學研究集刊》（第8期，2010年8月），頁166。

抑或歡樂。「河流」的隱喻性很強，它具有「源流」以及「時間」的鮮明意象；雖然尹玲並無系統性地進行河流書寫，但河流意象卻在詩作中處處可見，而研究者也尚未將此顯題化論述[11]。因此本文欲以尹玲詩的「河流」意象與及文本上下語境，詮釋「河流」的隱喻意象；並藉此為視角，回看尹玲詩作中的戰爭、身分認同與漂泊。

二、河流之隱喻概念與尹玲詩

　　河流的隱喻基礎具備「源流」概念，以及「水」的基本特性。「源流」概念涉及「水流出處」，這可引申為「根源」，並從流向引發「去向何處」的疑問。因此「河流」的源流語義，常可以與「旅途」、「方向」並置，產生人生議題的動態指向。「時間如流水」的譬喻結構，便是因著河流的「動態」特質所產生。這個文學譬喻十分常見，例如「逝水年華」的用法。Lakoff所著《我們賴以生存的譬喻》提到「時間流逝概念」有兩個次類：「一類是我們移動而時間靜止；另一類是時間移動而我們原地不動」，前者語句如「我們正接近年尾」，時間是靜止的，而我們向它移動；後者則可用「歲月如飛」作為說明，在此時間是動態的，而我們仿若靜止，看它經過[12]。我們將這個概念放置到「時間如流水」的譬喻結構時，就可知道，當我們用「河流」來表示時間流逝時，其實運用了「時間移動而我們原地不動」的次類。這番理解，有助於稍後深入詮解尹玲詩的視覺空間與感受。

[11] 由尹玲所指導的淡江大學碩士論文《戰火紋身到鏡中之花──尹玲書寫析論》文中曾提過湄河成為淚的隱喻，指向故鄉符號，並以雨、水、河流、血做為「流淌意象」的相互連結，但此文尚未以「河流」為命題，鋪展研究。余欣蓓《戰火紋身到鏡中之花──尹玲書寫析論》（台北：淡江大學中國文學系碩士論文，2007年），頁45-46，49。

[12] 雷可夫（Lakoff）、詹森（Johnson）著《我們賴以生存的譬喻》（台北：聯經，2006年），頁4。

此外，在文化意義上，「水」是生活必需，所有重要文明皆起源於「河流」文化，因此水可洗滌、飲用以及灌溉土壤、滋養生物，並具有「藏汙納垢」以及「潔淨」的雙重性。而「河流」亦常作為山川疆土的隱喻，例如洛夫〈長恨歌〉，「然後伸張十指抓住一部水經注，水聲汩汩，他竟讀不懂那條河為什麼流經掌心時是嚶泣，而非咆哮」[13]，詩中的《水經注》是北魏酈道元所注的地理書，記載著河流地貌與物產，譬喻作國家疆土。以人文地理的概念來說，此時河流不僅為自然景觀，尚結合了國族意象。Felix Driver在〈想像的地理〉一文中，談到地景如何參與、塑造了國族認同，「在特定時間有某些國族認同的意象會佔有主導地位；這些意象以地理形式呈現」，如同「塔橋」和「泰晤士河」共同建構了英國的國族認同[14]。循此，我們可以理解，「長江」、「黃河」不僅是地理河川，也寓意了中華文化。

尹玲的創作詩集中，幾乎每本都會提到「河流」[15]，經筆者統計，《當夜綻放如花》（1994年）有十首，〈那把剪刀〉、〈講古〉、〈血仍未凝〉、〈說書的風〉、〈碑石流著湄河一樣的淚〉、〈彈花盛放仿若嘉年華〉、〈弦之演繹〉、〈給你我絲般的歲月〉、〈芙閣綠姿泉寫真〉、〈尋人啟事〉。《一隻白鴿飛過》（1997年）有九首，〈晨曲〉、〈昨日之河〉、〈進入詩人沙爾的故鄉〉、〈曾經夏季開到最盛〉、〈如此流逝巴黎〉、〈生命的巔峰〉、〈追尋名叫西貢的都市〉、〈消息——驚聞葉師逝世〉、〈吹過去的風〉。《髮或背叛之河》（2007年）共四首，〈讓歲月凝視〉、〈追憶火逝玫瑰之一〉、〈追憶火逝玫瑰

13　洛夫〈長恨歌〉，《因為風的緣故》（台北：九歌，1988年）。

14　Paul Cloke、Philip Crang、Mark Goodwin編，王志弘等譯《人文地理概論》（高雄：麗文文化，2007年），頁279-289。

15　本文所統計的河流書寫，在詩中大都指向實際上的江河，其目的是為了突顯尹玲的家園想像及地方感，而較少論及譬喻式的抽象河流，如尹玲的名作〈髮或背叛之河〉。此亦為本文之限制。

之六〉、〈點菜〉。《故事 故事》（2012年）則有七首，〈我的夏天〉、〈在荷姆斯（homs）曬著的綻放〉、〈威尼斯 不是 威尼斯〉、〈威尼斯從夢幻轉向憂鬱〉、〈barcarolle〉、〈如河蜿蜒〉、〈羈旅〉。

上述總共三十首詩作提及「河流」，數量不可不謂之多！由創作時間順序來看，1987至1997年之間所創作的《當夜綻放如花》與《一隻白鴿飛過》就佔了三分之二，而這兩本詩集內容聚焦在反映越戰之暴虐與離鄉思情之苦痛。尹玲在《髮或背叛之河‧自序》曾寫道「少女時代的你無日不寫，那樣用心、那樣盡力，希望自己是『真真正正的寫作者』而不是寫寫玩玩、為名為利。1976年－1986年的十年苦痛曾讓你拒絕記憶、拒絕回憶、拒絕寫作」[16]。洪淑苓亦從尹玲的諸篇少作〈我們暫且迷信〉（1972年）、〈有一傘的圓〉（1973年）、〈我們怎能無語〉（1979年），呈現尹玲當時於越戰、越南淪陷以及身在臺灣的焦慮煎熬[17]。爾後1975年越南淪陷，加上父親驟逝，尹玲回憶這段期間是「從幾乎無法站立的狀況下站立」[18]，直至1994年，才在越南淪陷後，第一次回到西貢[19]。

因此，當尹玲重拾寫作之後，上述內外交迫的煎熬與鄉愁，便寄託於詩作中[20]。在這樣的寫作背景下，這批三十首的「河

[16] 尹玲〈自序〉，《髮或背叛之河》（台北：唐山出版社，2007年），頁8。

[17] 尹玲〈我們暫且迷信〉，《中華文藝》（4卷2期，1972年10月），頁228-233。尹玲〈有一傘的圓〉，《中華文藝》（6卷1期，1973年9月），頁169-173。伊伊〈尹玲〉〈我們怎能無語〉，《中華文藝》（9卷5期，1975年7月），頁24-30。詳見洪淑苓〈越南、臺灣、法國——尹玲的人生行旅、文學創作與主體追尋〉，頁173-177。這些早期文章後來皆收錄在尹玲《那一傘的圓》的卷一「我們怎能無語」。尹玲《那一傘的圓》（台北：釀出版，2015年）。

[18] 尹玲〈尋找真正的自己〉，《婦研縱橫》（第78期，2006年4月），頁25。這段面對越戰、越南淪陷、接養人到臺灣的經歷，亦可參閱陳文發對尹玲的訪談，陳文發〈「書寫者‧看見」在逃亡的路上〉，《中華日報‧副刊》，2015年3月22日。

[19] 詳見紫鵑訪問尹玲之文。紫鵑〈河流裡的繁花——專訪詩人尹玲女士〉，《文學人》（2009年2月）。以及紫鵑部落格http://blog.udn.com/winniehs/3148367（引用日期2015/12/1）

[20] 尹玲於《髮或背叛之河‧自序》「詩，是否能作為你那永遠在飄流漂泊狀態的心

流」詩作就顯得極有意義，因為為數甚多的「一般概念」的河，不專指哪條河流，常成為時間流逝的襯托意象，而專屬名詞之「河」則標示了強烈的國族核心意象以及記憶生活點滴。這當中提及長江黃河有三首[21]，湄河香河共兩首[22]，而法國河流則有七首，其中主要是塞納河[23]。縱使在尹玲詩作中，河流從來都不是主要的描寫對象[24]，但是「河流」卻在尹玲詩作敘述中起了各種輔助意象的作用。甚至我們可以說，「河流」作為不顯眼的配角，卻已成尹玲詩的書寫習慣之一。

三、長江、黃河之家國想像

人文地理學在研究「文本裡的空間」時，提出文字可創造「家園」想像[25]。人居處「空間」中，不斷地接受、思考這空間實體的上下方位、地點、周遭景觀，經由「時間積累」，人在其中會產生「地方感」、「歸屬感」；倘若如此，「空間」就不再屬於客觀的實用概念。因此「空間」不僅僅是身體處於上下方位的實用空間；而且還在我們的「經驗」中，進行建構，涉及文

的偶爾憩息之處？甚至是某一天，成為你真正的、永恆的『家』？」。同註14。尹玲在接受紫鵑訪談時，也談及重新寫作的契機是因為學生找她批改詩作，她不好意思更動他人詩作，而自己寫了一首詩給對方作參考，於是再一次開始寫作，而所有的記憶與痛苦又湧現，尤其戰爭詩寫最多。詳見紫鵑〈河流裡的繁花──專訪詩人尹玲女士〉。

[21] 提及黃河長江的詩作皆收入在《當夜綻放如花》，黃河相關詩作有〈那把剪刀〉〈弦之演繹〉，長江相關詩作則有〈說書的風〉。

[22] 提及湄河香河的詩作皆收入在《當夜綻放如花》，湄河相關詩作為〈講古〉、〈碑石流著湄河一樣的淚〉，香河相關詩作則有〈講古〉。

[23] 提及娑舸河的有〈進入詩人沙爾的故鄉〉，收入在《一隻白鴿飛過》。提到塞納河則有〈尋人啟事〉、〈曾經夏季開到最盛〉、〈如此流逝巴黎〉、〈暮色拱起的鐘聲〉、〈生命的巔峰〉、〈我的夏天〉。

[24] 除卻前述已提及的〈如河蜿蜒〉，以及收錄在《一隻白鴿飛過》的〈進入詩人沙爾的故鄉〉有較為聚焦描寫娑舸河之柔媚。

[25] 文學書寫與地理學詳見Mike Crang著，王志弘等人譯《文化地理學》（臺北：巨流，2003年）。

化結構、社會意義，例如後殖民、帝國以及性別、階級意識等等」[26]。從此處來看尹玲的河流書寫，當可知道，尹玲詩的河流並非屬「現實地圖導覽」，其意義也不在單純地反映客觀群體經驗，而是透過文字創造尹玲的家國、文化想像。

尹玲詩提到長江黃河的詩作有三首，皆收錄在《當夜綻放如花》，創作於1988至1989年間，這是她恢復創作後的第二年。詩中，「長江」「黃河」的意象幾乎與中國文化劃上等號，承載著「具體時間」。以〈那把剪刀〉為例：

> 冷不提防掩埋了四十年的病
> 在那天夜裡猛然復活
> 母親的臍帶　是
> 剪不斷的初生悸痛
> 呻吟　嗚咽　狂號
> 黃河一般直奔入海
> 掀翻三王四代至今的澎湃
> 拍擊起伏底心口
> 衝越岸堤　在眼中溢決成
> 災
>
> 是的　那把剪刀
> 能將台北的噪音裁為川流日夜的車馬
> 如何不把這五千公里的相思淚

---

[26] 瑞夫（Relph）以地方關係界定了四種空間意義：第一種為「實用」空間（pragmatic space），由身體處境所組成（如上下左右）；第二種是感覺空間（perceptual space），由觀察者為中心，由觀察者所見的事物、意象所組成；第三種是存在空間（existential space）則除了上述感覺空間，還有文化結構、社會意義存在；第四種認知空間（cognitive space）則是抽象地塑造空間關係。詳見（英）麥克・布朗（Mike Crang）著，王志弘等人譯《文化地理學》，頁111。

也一併

剪進黃河滔滔的黃水

詩中「掩埋了四十年的病」在夜裡猛然復活，下一句緊接著「母親的臍帶　是」，「剪不斷的初生悸痛」，這裡所指的是她來自父系的「中華文化」，以「中華文化」做為生命源頭，即便離開實際國土，仍像嬰孩脫離母體般，感受到那初生之痛。這「剪刀」即是「時間」利刃。前述提及尹玲的父親九歲離開家鄉，移居越南，對中華文化、語言保持依舊如昔。尹玲在〈誰能使時光倒流〉中也透露越南自古深受中國文化影響，其節慶、生活禮節皆奉循傳統風俗，如「華僑則因梅花是我國國花，家家戶戶廳堂上必供有一瓶開著嫩黃花朵的梅枝，顏色淡雅，氣味清幽」，「春聯更是每家必備，上頭的字，可全都是中國字，越人稱為漢字，稍諳漢字的都會得到當地居民敬仰，被認為是有學問的學者」[27]。尹玲早期文章，描述臺灣或者中國文化，亦都以「祖國」呼喚[28]，從其散文「血管裏的血液澎湃著中國的江河」[29]到詩中以中國「河流」譬喻自身血緣、文化源頭，二者其實如出一轍。我們可以想見這「譬喻」的背後，以長江黃河做為「源頭」之深刻處，並非普通的語言譬喻而已，而是具有真切實感的生活感受。在臺灣「懷鄉」，想念故土，想念自己的中華根源，因而產生各種混亂之痛苦，有其歷史因素。這歷史因素所造成寫不盡的憂傷、苦痛，對原鄉文化無邊想像，產生圖騰般的意象譬喻，其背後或許隱藏亟欲恢復光榮，期待能脫離現狀之痛苦[30]。尹玲

---

27 尹玲〈誰能使時光倒流〉，收錄於尹玲《那一傘的圓》，頁49。

28 尹玲〈誰能使時光倒流〉：「在祖國一住十年，過年的氣氛不像在越南那樣濃厚，世事變化太大，影響到心境是原因之一」。尹玲〈誰能使時光倒流〉，《那一傘的圓》，頁51。〈有一葉雲〉：「自己到底與祖國還是一體的，血管裏的血液澎湃著中國的江河」。尹玲〈有一葉雲〉，收錄於尹玲《那一傘的圓》，頁73。

29 同前註。

30 王德威在《後遺民寫作》之〈序文——時間與記憶的政治學〉提到「國族論述力

在〈有一葉雲〉中，提到小時候總會問「祖國到底是什麼地方呢？祖國又是什麼樣子？為什麼祖國不來接我們回去？讓我們在這裡老是受本地人欺侮」，「一直到現在，電影放映之前的國歌依然使她熱淚盈眶，那份激動幾乎是超常的。但居然還有人不起立！」[31]。我們從此處回看〈那把剪刀〉中以「黃河」之奔流，以其聲狀內心之「呻吟　嗚咽　狂號」，方能進入尹玲創作的情緒語境。而在尹玲詩中同樣以「黃河」、「長江」做為國族意象尚有〈說書的風〉、〈弦之演繹〉、〈如河蜿蜒〉：

　　　　那山　　那水
　　　　那五千年的雕琢
　　　　書本上鉛印的抽象
　　　　陡然直立
　　　　刷刷刷刷
　　　　一頁一頁地迎面翻來
　　　　具體而真實
　　　　⋯⋯
　　　　⋯⋯
　　　　長江一樣的淚水　也
　　　　洗不清四十年含愁的眸
　　　　唯有說書的風
　　　　它　它在一瞬之間
　　　　能從一九四九的斷絕

求追溯以一貫之的想像源頭」是「一種召喚國族的神秘訊號」、「反映歷史現實的自然結果」，而臺灣主體成了超越存在，「有待山河重整之日大放光明」；並以李永平為例，點出僑生在台之懷鄉：「這位前輩南洋『僑生』落籍臺灣，卻一心嚮往中國。但他的中國與其說是政治實體，不如說是文化圖騰，而臺灣成為他原鄉想像的交會點，華族文化具體而微的投影」。見王德威《後遺民寫作》（台北：麥田，2007年），頁11。

[31] 尹玲〈有一葉雲〉，收錄於《那一傘的圓》，頁73。

說到今日

這般椎心的重合

——〈說書的風〉

浪濤響起　和你半生的哀樂

也曾繽紛　也曾無色

歲月是永不褪聲的音符

拉一曲黃河之水

奏半章故鄉夢回

彈指之間

五千年驟然

繃成

——〈弦之演繹〉

如此一帶若柔實蠻的河水流動裡

不時氾映父親追憶的故鄉影子

十里洋場的上海黃浦江

龍井飄香的杭州西湖畔

黃河雄渾和揚子江壯麗

海峽洶險香江尷尬塞納淒迷

一頁又一頁的懷鄉筆記

一葉又一葉的秋去冬來

一夜又一夜的清醒無眠

幽咽永遠尋找不到的歸期

——〈如河蜿蜒〉

上述詩作中，以長江、黃河做為國族意象的代表，甚為顯明。而

在尹玲詩的專屬河流中，可以與長江、黃河作相互對比的文化河流，還有淡水河與湄河、香河及塞納河。其中屬於臺灣河流的詩約莫兩首，一是〈如河蜿蜒〉提到淡水河，回憶初來臺灣，在淡水河彷彿看到湄河、塞納河的影子，以此寓意人生轉向；另一則題為〈書回白河〉，但內容並無河流之實，而是藉「白河」名稱發端，「白河是否真白／或只是黑的反義字」，來指涉內心灰暗之死意。如同洪淑苓所觀察，「直到目前為止，尹玲對臺灣、臺北的書寫較少，那是因為越南在她心中有著穩固的位置，越南淪陷是她心中永遠的痛，所以她的創作有著『越南』影子」[32]。因此縱使在臺灣有溫暖的師友之情，但仍深深感覺「被放逐」[33]。那麼我們不禁要問，尹玲書寫越南河川時，其意象是否不同於長江黃河之家國想像呢?!

四、越南河流之「母神」特質

蕭蕭在〈昔日之惜，風華之華〉一文，對尹玲家鄉之河川有著情感又知性的介紹，他說：

> 我們認識越南美拖市嗎？認識湄公河嗎？我們知道美拖位
> 於美麗的湄公河三角洲的入海口處，距離胡志明市七十五
> 公里，需要兩個小時的車程嗎？我們知道湄公河是一條跨
> 越六個國家的跨國水系，主幹水流就有四千一百八十公里
> 嗎？發源於中國青海省玉樹藏族自治區雜多縣，流經雲

---

[32] 洪淑苓〈越南、臺灣、法國——尹玲的人生行旅、文學創作與主體追尋〉，頁181。

[33] 尹玲描寫在台灣受到師友溫情照顧與歡樂生活，可參見洪淑苓〈越南、臺灣、法國——尹玲的人生行旅、文學創作與主體追尋〉註25，頁172。尹玲自言初出來祖國台北，但卻有「被放逐」的感覺，文見〈我們暫且迷信〉，收錄於尹玲《那一傘的圓》，頁100。亦可參閱洪淑苓〈越南、臺灣、法國——尹玲的人生行旅、文學創作與主體追尋〉專論尹玲詩文中的「被放逐」感。

南，這時她叫瀾滄江，經國寮國、緬甸、泰國、柬普寨、越南而後進入南海，湄公河最後離開陸地的三角洲就是美拖。尹玲就出生在流經六個國家、無數個種族的大河下游，水路沖激、匯聚的三角洲——越南美拖[34]。

湄河對尹玲來說，其意義有兩層：一是發源於中國流經五國到達越南之地理河川，因其為國家重要水脈，而成為國族象徵。其二，自尹玲的「經驗」來說，「湄河」並非僅僅作為文化符號的象徵，或是純粹標示「空間」方位而已；「湄河」是「地方」，具有生活實感、記憶之家鄉。從兒時嬉戲玩耍到青春之際的浪漫幻想，都在此河流發生。尹玲〈雨夜寄雨〉寫在1962年，當時她還在越南美拖，另外〈能說的唯有回憶〉與〈誰能使時光倒流〉二篇則寫在1976年的台北，三篇的散文寫作雖相隔十四年，但對湄河的描述卻有一致性。我們或可從中理解湄河在尹玲心中之份量與所賦予的意義。

尹玲對湄河的敘述有幾項特點：這是條十分活絡、日常往來所必需之河，而詩人對它的總體印象是「與世無爭」、「寧靜」、「溫柔」，「勤勞工作」。尹玲也以「少女」來形容湄河，這或許投射了若干自身的年少情懷[35]。我們從這三篇描述河流之動詞，又可細見「灌溉田園」、「養活家庭」、「載滿船隻」等意象。在〈如河蜿蜒〉中，亦從湄河「生產粘米生產蓮

---

[34] 蕭蕭〈昔日之惜，風華之華〉，收錄於尹玲《那一傘的圓》，頁17。

[35] 「河上飄來的多是一艘艘載滿花的船，在微寒的冬風吹拂和溫煦的旭陽照射之下，豔麗燦爛，美不勝收，令人有如置身幻境之感。越南女孩出嫁也稱渡河，我送你渡河，以滿載鮮花的船。視覺享受與少女朦朧的羅曼蒂克幻想」。〔尹玲〈誰能使時光倒流〉，《那一傘的圓》，頁48〕。「啊！溫柔的湄公河！妳宛若一位文靜、嫻淑的少女在無言的工作者，妳流經了多少地方？灌溉了幾許田園？養活了多少家庭？如詩如畫的湄公河畔！」〈尹玲〈雨夜寄雨〉，《那一傘的圓》，頁502〕。「美拖小城純樸得令人不忍心將繁華去粉飾它、殘害它。城南蜿蜒著彎曲而不太寬闊的湄公河支流，終年琤琤琮琮的彈唱著寧靜安詳的小曲」。〔尹玲〈能說的唯有回憶〉，尹玲《那一傘的圓》，頁44〕。

霧」、「生產番石榴生產雞蛋花」、「生產樹上椰子和水裡椰子」等寫起。從此可知，尹玲之湄河書寫，其概念源自「河流」本身具有「灌溉」、「滋養生物」等正向生發功能；衍外來說，便是著重在河流之母性特質。諾伊曼在《大母神：原型分析》中，從各式雕像、繪畫及神話，觀察到女性神祉，多半具有若干正反相對的基本特徵，其中與本文相關者，女性作為大圓、大容器的型態，傾向包容萬物，萬物產生於它，服從它。它是保護的和緊抱的容器，它也是營養的容器，為未生者和已生者提供飲食，賦予生命、營養、溫暖和保護。「大母神」的反面特徵則與「腐爛」、「藏污納垢」相關，亦有「吞噬」、「承載死亡」、「潔淨」之意，再從死亡回到孕育生命、生生不息之大圓[36]。如果說，尹玲散文中的湄河代表了母神特質的正向性，那麼尹玲詩中的「湄河」、「香河」專屬河以及「泛概念性」的越南河川，則除了「包容萬物」，亦因戰爭，展示了另一面「吞噬」、「承載死亡」、「潔淨」之意的「反面特質」。

> 我們是什麼也不能做的
> 無名觀眾
> 眼睜睜守住一方盒子
> 打電玩那般遊走三台
> 白光咻咻四起
> 射中目標或擊倒另一道白光
> 幾人應聲躺下
> 睡一場無夢無醒的覺
> 還有數隻水鳥

[36] 詳見〔德〕諾伊曼著，李以洪譯《大母神：原型分析》之第二部分「基本特徵」。〔德〕諾伊曼著，李以洪譯《大母神：原型分析》（北京：東方出版社，1998年）。

忽忽變作垂死天鵝

油海滾滾直若大江

一翻身　竟挺成

黏嗒嗒的烤壞黑鴨

　　　　　　　　——〈彈花盛放仿若嘉年華〉

香河滿溢血香

汨汨灌溉順化古都

皇城的大內小內

比沙丁魚更擠的人

活活植入一夜之間掘好的塚

……

……

在高原　在平地

哀嚎雷鳴

震得雨若如塵

湄河兀自蜿蜒著千年的溫柔

　　　　　　　　　　　——〈講古〉

照明彈終在你的眸中

豎成萬道不帶名姓的碑石

細細地留著

湄河一樣

不會停止的

淚

　　　　　　　——〈碑石流著湄河一樣的淚〉

這不完整的破朽的煙囪還只是

一個不光鮮不亮麗的標幟

誇訴曾如何乘風敗敵

幾許冤魂夜半浮現江面哀哀啼哭

舊帳應問誰清？

廿年了，戰艦，你怎還不腐去？

——〈痕跡〉，《十二人詩輯》

七千個日子依次捲起

你幽然而來

一襲青衣

裹不住那眉宇間的烽火

烽火流成河

淹沒

　甚至未及開口的

許諾

——〈血仍未凝〉

首先，需辨明的是在〈血仍未凝〉與〈彈花盛放仿若嘉年華〉
中，「烽火流成河」以及「油海滾滾直若大江」之「江」、
「河」，本應為譬喻中的「喻依」，說明著「烽火」、「油海」
這「喻體」。若嚴謹來說，它們並不能直接表示為越南河川。不
過，〈彈花盛放仿若嘉年華〉的語境就在越南，詩中「水鳥」一
詞，應可推想周遭應有河水之意象。另一首〈血仍未凝〉「烽火
流成河」的喻依用法，則與尹玲〈有一葉雲〉中所提「順化古都
數以萬計的亂屍，留給未死的人氾濫成河的淚」，「氾濫成河的
淚」的用法一致。我們再對照〈講古〉中「香河滿溢血香／汨汨

灌溉順化古都」，或許可以從尹玲慣有的寫作用法，預設這河流隱含了「泛概念性」越南河流，並與「烽火」、「血」互涉。尹玲所指導的研究生余欣蓓在《從戰火紋身到鏡中之花─尹玲書寫析論》注意到了尹玲詩中「流淌的意象」，「雨水」、「河」及「血」的意象濃密結合，充滿「蔓延感」、「肆虐性」[37]。對照前述尹玲散文中的河川寧靜，在詩作中的越南河流承載的是越戰時期的生靈塗炭，「戰艦」、「烤壞黑鴨」、「淹沒／未及開口的／許諾」，「幾許冤魂夜半浮現江面哀哀啼哭」，此時這河川宛若死亡之河，充滿哭喊。

　　尹玲詩中的湄河、香河亦處在於戰爭當中的慘況，此時可發現湄河不再是記憶中的寧靜少女姿態，而亦轉為凸顯「承載死亡」、「容納戰爭污濁」等面向。不過尹玲在使用湄河、香江專屬河流時，稍微不同於泛概念性的越南河川。香河如「血河」卻也「汨汨灌溉順化古都」；當湄河處在「哀嚎雷鳴」、「雨落如塵」情況下，卻也「兀自蜿蜒著千年的溫柔」；在照明彈爆裂下，死傷成了萬道碑石，此時又以「湄河」並置譬喻了觀者之「淚」。由此，詩中帶出湄河、香河之堅韌，母神般包容萬物，承載死亡、容納了戰爭之污濁。而湄河般的淚，就像洗淨傷痛一般。「蜿蜒千年的溫柔」，將整體時空拉長至永恆之不變，而此時的「戰亂之變」對歷史長河來說，彷彿一瞬，故「湄河」宛若全知的高度，遂溫柔地接納、包容這一切苦難。

五、河流的「時間感」與「漂泊不定」

　　前述已談過「河流」具有「源頭」、「方向」，本身就存在著強烈的時間性，而尹玲詩中的「河流」即是如此。在《故事故事》中，一連三首描寫威尼斯「貢多拉」搖船，由水聲帶往流逝

---
[37] 余欣蓓《戰火紋身到鏡中之花──尹玲書寫析論》，頁45-46。

歲月，「飄蕩在威尼斯的輕滑水面悠揚／隨著輕柔水聲直至我倆歲月深處」（〈BARCAROLLE〉），「Gondila在依舊輕宕浪漫的幽幽運河上／那船夫依舊輕唱挑逗的義大利情歌／那月亮依舊輕灑如真似假的銀光於夢幻河面」，「然而你的影子　你的／影子早已逝入那年的夏日纏綿／猶如絕不東迴的昨日流水西去」（〈威尼斯　不是　威尼斯〉），又或者在〈威尼斯從夢幻轉向憂鬱〉中「威尼斯從夢幻轉向憂鬱／只因你我已不再是那年愛侶／此後只剩追憶」。三首詩的語境皆回到威尼斯，藉由搖櫓撥盪水面之聲，帶出物是人非的傷感。

　　尹玲詩作中，為數不少的「塞納河」書寫，則代表了尹玲對法國文化之嚮往。不過，這當中仍充滿了矛盾情愫與糾葛。越南曾為法國殖民地，法國風情早已深深與越南日常交融在一起。如尹玲自述，近百年的殖民使得百姓自覺或不自覺使用法語詞彙，從飲食、服裝打扮到生活日用品、藝術，都以巴黎為「模範」，進而認為法國為越南帶來西方現代文明[38]。尹玲在法國的飲食、景象、生活習慣，其實係為了尋覓熟悉的越南身影，那是另一種「思鄉」的表現，「巴黎花都既非家鄉亦非異鄉」（〈看那迷人月色——多碧雅街2011年〉）；又如她與女兒在學校旁的「最古老最典型最巴黎」的小酒館共進早餐午餐，老闆與服務生愛與客人閒聊，但「聊起故鄉時每人卻靜默無語／然後急急送上家常的法國早餐午餐／將思鄉送進美味的菜肴和喧鬧笑聲裡[39]」。我們可見在最古老典型最巴黎的地方，竟是最能慰藉思鄉情緒，藉由這些「熟悉」日常，安頓了離鄉之飄盪。

　　我們或可再注意到若干塞納河書寫，尹玲運用了「橋上」、「橋下」的視角轉換，並從這視角轉換當中，帶入「體悟」。而這「體悟」多半與「時間」相關，而非純粹寫景。

---

[38] 何金蘭〈宿命網罟？解構顛覆？——試析尹玲書寫〉，頁287-290。
[39] 尹玲〈在這間你學校旁邊的BISTRO〉，《故事故事》，頁66-67。

你站在蜜哈波橋上
橋下仍流著一樣的塞納河
　　　　不一樣的水
世紀初的阿波里奈
世紀末的你

流著的是橋下的河水
還是橋上的你
以及你眼眸的亮
　　　　髮梢的光
和一隻羽翼疲憊的燕子

至於愛情
愛情終要西去
一如流水
一如那個夏天午後的薔薇
或年年河邊
梧桐葉子的開落

　　　　　　　　　　——〈如此流逝巴黎〉

再遠處
塞納河灰著不是當年的顏色
橋上橋下
都尋不回那一季冬
彷彿的身影
遑論春意

　　　　　　　　　　——〈暮色拱起的鐘聲〉

巴黎塞納河上共三十七座橋樑，連結兩岸。我們可想見尹玲到塞納河畔，應該會經過若干橋樑。「你漫步其間凝目其情／攜你女兒小小的手邁著小小步伐／在一座一座不同的橋上橋下／你們細語向多采多姿的彎彎流水／再聽河流流向他方時輕聲戰別」（〈如河蜿蜒〉）。在〈如此流逝巴黎〉與〈暮色拱起的鐘聲〉中，她幾乎正站在橋上，透過停留駐足的視角，望向塞納河，收納巴黎。此刻，「時間」如河水流動，而觀看者不動，就像所有往日畫面隨著流水不斷播放。「巴黎」對她而言，不僅是旅遊之地、思鄉的轉接處，還是個能讓她重新盤整思緒的地方。而不停逝去的「河流」恰恰就是個觸發的媒介，讓她在橋上橋下的視角變換間，看著「逝水年華」，釋懷愛情在歲月間的磨損、消逝。我們或許可以再注意到，她在〈如此流逝巴黎〉中特別將「世紀初的阿波里奈」與「世紀末的我」，兩相對照。法國詩人阿波里奈曾寫下〈蜜哈波橋〉，詩中描述了線性時間的消逝、愛情的消逝，而詩中卻也不斷重覆穿插著「時光消逝了，我沒有移動」，彷彿成了凝視流水時的自我呢喃。尹玲站在同樣的橋上，將「阿波里奈」與自己互文，形成註釋，特別突顯出自己與詩人阿波里奈的「同情共感」跟「憑弔」。「逝水年華」本是一件無情事，但尹玲卻深情看待之，視「無常」為「常」，一如河邊梧桐年年開落。這類「變」與「不變」，「常」與「無常」的省思，特別是在1995年至1996年的創作期間，最為明顯。

「河流」喻意時間流逝時，其概念運用了「時間移動而我們原地不動」的譬喻次類，如此「人」凝視河流，往往容易從「變」與「不變」之相對性，類比至生命歷程之觀照。如同〈生命的巔峰〉以及記錄「博思普魯斯海峽」的〈橫著的水──波思佛（Bosphore）〉。〈橫著的水〉雖然不屬於河流書寫，但是卻與〈生命的巔峰〉的觀看角度相似。〈生命的巔峰〉寫著「塞

納河緩緩西去　夕照裡／聖母院鐘聲揚入四空／想／隨意想到的問題／或／什麼也不想」；〈橫著的水〉寫道，「我當然知道／所有的水都將匯入海洋／如同一切的美　終會葬在過去／永不回頭／我曾佇立左岸／凝視水上的你／如何緩緩　卻又急急／從歐洲這半的水／沒入亞洲那半的天地」。這兩首詩都不專寫河流姿態，但卻都注視著「流動的水」，這些河流、海峽彷彿成了尹玲思考時的背景與觸發。而她所思考的，卻又往往經由這些「流動的水」興發，而看見那些「終會過去」，而產生某種更深層的「悟」與「寧靜」。

〈那把剪刀〉、〈弦之演繹〉、〈如河蜿蜒〉等詩描述長江、黃河、湄河等專屬河流時，「河流」仍具有強烈的時間意象；不過相較於前述，此處突顯了尹玲的生命時間與中華文化的歷史時間的並置。〈那把剪刀〉中「四十年的病」與「黃河一般直奔入海／三王四代至今的澎湃」，〈說書的風〉「那五千年的雕琢」與「長江一樣的淚水　也／洗不清四十年含愁的眸」，〈弦之演繹〉「浪濤響起　和你半生的哀樂」與「拉一曲黃河之水／奏半章故鄉夢回／彈指之間／五千年　驟然／繃成」。文化歸屬上的漂泊不定，遂與時間產生相互拉扯，這種寫法造成一種急迫的焦慮與張力。

這種焦慮的漂泊感，又時常以「河流」意象表達。向陽主編《台灣詩選2003》選入了〈特定藥劑〉，詩中「即使已搭過上萬次的地鐵在夢中一如在現實裡／也只不過是未曾停過的漂流溪河／我讓自己疲憊在無法固定無法安定無法確定／無法肯定無法堅定的永久飄流狀態」，編者「賞析」認為「本詩轉化『歲月如梭』『時間如水』的既有象徵系統，寫出現代社會人的飄流狀態與無奈」[40]另外一首〈羈旅〉收入在越南存在詩社主編的《十

---

[40]　向陽主編《臺灣詩選2003》（台北：二魚文化，2004年），頁32。

二人詩輯》，寫在1966年[41]，後又收在《故事故事》中，「這裡沒有江／如河涉水　怎麼歸去／聽風雨在江而噢咻／楊柳佇立岸邊／據攄整夜濃濃寒意／肩起兩岸飄泊的命數／我是一個不被注意的羈旅」，岸邊楊柳寓意著離別，詩人欲涉江而不得，其遠望故鄉的姿態是悲愴的，整首詩相當中國古典意境。這裡「江水」有雙重指涉，可指連結交通往來之河流，因此其表層義為「無河可渡」，無法涉水到對岸，只能滯留原地哀嘆；然則為何要有「河」、為何要「涉水」呢？其深層義牽涉到「羈旅」之題──寄居他鄉。1966年，尹玲尚在越南，此時她心心念念著父系血緣的中華文化。河流本身就有強烈「源流」，更增強「歸返」的意象。因此，河流在此處並非「阻斷」，反倒是「途徑」。「渡河」即為一種返家的儀式。然則無河可渡，當無法啟航，而這等悲愴卻又無人聞問，這透顯出越南華僑是「不被注意的羈旅」，處在「邊緣的邊緣」，如此更增強內心的漂泊感。

　　2010年，尹玲〈如河蜿蜒〉也使用了「河流」的「源流」、「旅途」與「方向」譬喻概念，連結文化認同。詩中一併處理了黃河、湄公河、淡水河、塞納河等河流。這可視為尹玲自我的生命檢視。從「父親追憶的故鄉影子」、「黃河雄渾和揚子江壯麗」，「一頁又一頁的懷鄉筆記」，卻「幽咽永遠找不到的歸期」。在尹玲詩中，「黃河」、「長江」代表著國族圖騰的光輝，但實際上還缺少了生活經驗，在這樣的文化認同下，「若柔實蠻」的河水也只能是「父親追憶的故鄉影子」，終究不屬於她的。但當尹玲憶寫湄公河，立刻轉換了語氣與姿態，「那不可能更換的三角洲」。此處物產鮮明，歷歷可數，「生產粘米生產蓮霧」、「生產番石榴生產雞蛋花」、「生產樹上椰子和水裡椰子」；亦「生產無法消除的硝煙」、「生產你無能放棄的

可見風笛詩社網站http://www.fengtipoeticclub.com/hkl/hkl-a001.html（2015.12.2上網）

夢魘」、「生產你終生背負的使命」、「生產你半生笑淚的纏綿」。「生產」即是一種「母親」的語詞概念，從「有形的農作物」到「無形的使命壓力」，都來自於她的給予。這豐饒的甜蜜與快遭壓力吞噬，就像大母神的雙重特質。此段最後兩句「不許你叛誓不許你背棄／不許你遺忘不許你逃離」，表層義即是對越南之不能割捨，但其實其深意連結著「無形的使命壓力」。尹玲到臺灣求學後，「蜿蜒眼前的淡水河終於明澈／閃爍期間的片片波光裡／你看見 依稀看見湄公河柔弱下的堅忍／也泛漾塞納河多情多元的迷宮誘人」，短暫停留數年，又在法國塞納河，游入「少女時期的心靈之鄉」、「在休閒在苦讀在享受在煎熬」，過著豐富多元且有情致生活。

但最終，詩中的作者歸向何處呢？尹玲以「文化心靈故鄉」之河作為詮釋、解答，而悠游其中，望向「無數的河」。此時這些河流將不再專屬於國籍、有疆域之別。

六、結論

在尹玲詩文研究中，「河流意象」尚未被顯題化處理，其原因在於「河流」並非是尹玲書寫中的鮮明意象，它往往像是一種「語境」，靜靜地流過詩中。但是這不顯明的河流，卻多達三十首，流動在每本詩集中，對尹玲詩作敘述中起了各種輔助意象的作用。「河流」成為一種隱喻象徵，如河流的源流、旅途、方向等指向，此一基本命題圍繞在「來自哪裡？」、「去向何處？」。尹玲詩文中，「河流」常代表著「時間流逝」，詩中常見「橋上」、「橋下」的視角轉換，並從這凝視的變化間，帶入「體悟」。這「體悟」往往與人生當中的「變」與「不變」相關。

尹玲因自身的雙重血緣，以及越南身處殖民地和越戰之故，

其詩文總帶著深深傷痕與漂泊不定。「旅途動向」與「歸處」的自我詰問，常與「時間的流逝」形成某種焦慮感。這樣焦慮最常見於對長江、黃河的書寫，自身的生命時間與中華文化的歷史時間作並置處理，而產生張力。河流之強烈源流性與連結兩岸，也增強了「漂泊不定」中的「歸返」意象。「渡河」，不僅是尹玲在湄河畔的日常生活，在〈羈旅〉中更上昇成返回祖國的心靈儀式。而湄河就像母神一樣，灌溉土壤、滋養生物，有著青春年少之甜蜜；但也因越戰之故，原本富有生命力的湄河、香河也如存著母神的另一面，承載死亡、容納污濁。

尹玲或許也自覺到自己的河流意象，她在《故事故事》寫下〈如河蜿蜒〉從河流連結文化認同，處理了黃河、湄公河、淡水河、塞納河等生命中諸多河流，並將漂泊的歸屬導向於心靈故鄉。我們從專屬河的分布，則可清晰見到中國、越南與法國的文化影響，如其河流分支交錯，而這或可反映尹玲詩的「漂泊意識」所在。

引徵書目

一、尹玲作品

尹玲，《當夜綻放如花》，台北：自費出版，1994年。
尹玲，《一隻白鴿飛過》，台北：九歌，1997年。
尹玲，《髮或背叛之河》，台北：唐山出版社，2007年。
尹玲，《故事故事》，台北：釀出版，2012年。
尹玲，《那一傘的圓》，台北：釀出版，2015年。

二、中文書籍

王德威，《後遺民寫作》（台北：麥田，2007年）
白靈，〈棲在詩上的蝴蝶——序尹玲詩集〉，收錄於尹玲《一隻白鴿飛過》（台北：九歌，1997年），頁9-25。

向陽主編，《臺灣詩選2003》，台北：二魚，2004年。

洛夫，《因為風的緣故》，台北：九歌，1988年。

蕭蕭，〈昔日之惜，風華之華〉，收錄於尹玲《那一傘的圓》，頁17-19。

三、期刊、報章、學位論文

尹玲，〈尋找真正的自己〉，《婦研縱橫》，第78期，2006年4月，頁18-25。

何金蘭，〈宿命網罟？解構顛覆？——試析尹玲書寫〉，《臺灣詩學》，第10期，2007年11月，頁279-303。

洪淑苓，〈越南、臺灣、法國——尹玲的人生行旅、文學創作與主體追尋〉，《臺灣文學研究集刊》，第8期，2010年8月，頁153-196。

瘂弦，〈戰火紋身——尹玲的戰爭詩〉，《現代詩》，第18期，1992年9月，頁38-41。

余欣蓓，《戰火紋身到鏡中之花——尹玲書寫析論》，台北：淡江大學中國文學系碩士論文，2007年。

陳文發，〈「書寫者‧看見：在逃亡的路上〉，《中華日報‧副刊》，2015年3月22日。

四、西文書籍

雷可夫（Lakoff）、詹森（Johnson）著，《我們賴以生存的譬喻》，台北：聯經，2006年。

Paul Cloke、Philip Crang、Mark Goodwin編，王志弘等譯，《人文地理概論》，高雄：麗文文化，2007年。

〔德〕諾伊曼著，李以洪譯，《大母神：原型分析》，北京：東方出版社，1998年。

Mike Crang著，王志弘等人譯，《文化地理學》，臺北：巨流，2003年。

五、電子資訊：

尹玲〈戰火紋身後之再生〉，刊登於風笛詩社網站。http://www.fengtipoetic club.com/hkl/hkl-s003.html（引用日期2015.12.2）。

尹玲〈羈旅〉，刊登於風笛詩社網站。http://www.fengtipoeticclub.com/hkl/ hkl-a001.html（引用日期2015.12.2）。

紫鵑〈河流裡的繁花——專訪詩人尹玲女士〉刊登於紫鵑部落格http://blog. udn.com/winniehs/3148367（引用日期2015.12.1）。

「流影」與「留影」
——論尹玲詩的「離散經驗」與「身份認同」

顧蕙倩

銘傳大學應用中文系兼任助理教授

摘要

尹玲亦曾在與友人的聚會中提及，自己最欣賞的外國藝術家有兩位，其中一位便是羅蘭・巴特（Roland Barthes）。羅蘭・巴特曾說：「文學批評並不是向過去的真實「致敬」，或是向「另一人」的真實致敬；文學批評是一種建構，建構我們時代的可理解性。」今日閱讀尹玲的詩作，當可以羅蘭・巴特的文化理論諸多視角加以解析，或可更進一步深掘其寫作策略與文學深度。而大至全球性的文化認同問題，小至個人生命離散的文化錯置與重整，文化主體性的辨識與認同已成為二十一世紀身處戰亂與逃離家園者的生命課題，以今日世界局勢映照尹玲詩作，不從傳統詩學理論加以分析文本，而是從羅蘭・巴特、華特・班雅明（Walter Benjamin）、愛德華・薩依德（Edward W. Said）等文化理論窺其堂奧，當會發掘尹玲因獨特的「離散經驗」而呈現的「身份認同」問題，如鏡像般映現於詩作中的生命「流影」與「留影」，亦正在這個世界繼續書寫著。

關鍵詞：離散　認同　後殖民　寫作零度　此曾在

我對著某張照片沈思（或入迷）時，照片中的意象立即栩栩如生，一種惬意的感覺頓時油然而生，仿佛置身夢中，渾然忘我。突然，這些意象不再那麼固定，像一種有機體，開始變化多端起來（照片的我不再像我了）。[1]

一、前言

2015年11月13日一連串恐怖攻擊造成法國花都巴黎及其近郊死傷慘重，全世界無不人心惶惶。然而巴黎才於2015年1月7日發生由激進派穆斯林發動的《查理周刊》（Charlie Hebdo）總部槍擊案，造成12死11傷；同年1月11日，數百萬人大遊行，包括法、英、德、義、西等四十多國領袖及民眾們在巴黎重要街頭和廣場集會，以展示其反恐立場。面對恐怖組織無所不在的威脅，全世界號稱第一強國的美國及號稱經濟文化文明國度的歐洲各國成了點燃恐怖主義的火藥庫，甚至戰場已蔓延全世界，隨時可能引爆危機。

第二次世界大戰結束之前，世界的「秩序」是由以資本主義為主導的第一世界所一手建立的，舉凡文明的先進與文化的主導詮釋權都掌握在政治經濟強國之手，隨著二戰結束，被殖民國家紛紛獨立，「第三世界」[2]一詞遂成為貧窮、饑荒和動盪的代名詞，逐漸與「第一世界」國家遇到的政治經濟問題聯繫起來。

---

[1] 羅蘭巴特著，許綺玲譯：《明室》（台北：台灣攝影，1997年），頁7。

[2] 堵建偉，「後殖民理論」解釋名詞：第三世界是指戰後有別於資本主義為主的第一世界與社會主義為主的第二世界等國家。這些國家是「不結盟」（non-aligned）、新獨立的國家。1955年的萬隆會議（Bandung Conference），29個剛獨立的非洲及亞洲國家包括埃及、加納、印度和印尼，發起不結盟運動（non-aligned movement），他們視為與西方和蘇聯陣營分庭抗禮的權力集團，對全球政治、經濟及文化的議程提出「第三世界」的視角。〈後殖民理論〉，文化研究@嶺南（http://www.ln.edu.hk/mcsln/8th_issue/key_concept_01.shtml）。2007年11月發表。

然而「第三世界」自身卻默默的從不確定的「祖國」與「母國」意識中逐漸重整屬於自己的知識文化，藉著對「第一世界」的反撲，試圖要從西方世界拿回文化主宰權，血債血還。以「後殖民主義」檢視當今全球局勢的詭譎不安，便能清楚洞悉今日強權文化的「不在」與第三世界國家自覺性政治哲學的「無所不在」究竟如何重置。

羅蘭・巴特（Roland Barthes）曾說：文學批評並不是向過去的真實「致敬」，或是向「另一人」的真實致敬；文學批評是一種建構，建構我們時代的可理解性。[3]而尹玲亦曾在與友人的聚會中提及，自己最欣賞的外國藝術家有兩位，其中一位便是羅蘭・巴特。[4]今日閱讀尹玲的詩作，當可以羅蘭・巴特的文化理論視角加以分析，或可更進一步發掘其寫作策略與文學深度。

閱讀詩人尹玲的詩作，詩中充滿「你」與「他」的指稱詞，似曖昧又實有所指的情感陳述，令人想起羅蘭・巴特「寫作零度」的文化理論。尹玲曾說道：「我從來沒有覺得哪一個地方有家的感覺，對我而言，僅是旅程中的短暫休憩。」[5]尹玲，本名何金蘭，1945年生，其他筆名為伊伊、阿野、可人、徐卓非。國立臺灣大學文學博士、法國巴黎第七大學文學博士，現為淡江大學中國文學系專任教授、法文研究所及輔仁大學法文研究所教授。自幼同時接受中、法、越三國的文化及教育影響，喜愛鑽研東西方不同的文學內涵。十六歲起正式在越南報刊上發表創作。1969年來台讀大學，當時的身份是越南僑生，1975年越南淪陷，從此硬生生被迫與家人斷了聯繫。直到1994年相隔二十餘年後，尹玲才有機會重新踏上故土，然而父母卻已相繼離世。

3　何金蘭：《法國文學理論與實踐》（台北：秀威，2011），頁241。
4　2015.12.17尹玲與友人向明、陳皓、陳謙等人聚會提及。
5　〈女詩人尹玲以詩療癒戰火餘燼〉，《人間通訊社報導》，2015.7.24〈生活休閒〉。

走過越戰和親人生離死別的恐怖經驗，1976年至1986年，整整十年，尹玲曾經因為戰亂離散的悲愁，讓她「拒絕記憶、拒絕回憶、拒絕寫作」，這十年的封筆，以沈默的空白代替書寫。其創作題材多元，表現出她對人類世界的關愛，同時無形中也提升了自我詩藝的純粹和精緻，其離散的經驗，使得尹玲的詩作因而呈現中西文化的錯置與迷離，時而充滿對西方文化尤其是法國文化的憧憬，時而又透露著對中國文化的孺慕之情，有時仿佛是「我」置身其間，有時又藉著「他」或「你」與文化母國保持相當的距離，彷彿隔著一面鏡子的書寫者，明明眼前站的是自己卻又不是自己。一如她藉著留學與旅行，呈現不時移動的生命形態，常讓生命經驗的「留影」成為「流影」，定格成了如攝影作品般的紀錄，在書寫的瞬間成為永遠的「他者」。

二、此曾在[6]：以羅蘭・巴特（Roland Barthes）的文化理論解構尹玲「你」與「他」

> 西貢的月忽忽作了台北的風
> 巴黎流水拂綠北京嫩柳
> 伊斯坦堡的祈禱斜斜散入大馬士革
> 柏林睡穩的牆猶不忘敲醒他城的晨鐘[7]

1976年至1986年暫時在創作上歇筆的尹玲，1979年獲得法

---

[6] 羅蘭巴特認為不同於文章與繪畫假仿的對象很可能是「不實在的空想」，相片中「有個東西曾經在那裡」，且已包含兩個相結的立場：真實與過去，「此曾在」可視為攝影的本質，也是攝影的所思，而攝影的本性也即在此──靈性，使其相信攝影指稱的對象確實存在。整理自羅蘭巴特（Roland Barthes）原著，許綺玲譯：《明室》（台北：台灣攝影工作室，1997年），頁95-96。

[7] 尹玲：〈髮或時間是枚牙梳〉，收於《當夜綻放如花》（台北：自費出版，1994年），頁83-85。

國政府獎學金，負笈巴黎第七大學（Sorbonne，索邦）深造六年，繼攻讀台灣大學中國文學博士之後再追求第二個文學博士學位。學成之後回台任教，爾後亦不時出國旅行，西貢代表她的家鄉，亦是她血統所繫；台北是她與中國文化的連結之處，亦是她至今居住的所在；而巴黎是她追求西方學術的殿堂，亦是故鄉越南的殖民主國，充滿了文化認同與逃離的複雜情感，當一彎流水拂綠了生長於北京的嫩柳，那地圖與文化上的國界早已不再重要；而伊斯坦堡、大馬士革、柏林、乃至於「他城」，看似旅遊經過的地名，卻又隱然象徵著戰火、苦難的臨界點，[8]尹玲以詩之筆將生命裡如烙印血跡的地名在世界地圖上輕輕點名般帶過，文明如風亦如河流，時間在她眼裡成了枚精緻的象牙梳子，無心的梳理過歲月的傷痕，絲毫不留痕跡，更讓人無法清楚捉摸她的情感行蹤。

　　尹玲雖然目前定居台灣，但分析其生命的歷程，當以「離散」的生命形態觀看其遷徙經驗。對散居世界各地的華文作家而言，「離散」二字無疑是充滿各自表述的空間與包容性，有的離散經驗來自戰亂後離鄉背井，有的則是對文化母國認同的失落與追尋，連自己都無法界定何謂「家鄉」、「家園」還是「異鄉」？即使身已在此地，心卻不知棲身何處。離散的英文diaspora一字的字根源於希臘字diasperien—dia-表示「跨越」，-sperien則表示「散播種子」，離散因此在歷史上指的就是離鄉背井，散居各地的族群。[9]當離散者置身離散情境時，可能會對過往的家國採取決裂的態度，為了將「記憶壓制」，所以將「根」拔出，與過去斷裂；亦有可能窮極一生的漂泊，只為尋找文化血脈的認同與生命地圖的重新定位。在故鄉的「根」與未來的「路」之間，離散者如尹玲，得面對家國的苦難與未來的歸

8　白靈序，尹玲：《一隻白鴿飛過》（台北：九歌，1997年），頁14。
9　李有成：《離散》（台北：允晨，2013年），頁17。

根，在記憶與未知之間，尹玲選擇以詩紀錄著在不同城市的寓居經驗，並且以近似「攝影者」的角度，紀錄「此曾在」的畫面，仿佛記錄著與自己無涉的「你」或「他」正在旅行某地，而尹玲，則時時讓自己像個旁觀者，書寫一個個「此曾在」的紀錄，寫作的意義一如攝影本性－靈性，使其相信寫作／攝影指稱的對象確實曾存在，而寫作者／攝影者證實其存在，卻屬旁觀者。

留學法國期間，尹玲曾追隨在許多名師之下，自此其研究從中國文學轉向法國文學理論，其中以柯麗絲德娃（Julia Kristeva）的符號學和杭波（Placide Rambaud）的文學社會學影響她最大，而吳德明（Yves Hervouet）和桀溺（Jean-Pierre Diény）兩位雖是漢學家，卻是指引她走向西方文學理論研究道路的老師。[10]

柯麗絲德娃為羅蘭巴特（Roland Barthes）的女弟子，尹玲在其學術著作《法國文學理論與實踐》一書中，以一整章一百多頁的篇幅評析羅蘭巴特的相關論著，並以其文化批評理論為分析文學作品之依據，足見其對羅蘭巴特文化論述的熟稔。分析尹玲的書寫策略，當會發現其關心「書寫」這個文化行為，不只是以書寫為創作工具，某種程度上更標示著身為作家的她對世界的詮釋角度。她認為在經歷過所有漸進的固化階段之後——從早先夏多布里昂（Chateaubriand）時，書寫是一種自戀、自己看自己那樣的目光的對象，到福樓拜時因勞動價值觀而成為制作、守法的對象，最後到馬拉美（Mallarme'）因致力于語言的破壞而成為謀殺的對象，書寫，終於達到它最後一個變體：「不在」（absence），而羅蘭巴特稱這種「不在」（或缺席）的書寫為中性的書寫，也即是寫作的零度，也可稱為「白色書寫」[11]，白色書寫因而成為一種「不在」的「零度」語言。傳統的文學技巧

10 陳崔倩：〈存在／虛無下的戰火繆斯——專訪尹玲〉，《文訊雜誌》第353期。
11 何金蘭：《法國文學理論與實踐》（台北：秀威，2011年），頁170。

都帶有社會目的的特性，與之相比「零度書寫」自然就是純潔的書寫；書寫簡化歸結為否定的形式，將語言的社會性或神話象徵都予以屏除。羅蘭巴特認為語言的零度屬性是唯一可以擺脫「歷史」重負的文學語言，白色書寫因而以它的現代文學歷史特性，為文學性建立起普遍的定義來。[12]

　　讓我們先從羅蘭巴特自己的書寫閱讀談起。這就又要歸結於巴特自己的話語了：「我一直希望自己是個作家，這中間不含有價值判斷意味，不是榮幸問題，而是職業性的工作問題。我現在很高興注意到長久以來我的社會形象已經從批評家轉變為作家。過去一些年來我的寫作方向大約也多少有這樣的傾向」[13]。巴特說：「我自己即跟著在逐漸自行分解：我滑動、我攀附、我驅動。」[14]，他又說：『我有一個消化身體，我有一個想嘔吐的身體，我還有一個患偏頭痛的身體，然後是：肉慾的、肌肉的（作家的手）、體液的，以及特別是情感的身體。』[15]，《明室》一書裡他則說：「我的身子對攝影有何認識？」[16]身為作家的羅蘭巴特說他擁有一雙肉慾的、肌肉的手，及充滿情感的身體，偏偏身為批評家的羅蘭巴特又說自己刻意將身子的情感與攝影脫節。羅蘭巴特的身份恰與尹玲同時身為詩人與批評家的身份恰恰雷同，不時呈現移動的生命形態，不時在「書寫」的瞬間將自己游移成為永遠的「他者」，如一名觀看他人記憶剪影的攝影家，亦如文化批評家以理論視角解析自己生存的文明，讓生命經驗的「留影」時而成為一句句「流影」，彷彿與自己的身子的病痛、肉慾或情感無關，以詩將記憶紛紛定格成了「此曾在」的攝影作品。

　　1969年，尹玲隻身來到台灣讀書，遠離戰火，卻也從此開

---

[12] 同前註，頁180。
[13] 羅蘭巴特，劉森堯譯：《羅蘭巴特訪談錄》（台北：桂冠，2008年），頁414。
[14] 羅蘭巴特，劉森堯譯：《羅蘭巴特論羅蘭巴特》（台北：桂冠，2008年），頁77。
[15] 同前註，頁73。
[16] 同前註，頁73。

啟飄泊的一生。在台灣與法國皆取得博士學位的女詩人尹玲，從小生長於越南，由於父親對於教育的重視，使她接受了中國、法國與越南文化的薰染。即使越戰結束四十年，尹玲仍舊無法抹滅戰爭帶來的傷痛記憶，從她2015年1月出版的最新散文作品《那一傘的圓》依然道出家鄉戰火摧殘下的悽慘情境，依然試圖將沉痛悲傷的記憶，藉由文字繼續尋找撫平傷痕的止痛藥。尹玲自己曾說，因為流浪慣了，所以「不知道自己的家位於何方」，甚至「認為自己沒有家」。[17]好奇的是，自尹玲1969年來台求學，在台灣已居住了四十餘年，她是如何看待在台灣的「居處」呢？是以「家」即「家鄉」的定義審視自己寓居台灣的生活嗎？如此的一生即使有了屬於自己親手建造的「家庭」，依然無法脫離一輩子流離失所的悲傷命運。這般將生命自絕於「定居」、「落腳」的歸屬感，拒絕重新認同一個與她共存四十餘年的土地，是否是以一種「離散」的文化生命取代肉體生存的真實經驗？這值得吾人進一步分析其作品以窺其生命內在之精髓。

> 這語那語
>
> 此鄉彼鄉
>
> 漂泊是你宿命
>
> 孤單是你真形
>
> 多少歲月尋覓
>
> 母語和家鄉
>
> 依然在不知處[18]

---

17 lucy編撰：〈只有文學，是尹玲的歸宿──《那一傘的圓》新書發表會〉，作家生活誌網站（http://showwe.tw/news/news.aspx?n=267），2015年1月12日發表。

18 尹玲：〈你〉，收於《故事故事》（台北：釀，2012年），頁192。

這首〈你〉收錄於尹玲2012年出版的詩集《故事故事》，精簡詩句中透露著「你」尋尋覓覓的孤單身影，只因母語和家鄉不知何在，一生的漂泊，讓「你」操持愈多的語言愈學渴望使用母語，旅行四處，益發覺得家鄉才是永遠的歸宿。以「你」為稱謂語的詩時常出現於尹玲的詩作裡，給人一種旁觀者的冷靜，對於將「我」抹去的寫作手法，讓人強烈感受其承受離散命運的失語狀態。

尹玲在女詩人紫鵑的一篇訪談中曾提及：

> 寫詩時候，常用「你」來表達，是在我作品中最常見到的，不過使用不同的人稱，在我很年輕時就開始了！法文一個動詞的變化就有26種，不同的人稱就會有不同的意涵。我用第二人稱時，就是寫作者在跟另一個人對話，那另一個人可能是另一個「自己」。用第三人稱時，寫作者是在敘述「我」和「你」之外第三個人的故事，那個距離更遠，感覺完全不一樣。
>
> 卡繆寫《異鄉人》，他使用第一人稱和動詞變化的現在式，讀起來彷彿一切都是作者正在進行中的事情，真實感特別強。以前法文小說用過去式和第三人稱書寫，感覺就像虛構的故事。所以我使用第一人稱、第二人稱、第三人稱時，想要表達的意義和其間的距離就完全不一樣。[19]

尹玲以使用稱謂語的變化表現與描寫對象的距離，若以羅蘭巴特認為「第三人稱」是社會與作者之間一種可理解契約的記號的理論加以分析，應是身為作家的尹玲以自己希望的方式建立世界觀的主要手段。與第三人稱相比，第一人稱「我」，當然就沒有那

---

[19] 紫鵑：〈河流裡的繁花：專訪詩人尹玲女士〉《文學人》（http://www.fengtipoetic club.com/hkl/hkl-l001.html）2009年2月號。

麼含混不清，也因此較不具小說性。[20]根據以上文字，巴特認為既然能夠書寫，且能夠以「我」之名書寫「我的身體」，基本上，他，會是一個存在於世間的個體，而且，起因於他的身體在他書寫的場域裡一直是一個存在的，且時常被討論的個體。但是，在〈我的身體不存在……〉一段中他則寫道：「我的身體通常只在兩種狀況下存在：偏頭痛和肉慾。……偏頭痛（我不太正確地稱它為單純的頭痛）和肉慾的樂趣只是體內聯覺，提醒我身體的存在，基本上不會因為任何危險而帶來榮耀：我身體對自身呈顯的戲劇性頗弱。」[21]，似乎「感受」身體的存在與否，只與偏頭痛和肉慾的產生有關。如果正在看照片的他，或是酌咖啡的他，無法因此而感受到偏頭痛或是肉慾的話，是否他的身體就無法感受到本質存在的事實呢？還是當一個作家以「第三人稱」刻意強調自己的旁觀者地位，是否就是提醒自己也提醒讀者，作者「此曾在」的世界觀，這種「不在」（或缺席）的書寫為中性的書寫，也即是寫作的零度，不也是作家建立世界的主要手段嗎？

> 其實　打一開始
> 它就蓄意背叛
> 從未猶豫
> 嘩嘩由西向東
> 無視癡心的黑
> 恣縱地走向白
> 任你如何誘迫
>
> 甚至以
> 死[22]

---

[20] 何金蘭：《法國文學理論與實踐》（台北：秀威，2011年），頁175。
[21] 同註15，頁72。
[22] 尹玲：〈髮或背叛之河〉，收於《髮或背叛之河》（台北：唐山，2007年），頁30。

羅蘭巴特曾寫道：「身為觀看者，我對攝影只有『情感』方面的興趣；我希望探討這個現象，不以問題（論題）討論之，而以傷口看待之：我看見，我感覺，故我注意，我觀察，我思考」[23]，我們可以了解，身為觀看者的他，雖然並沒有因為「攝影」而使他產生偏頭痛，或是肉慾的體內聯覺，他的看見、感覺、注意、觀察、思考，讓他看到的卻是他個人的傷口，是「弄混了真實（「此曾在。」）和真諦（「即是此！」）」[24]，使我們了解，「攝影」的模擬和複製能力，不至於使他開始關心「身體」以外的技術，「攝影」之於他，也不會是「攝影的歷史」的探索，更不會是「攝影的社會學或美學」，而「毋寧是一本有關攝影現象學的書」[25]。而尹玲詩作中使用大量的「你」、「他」或「我們」等指稱詞，當拉開了作者與文本，讀者與文本，甚至是作者與讀者之間的距離，尹玲關心的不再是「寫作」本身的技術面或社會面問題，讓我們看到更多的是不沾血跡卻是悲痛至極的傷口。

三、以「失語」取代「吶喊」：文字背後的離散美學與文化認同

> 我們曾在昨日的河中
> 奮力游向彼此
> 那時所有的花兒都不敢綻放
> 或全在煙硝裡黑死了容顏

---

[23] 羅蘭巴特著，許綺玲譯：《明室》（台北：台灣攝影，1997年），頁31。
[24] 同前註，頁130。
[25] 羅蘭巴特，劉森堯譯：《羅蘭巴特訪談錄》（台北：桂冠，2008年），頁456。

你說游啊還是要游

即使天暗　星星不願露臉

好讓上得岸時

插一支未被溺死的旗幟

漩渦下你也許未辨方向

待二十年常常的光簾捲起

各自的岸邊力有各異的樹影

瀰漫煙霧散去

而我們親手栽種的玫瑰半朵

卻已沉默地掩沒

在如夢遠逝的昨日之河[26]

辛波絲卡（Wisława Szymborska）有一首題為《地圖》的詩：「我喜歡地圖，因為它說謊／因為它不讓你接觸惡毒的真相／因為它有廣闊的心胸和善意的幽默／它在我面前展開的／並非今天這個世界」，這首〈昨日之河〉裡尹玲筆下的「你」汹游而上的身影仿佛玫瑰紛紛在生命的地圖一一盛開，以「我們」和「你」取代「我」，讓讀者與詩人自己、詩人自己的感情與詩裡的角色斷然隔離，那個羅蘭巴特所說的消化的、想嘔吐的、患偏頭痛的充滿感情的身體，是個彷彿與詩人身子無關的批評家的身子。眼見玫瑰逐漸掩沒在昨日之河裡，「而我們親手栽種的玫瑰半朵／卻已沉默地掩沒／在如夢遠逝的昨日之河」，選擇「沈默」見其逐漸遠逝，這「沈默」讀來更令人傷痛，那是以「失語」取代「吶喊」，因為最深的傷痛是無法哭出聲音。尹玲透過隱晦不語的感情，卻將這「失語」構築成一些如迷宮般的路徑，仿佛透過讀者

26　尹玲：〈昨日之河〉，收於《一隻白鴿飛過》（台北：九歌，1997年），頁170-171。

成為「漫游者」[27]的過程中，達成與作者「私語」的路徑。

> 我一一細數家族中的一切，故居的影像和我體內的某種
> 「成本」緊緊連結在一起，我仿佛跌入一場沒有頭緒的夢
> 境，我感覺照片中的我，牙齒、鼻子、頭髮、腿上的長統
> 襪、瘦弱的身軀等等都不再屬於我，但也不屬於任何人，
> 我從此陷入一種令人憂慮的熟狀態，我看到主體的裂縫
> （非言語所能形容），可見小時的照片同時是那麼不得體
> （我的下半身暴露無遺），但同時也是那麼得體（照片中
> 所談論的不是「我」）。[28]

但是詩畢竟不是攝影。詩依賴著意象，而意象依賴著詩人深刻的
「意」；而光，可以成為照明的開始，也可以成為「此曾在」的
「留影」：攝影為影象包裹了一層死亡的糖衣，因為「光」，在
攝影過程裏具有舉足輕重的效果，所以我們可以清楚的了解羅蘭
巴特在《明室》裏所強調的「死亡」，和攝影所能「再現」的
影像，無限中僅曾此一回，機械化而無意識地重現那再也不能
重生的存在，[29]其實都是因為有了「光」，在攝影過程中才得以
將「流影」永留影像。然而詩人的「流影」如何成為深植人心的
「留影」呢？畢竟如何將詩「意象」善加運用，拿捏詩人生命情
感的當下「靈性」，將昔日已「不在」的「我」，留影「在」詩
中成為永恆的「感動」，才是詩深植人心的關鍵。

羅蘭巴特曾進一步提出了「盲域」的概念，他在此已超越了

---

[27] 漫游者（Flâneur），由班雅明所提出，指的是那些為了體驗城市而在城市中漫遊
的人。藉著觀察與紀錄，他們理解、參與、並且描繪了城市現象與人群。參自班
雅明（Walter Benjamin）著，張旭東、魏文生譯：《發達資本主義時代的抒情詩
人：論波特萊爾》（台北：臉譜出版，2002）。

[28] 羅蘭‧巴特（Roland Barthes）原著，劉森堯譯：《羅蘭‧巴特論羅蘭‧巴特》
（台北：桂冠，2002年），頁7-8。

[29] 羅蘭巴特著，許綺玲譯：《明室》（台北：台灣攝影，1997年），頁14。

攝影過程裏「光」所具有的流影／留影的物理作用，而進入屬於「刺面」[30]的「觀看者」鑑賞角色了。他說：

> 可是面對成千上萬的相片，包括那些具有良好知面的相片，我卻不覺得有任何盲域存在：在框內發生的一切一旦跨入了框，便已絕對逝去。攝影被定義為不動影像，並非只因其中表現的人物動彈不得，尚且因他們已出不來了，被麻醉，釘了起來，如蝴蝶標本一般。然而，一旦有了刺點，便開闢（暗示）了一片盲域。[31]

這與尹玲詩裡提及的「在如夢遠逝的昨日之河」的記憶點相比，同是個永不可破解的迷宮，皆有著觀看者亟待開闢的神秘「盲域」，讀者在迷宮般的路徑反覆又反覆的重返，看似明晰卻又模糊難辨，這也是尹玲呈現著難以辨識其中記憶的真偽虛實以等待著漫遊者進入其作品。這或許也是尹玲藉著作品與讀者產生美學距離，使讀者自然走進與尹玲「私語」的迷宮之中。

然而羅蘭巴特在《明室》裡所提到的「盲域」（註文中寫道 "champ aveugle" 指從鏡頭上看不見的角落），是否也一部分代表著他在書中也有著所無法論述完全的「盲域」呢？同樣的，在尹玲詩中充滿「流影」的「他者」生命意象，一旦進入了「你」或「他」的意象框架內，是否真的就順利與詩人真實情感產生美學距離呢？擁有「刺面」的「觀看者」鑑賞角色，會不會因為「稱謂詞」的錯置運用，而與詩人情感產生距離的同時，便

30　羅蘭巴特分析對相片的興趣產生有兩元素：一、延伸面，知面，討好或不討好我，喜歡，遼闊無比的天地，漫不經心的欲望，廣泛的興趣，一無所得的嗜好。具有語碼或固定意義的。二、刺點，充滿敏感點，刺痛我，愛。通常是一細節，獻出我自己。為一微妙的鏡外場。參考自羅蘭巴特，許綺玲譯：《明室》（台北：台灣攝影工作室，1997年），頁14。

31　羅蘭巴特著，許綺玲譯：《明室》（台北：台灣攝影，1997年），頁14。

也可能失去了「留影」的深刻感受呢？

　　攝影之於羅蘭巴特，可以擁有各種的象徵意義；現代詩之於尹玲，她是如何將自己與閱讀其著作的讀者安排適切的觀看位置，當然也可以擁有各種潛在的意義。攝影，無法使巴特「著眼於攝影者之攝影的大眾。我只能討論另外兩種經驗：被觀看者的經驗與觀看者的經驗」[32]，是「從攝影（某些相片）激起的愛情，傳來的是另一種聲音，其名稱很奇怪地已過時了：悲憫」，[33]然而羅蘭巴特的主題始終是語言，而解構批評的策略是顯示文本如何逐漸使自身主宰性的邏輯體系陷於困窘境地。如果尹玲以「他」、「你」、「我們」等語言來解構自身經驗的目的是一種文化上的自我放逐呢？作為一位詩人，當她必須被迫切斷自己與故鄉之間的臍帶，將自己融入西方文化甚至台灣文化的框架裡面，她是否會選擇以詩語言裡的「他者」為距離，以確實呈現自己在異鄉文化的失語與自我放逐呢？這樣的逃避，究竟是「逃離」，還是「逃向」呢？或許她想說的是「語言」本身才是她真正的家國吧？[34]

　　以「語言」解構「語言」，以「他者」解構「自我」，一如「〈在永恆的翻譯國度裡〉[35]一詩中所言：「的確　翻譯是你從小注定的／一生運命／自此國翻成彼國／自故鄉譯成那鄉／或是　從殖民變為外邦／從實有化為虛幻／或是　一出生即已永恆」，尹玲在不停的翻譯國度裡逾越語言，解放語言，而母語又如異鄉的語言，尋求的永恆只是一出生就已成形的宿命，這國度無須情感的承載，沒有生命與文化的歸屬，然而當生命的流離一

---

[32] 羅蘭巴特著，許綺玲譯：《明室》（台北：台灣攝影，1997年），頁19。

[33] 同前註，頁133。

[34] 宋子江專訪馬其頓詩人尼古拉・馬茲洛夫（Nikola Madzirov）：〈沉默就是母語，姓氏即是移民，語言才是家園〉，端傳媒網站（https://theinitium.com/article/20151115-culture-feature-poet03/），2015年11月12日發表。

[35] 尹玲：〈髮或背叛之河〉，收於《髮或背叛之河》（台北：唐山，2007年），頁26。

如翻譯的歷程，益發顯得語言的單一性成了與翻譯世界背離卻更難求的矛盾。雜種性、差異、含混、滲透、顛覆支配性論述、逾越邊陲、解放邊陲、反抗、逆轉，便是離散美學的獨具特色。[36]

　　焦桐於評論尹玲〈在永恆的翻譯國度裡〉提到，「異鄉人經常欲語還休，滿腔悲愁無處訴，好像失去了發言權。通過這種異鄉人式的漂泊，演義了翻譯行為。翻譯指涉流浪，在國與國之間、鄉與鄉之間，甚至抽象的實有和虛幻之間，無休無止地浪跡。」[37]而李有成在〈漂泊離散的美學：論《密西西比的馬薩拉》〉一文中提到：

　　　　漂泊離散的美學（diaspora aesthetic）因此是一種混雜、錯置、含混、差異的美學。它指設新族群性，根植於新的屬性政治與文化政治。⋯⋯漂泊離散的美學義且逾越論述的疆界，製造論述的騷擾同時解放被壓制、被邊陲化的知識，讓這些知識滲透進入支配性論述中，或者將支配性論述逆轉，使之成為自我解構的工具。[38]

　　因為熟稔而將語言運用自如，尹玲至今已成為台灣學術界極少數能譯介法國文學理論的重要學者與翻譯家。尹玲曾表示，父親做為第一代移居南越的華裔，平日很注重母語教育，在家中必使用家鄉大埔話與兒女交談；而母親則使用越南話來和他們交談。在各個不同的成長階段尹玲分別學習著中、法、英、越四種語言，唱著法、中、越三國國歌。尹玲曾表示她確實不知她的歸屬，長時期以來似漂泊與流浪的旅行是否在躲避什麼？或是追尋

36　李有成、張錦忠主編：《離散與家國想象》（台北：允晨，2010年），頁463。

37　陳義芝主編：《2004臺灣詩選》（台北：二魚文化，2005年），頁65。出自焦桐評論尹玲〈在永恆的翻譯國度裡〉一詩之作品賞析。

38　李有成、張錦忠主編：《離散與家國想像》（台北：允晨，2010），頁463。

生命永恆的歸宿？對尹玲而言，要定義和確知自己身分的認同實
在困難，因為她的生命旅程一直在動，從未止息，漂泊也許讓她
遺忘傷感，但詩裡呈現的「他者」卻是給她更多傷感與漂泊，會
不會因此而將追尋主體或認同文化的支配性論述加以模糊化，使
之成為自我解構的最佳利器呢？尹玲曾說：「不知道哪裡才是真
正的故鄉。我喜歡到處去看看不同的地方。美拖對我而言，幾乎
已不是故鄉──那裡都是痛苦回憶──還算是故鄉嗎？……」[39]

> 我們操著粵語　越語　法語
> 美語　英語　國語
> 和不知哪一國哪一地的語
> 誰的聲音大　誰
> 就是我們的主子
> 我們是宿命的終生異鄉人
> 額上紋著判無歸屬的黑章
> 在邊緣地帶無終止地飄蕩[40]

然而對於尹玲而言，巴黎代表著異國，卻又代表著另一處文化熟
悉的國度，對一個創作者而言，活著就是要有所為，而有所為就
要表達自己的天性。表達人的天性就是表達人與世界的關係。雖
然人與世界的關係不容易表達清楚，可還得嘗試著去表達。這就
是苦惱，無止盡的嚮往，為此有些文學創作者不得不遠走他鄉，
去尋求異國情調，欣賞遙遠的風景、以創作追憶過往、並且思念
家鄉。這就是典型的浪漫主義的思鄉情結。[41]尹玲亦然，巴黎讓

---

[39] 陳雀倩：〈存在／虛無下的戰火繆斯──專訪尹玲〉，《文訊雜誌》第353期。
[40] 尹玲：〈讀看不見的明天〉，收於《一隻白鴿飛過》（台北：九歌，1997年），頁74。
[41] 以賽亞·柏林著，亨利·哈代編，呂梁等譯：《浪漫主義的根源》（南京，譯
林，2008年），頁107。

她充滿離散之感，既美且痛，「巴黎　雨雪紛飛／心痛痛　心中想你／心不痛　腦裡有你／巴黎　雨雪紛飛」（〈巴黎 雨雪紛飛〉）[42]，旅行成了漂泊，漂泊完成的盡是破碎記憶，這身份離散（diaspora）和文化混雜（hybridity）的複雜情懷不禁令人感到尹玲在「認同」的追尋中落空，只有悲從心中默默來，以「漫遊者」的身份觀看自己及背對城市的人群與文化。

四、身份離散（diaspora）和文化混雜（hybridity）：離散美學的具體實踐

尹玲經常單獨一人前往陌生國家，以近乎飄泊的旅行方式，作為傷痛治療。在單獨旅行的過程裡，尹玲說道：「我從來沒有覺得哪一個地方有家的感覺，對我而言，僅是旅程中的短暫休憩。」或許是尹玲的心始終沒有安頓下來，以文字成為一個暫時的出口而已。以「鄉愁」為題材常是詩人創作最重要的一個主題，「家園」（home）一定是所有語言世界裡意義最深遠的字眼之一，在形式上，它代表了一個「現實」寓居的所在；在內在意義上，家乃是人與物達成精神統一之關鍵位置。一個人如何視一個地方為一處可以安身立命的所在，端賴家的「現實」所在和精神認同是否能結合起來。在不同的社會，人們以不同的方式建構出屬於自己的家園，不同的人們，更是以不同的情懷、不同的居住方式，建構出屬於自己的家園，如果「鄉愁」成了詩人永恆的課題，那「離散」經驗一定和他脫離不了關係。[43]

在現今二十一世紀中，所謂的第三世界藝術家已有能力站

---

[42] 尹玲：〈髮或背叛之河〉，收於《髮或背叛之河》（台北：唐山，2007年），頁44。

[43] 〈女詩人尹玲以詩療癒戰火餘燼〉，《人間通訊社報導》，2015.7.24〈生活休閒〉。

在一個積極主體的位置上，表述他／她們對世界及地方議題的看法，不再是西方帝國主義及殖民主義式只凝視下的純粹客體，也不再是被想像出來之異國情調的「他者」，相反的，當代第三世界的藝術作品中，多面向的文本內容及非傳統的媒材技法，証實了後殖民時代中無可避免的文化流動。[44]而「家園」（home）和「離散」（diaspora）始終是後殖民文學與論述的主題，在二十一世紀的世界，「家園」已經不是一間終身廝守的暖室，而是變動不居的驛站，我們也可以說，家園只是一綑隨身攜帶的文化資產，而不是居住的有形空間，一如「臺灣」之於尹玲。而「離散」是一種「離鄉客居」的處境，它最早來自希伯來語，意指猶太人在「巴比倫囚禁」之後散落異邦、不得返鄉的狀態，自中世紀以來，離散被用來指稱大規模的民族遷徙，它往往與戰爭或災難相聯繫。離散不是指個人式的流浪，而是一種從整體走向零亂、文化碎片化、種族稀落化的狀態。對離散最貼切的描繪就是「花落離枝」，是一種破碎之苦、離土之痛，也是一種扞格不入，一種「居家的無家感」。一個道地的移民者總會遭遇三重的破碎之苦——失去自己的身分地位，開始接觸一種陌生的的語言，發現周遭人的社會行為和語意符碼與自己的大異其趣，有時甚至令人感到憤怒與不安。

然而，對離散最刻骨的體驗，應該不只是飄泊，也不只是陌生而已，而是「你永遠不能再回家了」。離散不是有家歸不得，而是無家可歸去。依離散者的視境分析尹玲的詩作，幾乎多是誕生在「跨越」的旅行中，尹玲間或出入個人故事情節與異國地景，以片段插曲相互拼貼，「跨越國界」與「流放他鄉」遂成為生命史裡曖昧不明的關係，例如〈暮色拱起的鐘聲〉一詩節選[45]：

44　陳明惠、歐蒂‧琳斯　編，吳旻珊等譯：《跨界：當代藝術中的流轉與鄉愁》（台北：典藏，2015年），頁200。
45　尹玲：《一隻白鴿飛過》（台北：九歌，1997年），頁128。

如海市蜃樓般

如墓地

Saint-Germain-des-Prés升起

緩緩張開　邀約

雨絲斜著鐘聲的暮色

你走入巴黎的心臟

重回前世

左岸　總是

一種永遠教人怔忡

偏又不能或忘的

懷鄉心緒

……

宛若回到前世

你踏中巴黎的心臟

每根神經彈起

雨絲似冰

急急轉入時間褶子

……

詩中呈現的「懷鄉心緒」來自詩作中的「你」對左岸的一種永遠教人怔忡偏又不能或忘的心情，與尹玲的〈某種情緣〉[46]一詩相對照，才發現Saint-Germain-des-Prés是尹玲至法國讀書的地方，來到這裡仿佛回到前世，已有了情緣，又彷彿已擁有「明日

46　尹玲：〈某種情緣〉，《自由時報》，自由副刊，2013年9月10日。

與之後每日的清晨與黃昏之約」，期待來世再見，「他鄉」頓時成了「故鄉」。如果此時別離，內心湧起的是「懷鄉心緒」，這種手法，跨越了國族寓言，與文化認同的追尋，產生了零亂錯置的複雜連結，這如同後殖民論述（postcolonial discourse）中的去中心化。但是後殖民主義一方面在批判「殖民後」（after colonization）重新包裝的殖民主義，一方面通過「殖民論述解構」（deconstruction of colonial discourse），尋求「民族主體性」的重建，民族自我和民族「原居屬性」的復歸和再出發，[47] 這又與尹玲在家鄉越南身份認同的失落產生矛盾。她如何尋求個人的「原居屬性」的文化復歸？又如何尋求自我「民族性」與「多元文化教育」的認同？若無法找尋自我民族的確認性，勢必在尋求文化母國主體性的重建上產生衝突、曖昧與阻礙，非得時而將詩中的「人稱謂詞」與「家鄉」、「異鄉」等用詞不停地錯置、衝突、曖昧，以呈現內在身份的游離與變異。

你是否會進入我曾進入的大學
就在這洋溢書香人文氣息的拉丁區
讀書、流浪、戲劇、電影、做夢、思考
左岸咖啡座上坐上半天
凝視左往右來的每一位路人
或思索昨日今日明日的存在之謎
或只為探尋他們與我們之間
可能的前世情緣

●

青春飄蕩在波西米亞風情的街巷
晚霞裡夕陽正猶豫是否要告別時

47 宋國誠：〈後殖民主義概述〉，創意！律動！心理學！——自助學習知識便利貼網站（http://blog.yam.com/mmdmt777/article/11686805），2007年9月8日發表。

我們對著祂跳起舞來

在這片Saint-Germain-des-Prés古老廣場上

在這座屹立風韻如昔的古老教堂前

春風輕送春意拂弄下

吹奏予祂你鍾愛的豎笛樂曲

歌唱向祂我迷戀的愛戀香頌

預訂明日與之後每日的清晨與黃昏之約

●

是啊！你將會進入那年我曾進入的大學

數年後你悠揚醉人的豎笛樂音

飄揚或飛揚 穿越或超越

響在校內也在校外

在這一洲也在另一洲

●

那時我們將會再找一天

重回這人文書香濃郁的拉丁區

尋回我們此刻青春歲月裡

神祕締結的某種情緣[48]

然尹玲的身份因矛盾複雜的身世背景而極為特殊，當我們以「後殖民論述」角度分析其詩作，發現尹玲大量書寫殖民越南的法國文化，似乎並未擺脫心靈上的殖民母國狀態，其在接受訪談中曾數次提到小時候父親帶她前往法國餐廳用餐，長大後離鄉，後負笈法國攻讀博士，數次前往法國旅遊，皆充滿對法國文化的依戀與認同。而尹玲亦常提及父親喜歡唱華語歌，在家亦規定孩子們說華語，其對自己身為華僑身份的認同，自小必是受到父親極大

---

[48] 尹玲：〈某種情緣〉，收於《一隻白鴿飛過》（台北：九歌，1997年），頁128-131。

的影響，本因是在越南政治獨立後逐漸擺脫殖民地的附屬心態。然而身在越南的尹玲卻依然被視為越南華人，「去中心化」的後殖民狀態遂成為尹玲生命永遠的擺盪狀態，到底自己真正文化的母國是哪裡？離開了家鄉，負笈台灣，真的找到屬於父親口中的原鄉中國嗎？而屬於自己的文化母國究竟真的存在於地圖疆界嗎？「家」與「家鄉」的概念形成和再顛覆遂成為尹玲詩中永遠的課題。

　　從一九五〇年代末期開始，拜台灣的國民政府的僑生教育政策所賜，即有東南亞華僑跨海而來深造學習，尹玲便是其中之一。爾後當隨著越戰爆發，至今「傷痛」成為她創作的根源，曾因著過度的傷痛尹玲拒絕記憶，後雖恢復寫作，勢必記憶和想像無法深化，更無法一起構成記憶和意象的共同體，創造屬於書寫自己的「家園夢想」。即使她旅行世界各國，就也無法建構屬於詩人嶄新的記憶，建構明確的文化認同。然而過去的論述並未視這些離散華人為流動現象，似乎他們移居南洋或美加之後便落地生根，不再變異居所。但一九七〇年代以來，東南亞國家社會政治變動，乃至於香港在九七之前的不定性，使得再移民成為部分離散華人的另一種流動模式。[49]社會生活並非僅是眾人個人特質與行為的累加結果，因為個人特質與行為也是參與種種社會體系所形塑的。社會生活端看人們如何透過社會關係而產生連結；除非社會關係有改變，否則社會體系不會改變。[50]

　　就某一種意義來說，每一種文化思維都奠基於某一類的信念，因為要對某些東西產生想法之前，我們首先得看到它們存在，即使只是存在于我們的腦海裡。但是很多文化想法超越了事

---

[49] 張錦忠：〈文化回歸、離散台灣與旅行跨國性：「在台馬華文學的案例」〉，收錄自李有成、張錦忠主編：《離散與家國想像》（台北：允晨，2010年），頁541。

[50] Allan G. Johnson著，成令芳等譯：《見樹又見林——社會學作為一種生活、實踐與承諾》（台北：群學，2003年），頁34。

實這種基本問題，而建構出更複雜的社會真實，而「價值」這種文化思維，就是如此，我們往往依照社會喜惡來決定排序，好或壞，佳或劣，優越或差勁。[51]「信念」就是每個文化所提供的答案，種種「價值」則是更進一步，以粗略的高低位階把社會生活的各個層面，給予一個縱向的排比，[52]「文化回歸」便是一個人對某種社會面向成形的信念認同。

你說
回鄉是一條千迴萬轉的愁腸
中間又打著許多結
糾纏莊解荒謬費猜
那邊偏左這邊偏右
讓你一步懸在半空
足足掛了二十一年
時空在此織出一種極致的錯亂
昔日的是冷眼覷著今日的非
今日的對撇嘴嘲弄昨天的錯
另一套符碼顛覆滿城的街名
夥同建築物結結巴巴的
指涉一定程度的意識形態
鄉音仍流傳這里或那裡
卻已尋不著名叫文字的另一半
鬱鬱凋成一株
失去泥土的斷根殘梅
被木薯啃了十八年的親友一個個
游離在你難抑的淚光裡

---

51 同前註，頁57。
52 同前註，頁57。

削成一絲絲曝曬過久

又焦又黑的蘿蔔乾[53]

　　「文化回歸」可以廣義地用來描述一九六〇年代以來那些
基於文學或中文興趣而選擇留學台灣的南洋華人子弟，或者來台
之後成為作家在台長期居留者的認同信念，包括尹玲，「文化回
歸」固然也有政治因素，主要還是個人文化上的認同選擇。[54]但
是台北（台灣）到了一九八〇年代，已經不再適合作為具強烈文
化中國意識或中華屬性的海外人回歸的家園了。[55]於是「回鄉」
成了尹玲從台灣出發，找尋「文化回歸」的另一條路，然而卻仍
是「一條千迴萬轉的愁腸」，隨著世界與台灣局勢的變遷，「時
空在此織出一種極致的錯亂／昔日的是冷眼覷著今日的非／今日
的對撇嘴嘲弄昨天的錯」，鄉音文字成了一套又一套脫離文化母
國的符碼，在城市與城市間游離，一如詩中的「你」凋成一株
「失去泥土的斷根殘梅」。

　　　　旋轉木馬　　轉呀轉的

　　　　旋轉木馬　　轉呀轉喲

　　　　旋轉木馬　　達達達達

　　　　快樂地馳騁

　　　　在圓圓的座檯上

　　　　奔騰在心愛的夢鄉

　　　　旋轉木馬　叮叮叮叮

　　　　你騎一匹紅色木馬

---

[53] 尹玲：〈野草恣意長著〉，收於《一隻白鴿飛過》（台北：九歌，1997），頁41-44。

[54] 張錦忠：〈文化回歸、離散台灣與旅行跨國性：「在台馬華文學的案例」〉，收錄自李有成、張錦忠主編《離散與家國想像》（台北：允晨，2010年），頁541。

[55] 同前註，頁547。

徜徉在不停歌唱的多瑙河畔

快華爾滋悠揚入雲

跳動著無數人的心

旋轉木馬　噹噹噹噹

她想騎白色木馬

高高的　帥帥的

翱翔於鐵塔的家鄉

看一眼高塔尖頂

映一下塞納河心的身影

旋轉木馬　咚咚咚咚

他愛騎藍色木馬

奔入幽美的黑森林

飛呀飛喲

直飛到天鵝古堡

白白的古堡昂首

張開雙臂擁抱他

旋轉木馬　登登登登

我要騎橙色木馬

輕輕走入剛睡醒的小村

呼喚伴我成長的溪河

親親正要升起的太陽

聽聽晨起的鳥兒唱歌

旋轉木馬　丹丹丹丹

轉呀轉的

快樂地馳騁

在每人心愛的夢鄉[56]

---

[56] 尹玲：〈旋轉木馬〉，收於《旋轉木馬》（台北：三民，2000），頁10-11。

當一個人如浮萍般漂泊無依時，她想像自己是馳騁在旋轉木馬上的孩子，轉呀轉的，從巴黎鐵塔的「家鄉」到「他鄉」的旅行，有時回到陪伴成長的湄公河邊，有時瀲灩著進入夢幻之鄉，看似歡愉的飛翔旋轉，伴隨著輕快的叮咚之音，「水鄉醒在水裏／水裡有好多小蝦／水聲咚咚敲著小鼓／蹦蹦地讓小蝦跳舞／水鄉飄在水裡／水裡有好多浮萍／水聲低吹著長簫／浮萍開始他鄉的旅行／水鄉美在水裡／水裡有好多睡蓮／水聲輕拉小提琴／睡蓮遂漾入夢幻之鄉」〈水鄉睡在水裡〉[57]，那無根的夢，美麗的水鄉，映照著詩人記憶裡的飄零歲月，「水鄉」成了家鄉，「夢鄉」是永遠的故鄉，讀來令人不禁鼻酸。

五、結論

在當今全球化趨勢下，跨國移民與人力流動，身份離散（diaspora）和文化混雜（hybridity），均得力於後殖民理論對這些全球癥候的討論，從而帶來了全球文化疆域的重組與重劃。[58]離散經驗各有差異，總體化或同質化不同地區或現實的離散經驗是很危險的事，反映在文學與文化生產上，離散文學與文化因此有其內部的異質性與差異性。異質性與差異性不僅構成離散的特性，同時也解構了中心的概念。[59]而尹玲有意採取偏離中心的角度，其再現離散經驗的過程中，多處出現內心的衝突與矛盾，這種矛盾究竟是反映了尹玲在離散主題的吸納或抗拒諸如中國歷史文化等支配性論述的過程中必然面臨的掙扎與擺盪？還是

---

[37] 同前註，頁42-43。

[58] 宋國誠：〈後殖民主義概述〉，創意！律動！心理學！——自助學習知識便利貼網站（http://blog.yam.com/mmdmt777/article/11686805），2007年9月8日發表。

[59] 李有成、張錦忠主編：《離散與家國想像》（台北：允晨，2010），頁27。

對諸如西方文明或法國文化的認同與景仰？[60]

　　這類離散者如尹玲難以擺脫的矛盾邏輯，不斷藉由敘述者的
抒發己見，間或穿插於稱謂詞錯置的故事情節中。究其原因，部
分出自於尹玲「跨越」身分引發的焦慮，部分則可視為生命經驗
中文化差異和後殖民文化的脈絡交錯結果。[61]

　　　　多年以來

　　　　我多想成為那個零度

　　　　像你建議的那樣

　　　　全然透明一種中性

　　　　純潔的白色書寫

　　　　完全自置局外

　　　　不

　　　　介

　　　　入

　　　　然而在巴黎的雲煙裡

　　　　我卻忘了問你

　　　　一九八〇年二月二十五日下午

　　　　法蘭西學院前

　　　　你為何又願意介　入

　　　　學院路上那輛卡車

　　　　絕對自置局外

　　　　轆轆滾動的

　　　　十輪之下

---

[60] 李有成、張錦忠主編：《離散與家國想像》（台北：允晨，2010），頁464。
[61] 同上註，頁476。

誤讀[62]

本詩寫於1996年12月21日，離1980年2月25日羅蘭巴特的車禍離世已經是十餘年後的事，尹玲念念不忘的依然是巴特的「寫作零度」，無論是書寫上或是生命上的追求，「多年以來／我多想成為那個零度／像你建議的那樣／全然透明一種中性／純潔的白色書寫」，羅蘭巴特認為動詞「寫」（to write）的不及物含義不僅是作家幸福的源泉，也是自由的模式，在巴特看來，不是寫作對自身以外事物（對社會的或道德的目標）的承諾使文學成為一種對立和破壞的工具，而是寫作本身的某種實踐，這就是過渡的、遊戲的、複雜的、精緻的、感官的語言，他絕不能成為力量的語言。[63]巴特對作為無用而自由之活動的寫作的讚揚，在某種意義上就是一種政治觀，也將文學看作一種對個人表白權利的永久更新，而一切權利最終都是政治性的。[64]

從「政治性」的角度分析尹玲的寫作策略，吾人必須考量她代表的不只是一位寫作者的角色，亦是一位知識份子的文化視野。這個「知識份子」並非如愛德華・薩依德（Edward W. Said）所論述的以知識宰制權威，甚至是藉由知識的力量來促進人類自由所產生的非強制性的知識，[65]而是一種屬於知識份子的基本精神：忠於客觀知識和道德良心，善用語言文字「再現」自己的工具。薩依德認為，「知識份子的表徵在行動本身；他們依賴的是一種意識，一種懷疑、投注。由於獻身於理性探究和道德判斷的意識，他們個人紀錄在案並無所遁形。」[66]

---

[62] 尹玲：〈提問羅蘭巴特〉，收於《一隻白鴿飛過》（台北：九歌，1997年），頁163。

[63] 羅蘭巴特著，李幼蒸譯：《寫作的零度》（台北：時報，1992年），頁222。

[64] 同前註，頁222。

[65] 愛德華・薩依德（Edward W. Said）著，單德興譯：《知識份子論》（台北：麥田，2004年），頁229。

[66] 同前註，頁57。

然而現實畢竟是有缺陷的。一個知識份子在面對現實世界的複雜詭譎時，究竟是冷靜面對殘酷的現象還是浪漫地規劃理想的未來，這都涉及每位知識份子的選擇和身處的大環境。逃避文學者認為，文學作品的完成絕對不只是因為作者不願意正視現實的缺陷，而只寫些異國情調的流浪生活、夢囈自瀆的浪漫、艱澀難解的恍惚境界或是睜眼瞎說的歌功頌德而已。[67]究竟是選擇以寫實主義揭露現實殘酷面或是以逃避主義呈現文學「鏡像」裡的「再現」（representation），「如何認出自己／與父親同時出現鏡前／對鏡像與自身／對自己鏡像與／父親的鏡像／未能區分」〈鏡像〉[68]尹玲以鏡子裡的自己與父親的「原鄉」身份的無法分辨，表述了一種身份的「還原」與「再現」的錯置。

　　今以薩依德對知識份子的詮釋，以及其「再現論」（representation）的觀點，來看尹玲身為當代知識份子的角色，我們當會發現，書寫時的她對知識份子與文學家的角色，其實是充滿飄流與不安的，甚至視「飄流」為「最佳特定藥劑」[69]。而薩依德極為強調「再現論」與知識份子的關係，一方面知識份子本著自己的見解及良知，堅定立場，擔任眾人喉舌，作為公理正義及弱勢者／受迫害者的代表，即使在面對權威與險阻時，也要向大眾及有權勢者表明立場及見解；另一方面，知識份子的一言一行也在在體現了他們自己的人格、關懷、學識與見地。然而對於一個無法確定「根」（roots）與「路」（routes）的知識份子如尹玲而言，「離散」的生命經驗讓她的知識體系一直存在著兩個「中心」，一個是離散的始源，也就是家園－相當於英文的homeland，包括家園、部族、國家或國族國家等，那

---

[67] 李勤岸：《一等國民三字經》（台北：前衛，1987），頁218。
[68] 尹玲：〈髮或背叛之河〉，收於《髮或背叛之河》（台北：唐山，2007年），頁24。
[69] 同前註，頁18。

是屬於東方的、中國的、也是越南的。另一個則是居留地與寓居地，也就是離散社群賴以依附並形成網絡的地方，對尹玲而言可以是西方文明。擺盪在科立佛所說的「根」（roots）與「路」（routes）之間──「根」屬於家國。屬於過去與記憶，屬於有朝一日可望回歸的地方；「路」則屬於居留地，屬於未來，導向未知。[70]在「根」與「路」之間，離散讓尹玲不時與上述兩個「中心」對話，以達自我療癒的效果。

於是身為知識份子的尹玲以書寫「鏡像」般的「流影」以「再現」無法直言的悲哀與不安，以及時代家國的破碎與混雜不清。尹玲說：文字似是具有這種能力，可將昔日一切一幕一幕的完全重現眼前，尤其是詩。[71]「所有的人終將離去／唯獨詩人飛越一切／留下絲絲涼風／吹向未來／可能海闊的天空」（〈就像你一直存在〉節選）[72]，只有藉著書寫，藉著詩中塑造的鏡像人物，方能重尋往日純真，一一沈澱為可能的永恆留影。

徵引書目

一、專著

尹玲：《當夜綻放如花》（台北：自費出版，1994年）。

尹玲：《一隻白鴿飛過》（台北：九歌，1997年）。

尹玲：《旋轉木馬》（台北：三民，2000年）。

尹玲：《髮或背叛之河》（台北：唐山，2007年）。

尹玲：《故事故事》（台北：釀出版，2012年）。

尹玲：《那一傘的圓》（台北：釀出版，2015年）。

米歇爾・傅柯（Michel Foucault），鄭義愷譯：《傅柯說真話》（台北：群學，2005年）。

何金蘭：《法國文學理論與實踐》（台北：秀威，2011年）。

克　格（Mike Crang）著，王志弘、余佳玲、方淑惠譯：《文化地理學》

---

[70] 李有成、張錦忠主編：《離散與家國想像》（台北：允晨，2010），頁31。

[71] 尹玲：《旋轉木馬》（台北：三民，2000），頁4。

[72] 尹玲：《一隻白鴿飛過》（台北：九歌，1997），頁107。

（台北：巨流，2006年）。

宋國誠：《後殖民論述：從法農到薩依德》（台北：擎松，2003年）。

李有成：《離散》（台北：允晨，2013年）。

李有成、張錦忠主編：《離散與家國想像》（台北：允晨，2010年）

李勤岸：《一等國民三字經》（台北：前衛，1987年）。

班雅明（Walter Benjamin）著，張旭東、魏文生譯：《發達資本主義時代的抒情詩人：論波特萊爾》（台北：臉譜，2002年）。

許綺玲：《糖衣與木乃伊》（台北：美學書房，2001年）。

陳明惠、歐蒂・琳斯　編，吳旻珊等譯：《跨界：當代藝術中的流轉與鄉愁》（台北：典藏，2015年）。

費德希克・格霍（Frederic Gros）原著，何乏筆、楊凱、龔卓軍譯：《傅柯考》（台北：麥田，2006年）。

羅蘭・巴特（Roland Barthes）原著，李幼蒸譯：《寫作的零度：結構主義理論文選》（台北：桂冠，2004年）。

羅蘭・巴特（Roland Barthes）原著，劉森堯譯：《羅蘭・巴特訪談錄》（台北：桂冠，2004年）。

羅蘭巴特（Roland Barthes）原著，許綺玲譯：《明室》（台北：台灣攝影工作室，1997年）。

羅蘭・巴特（Roland Barthes）原著，劉森堯譯：《羅蘭・巴特論羅蘭・巴特》，（台北：桂冠，2002年）。

顧蕙倩、陳謙編：《閱讀與寫作——當代詩文選讀》（台北：十力文化，2010年）。

Allan G. Johnson 著，成令芳等譯：《見樹又見林——社會學作為一種生活、實踐與承諾》（台北：群學，2003年）。

Tim Cresswell著，徐苔玲、王志弘譯：《地方：記憶、想像與認同》（台北：群學，2006年）。

二、報章雜誌

林志明：〈回音的回音——許綺玲，《糖衣與木乃伊》書介〉，《明日報》，2001年2月。

淡江大學中國文學系主編：《藍星詩學「端午號」——尹玲特輯》，2003年。

陳雀倩：〈存在／虛無下的戰火繆斯——專訪尹玲〉，《文訊雜誌》第353期，2015年。

紫　鵑：〈河流裡的繁花——專訪詩人尹玲女士〉，《文學人》2009年2月號，2009年。

創作心靈復活的契機
——論尹玲《當夜綻放如花》的戰爭書寫

李癸雲

清華大學台灣文學研究所教授

摘要

本文基於對尹玲創作心靈之沉寂與復活的研究動機，以精神分析學說裡的創傷理論為研究視角，欲觀察尹玲創傷書寫的意義與寫作療癒效用，研究對象為其第一本詩集《當夜綻放如花》裡的戰爭書寫。本文認為詩歌不僅能將創傷經驗重整成社會認納的層次，更因其特別的象徵形式，在創傷言說中發揮重要作用。本文發現尹玲《當夜綻放如花》詩集裡的戰爭書寫有幾點特質：對戰爭本質的重新賦義、傾聽者設定、轉化或移動膠著的戰爭事件與記憶、善用詩歌語言重整創傷敘述等。對照無法言說的十年沉默，尹玲創作心靈復活的契機，詩歌必定扮演關鍵角色。

關鍵詞：尹玲　戰爭創傷　現代詩　書寫療癒

一、緒論

尹玲[1]（1945-）身受多元文化的洗禮，寫作面向跨足現代詩、現代小說、現代散文、學術論述、譯著等。尹玲的文章具有強烈的個人色彩，交織著傳奇的生命經歷，如求學過程不斷以優異成績突破重男輕女的時代觀念，大學畢業後擔任越南華文中學校長；長期遭受越戰戰火摧殘，在父親鼓勵下到台灣繼續學業深造；南越淪陷之時，尹玲因擔憂仍在越南的家人而一夜白髮；取得台大博士學位後，仍毅然前往法國修習博士學位；中文、粵語、越南語、客家話、法文、英文等多語才能，以及跨國開闊的世界觀；年年寒暑假必定遠遊他鄉；百分之百絕對挑剔的美食主義者……。這些個性與經驗，全都與其創作互涉互動。

其中，引起筆者欲一探究竟的是，尹玲在散文裡自述：「一九七五年四月三十日，你一夜白髮。一九七六之後你已沒有勇氣、沒有能力、沒有膽量再寫任何一個字。你完全拒絕書寫、拒絕回憶、拒絕『想』，即使眼前有一個新的世界在等著你，直到一九八六、一九八七年另一機緣讓你願意再執筆，將苦痛以書寫留存下來。」[2]對一個少時即熱愛文學、勤勉寫作的作家，整整十年都不從事文學創作，足見戰爭造成的傷痛有多麼深濃……。「卅號，無條件投降（南越淪陷）。晴天一聲霹靂，我們被震得目瞪口呆，所有的神經都停止活動，呆呆的，痴痴的，茫茫然

---

[1] 本名何尹玲，又名何金蘭，廣東大埔人，出生於越南美拖市（My Tho）。越南西貢文科大學文學學士、國立台灣大學文學碩士及中國文學國家博士、法國巴黎第七大學文學博士。現為淡江大學中國文學系榮譽教授。著有詩集《當夜綻放如花》、《一隻白鴿飛過》、《旋轉木馬》、《髮或背叛之河》、《故事故事》；專著《文學社會學》、《法國文學理論與實踐》，中譯法國小說《薩伊在地鐵上》、《法蘭西遺囑》、《不情願的證人》等。

[2] 尹玲：〈因為那時的雨──書寫六〇年代南越〉，《那一傘的圓》（台北：釀出版，2015），頁33。

血仍未凝：尹玲文學論集

146

的，空洞洞的。他們在說些什麼？他們在說什麼哪！所有支持的力量一下子全部消失，軟綿綿的、輕飄飄的，眼睛看不見景物，耳朵聽不見聲音，嘴巴說不出話來，手無力抬起，腳，連走路都不太會走了。」[3]文中描述的就是一種突遇重大壓力事件的創傷反應。

創傷之後，尹玲不願書寫與回憶如此痛苦之經歷，一來是心理機制的自我保護（為免於崩潰），一方面也感同身受南越作家們被噤聲的處境：「（南越淪陷後）大家最快的動作，除了到處打聽『如何』逃亡之外，便是盡快將自己曾經寫過、發表過、出版過、影印過的任何書寫、文字、痕跡都全部燒掉焚毀，不留下可能被審判或關進牢房或勞改的絲毫跡痕。對一位熱愛文藝並書寫創作多年的人來說，這已經是被判『死刑』，因為，已寫的都要徹底毀掉，如何能獲怎麼敢再創作新的，尤其新的痛苦、創傷比以前的更沉重萬倍。」[4]

寫作因此成為創傷閃現、反覆出現的窗口，尹玲決定關上這扇窗。

然而，在十年之後，戰爭的創痛依然未遠離，那些痛苦與死亡的畫面已永存於她的腦海裡，創作心靈如何能復活？

緣起於「1986年底，再往『南園』的活動中，重建多少昔日的詩友、文友，一個聲音一直在心底叫：為何放棄？見證浩劫，見證歷史，見證災難，十年整拒絕創作書寫，重新開始學習練習是多麼困難的事，尤其所有的鏡頭再一次開啟重現，心在揪、頭在痛、淚在流、雙眼迷濛看不見任何東西。再次拒絕。再次開啟。一次又一次。每次寫完身心俱痛，一行一行、一首一

---

[3] 尹玲：〈我們怎能無語〉，《那一傘的圓》（台北：釀出版，2015），頁65-66。

[4] 尹玲：〈南方之「內」與之「外」──試探戰火文身後創作心靈之死亡與復活〉，成功大學中文系主編《「全球化下的南方書寫──文化場域與書寫實踐」國際學術研討會議論文集》（台南，2013年10月），頁155。其中「如何能獲」之後疑有漏字。

首，自己的痛，親人的痛，朋友的痛，民族的痛，人類的痛，戰爭永不停止，血仍未凝。」[5]

這次的文藝事件成為尹玲創作心靈復活的火引，並且成為她文類變動的轉折，「1986年在《聯合報·副刊》的一次聚會『到南園』……。在其整個創作歷程中可發現，當尹玲從散文走向詩歌，其實也恰逢她內在生命的重要轉折，她以詩歌這個文體再出發，是帶有某種形式變革的意義。1986年之後的新詩創作除了是她文類的新嘗試之外，無疑也是她內在心靈風格的轉捩點。」[6]由此，筆者認為詩友的肯定與鼓勵是外在力量，而真正讓尹玲創作心靈復活的內在契機，是詩歌語言的特質。詩歌不必貼著現實，詩歌的語言重塑特質讓「血仍未凝」的創痛能被重整，秩序重新安排。

基於上述的研究動機與筆者這幾年對寫作的精神意義之研究志趣，本文將以尹玲沉寂十年後復出的第一本出版詩集《當夜綻放如花》裡的戰爭書寫為研究焦點，探討創傷書寫的意義，以及當尹玲可以再以文筆面對戰爭創痛時，她如何安置這些原本不敢面對的畫面與情感。除了《當夜綻放如花》，也將參照尹玲最新出版的散文集《那一傘的圓》裡相關的敘述，以及其他散篇發表的自述文章。

至於前行研究的情況[7]，研究者大多將尹玲戰爭詩的研究定調於：「『以美喻惡』的詩特質」、「普遍關懷的人文視角」、「戰爭本質的批判與省思」[8]，此外，也有論者指出其女性敘述

5　同上註，頁157。其中「重建」，疑為「重見」之訛誤。
6　陳雀倩：〈存在／虛無下的戰火繆斯〉，《文訊》（353期，2015年3月），頁40。
7　前此對尹玲研究的概況，余欣蓓：《從戰火紋身到鏡中之花——尹玲書寫析論》（淡江大學中文系碩論，2007）和凌靜怡：《尹玲戰爭詩及旅遊詩研究》（淡江大學中文系碩論，2014）兩本學位論文已整理完備，本文不再重述，前一本的附錄更有詳盡的尹玲創作年表及訪談記錄。
8　余欣蓓在《從戰火紋身到鏡中之花——尹玲書寫析論》所作的戰爭書寫特色分類，其中第一點，在瘂弦為尹玲《當夜綻放如花》作序時，即以點出其「戰爭詩

血仍未凝：尹玲文學論集

148

的特色[9]。其中有多文提及戰爭記憶與詩歌療效的關係，但都尚未展開討論，如洪淑苓說：「尹玲對戰爭的書寫，是一種控訴，也是藉此重塑記憶。」[10]「重塑記憶」的觀點即是創傷書寫的重要意義，但洪文的研究重點在於「人生行旅」、「文學創作」和「主體追尋」三者交會的關係；施建偉、陳君華對《當夜綻放如花》主題作分析時，提及：「作為一個『戰爭詩人』，那只是尹玲的一種表象，甚至是一種『假象』」。……她要作的是通過詩歌這種特殊的文學形式來揭示戰爭的這種『虛無』的本質，並在這種揭示的基礎上，喚醒人們內心深處對『存在』、『永恒』和『無限』的渴望和熱愛，從而鼓舞人們去努力創造一個美好的世界，或者珍惜現實的生命與塵世的幸福。」[11]筆者認為在喚醒讀者內心正面的生命觀之前，應先處理尹玲自身的創傷與詩歌書寫的關聯。但是本文基本上也把尹玲的「戰爭詩」視為是一種表象或假象，因為尹玲展開的是記憶重現與傷痛重組的藝術工程，讓詩歌成為心靈美學，而非等同於戰爭實況報導。至於凌靜怡所總結的戰爭美學：「她創作的戰爭詩彷彿成為洗滌記憶深處的戰爭悲痛之藥劑，用詩歌治療被戰火搞得支離破碎的心靈。她的戰爭詩是與自我回憶的對話，在對話裡充滿著多元視角的控訴，無論是控訴及自省皆充滿著人道主義的關懷，強調越戰是她反戰的獨白。」[12]筆者皆同意這些觀點，然而此文並不分析也無詳論，

美麗得近乎『邪惡』」（頁2），而第二、三點也曾在凌靜怡論文裡有所呼應。

[9] 如洪淑苓言其「在戰爭敘事上，凸顯女性敘述的特點，以偏重個人、私密、生活化場景的小敘述補充大歷史著重集體、公開、戰爭場面的敘事。」（〈越南、臺灣、法國——尹玲的人生行旅、文學創作與主體追尋〉，《臺灣文學研究集刊》，8期，2010年8月，頁168）。之後，在凌靜怡的碩論裡也在「第三章　戰爭詩：從烽火記憶過渡到文字演繹」之「第一節　筆端細述的重活」再次強化此論點。

[10] 洪淑苓：〈越南、臺灣、法國——尹玲的人生行旅、文學創作與主體追尋〉，《臺灣文學研究集刊》（8期，2010年8月），頁164。

[11] 施建偉、陳君華：〈時間是不流血的戰爭——尹玲詩集《當夜綻放如花》主題研究〉，《台灣詩學季刊》（25期，1998年12月），頁131-132。

[12] 凌靜怡：《尹玲戰爭詩及旅遊詩研究》，頁79。

「詩歌何以能讓戰爭記憶被洗滌」，而是著重於細節描述、反省控訴與詩歌意象三面層面的探討。

　　歸結上述的研究成果，論者對尹玲戰爭詩的美學表現與精神內涵皆給予高度的肯定，並且已累積豐富的論述，唯有「詩歌寫作如何成為整理創傷記憶，以及成為可能的療癒方式」之問題探討仍有待進一步發展。

　　本文的研究方法則參酌精神分析學說裡的「創傷」理論，作為觀察尹玲書寫創傷與書寫療癒作用的依據。其中，特別認同的是，具備精神分析臨床醫學知識背景並同時進行臨床人文學的中央研究院研究員彭仁郁，她以多年近身觀察與研究台籍慰安婦面對戰爭創傷的問題，所提出的戰爭創傷療癒觀察：「精神分析學界花了近半個世紀的時間，才有足夠的心理距離，反身觀看自身經歷的戰爭創傷，並開始在論著中談論臨床個案在診療躺椅上訴說的戰爭憶痕和他們心理症狀的關聯。……當代精神分析則進一步將創傷、哀悼、回憶與療癒的可能，重新放置在更大的社會歷史脈絡裡。」[13]因此，在討論作品之前，下一節將先整理「創傷」學理與書寫療癒意義。

二、創傷書寫與社會認納

　　所謂「創傷」（trauma）[14]，從精神分析學的角度視之，

13　彭仁郁：〈過不去的過去：「慰安婦」的戰爭創傷〉，汪宏倫主編：《戰爭與社會：理論、歷史、主體經驗》（台北：聯經，2014），頁464-466。彭仁郁為法國巴黎狄德羅大學臨床人文學院心理病理暨精神分析學博士、法國分析空間學會認證之精神分析師，現為中央研究院民族學研究所助研究員。

14　「創傷」一詞源自希臘文，本指身體的傷口，後來在醫學及精神病理學的文獻上，特別是佛洛依德的精神分析學中，才被引用特指心靈的創傷。佛洛依德（Sigmund Freud）的精神分析學說裡，將之視為：「一種經驗如果在很短的時間內，使心靈遭受非常高度的刺激，以致無論用接納吸收的方式或調整改變的方式，都不能以常態的方法來適應，結果最後又使心靈的有效能力之分配，遭受永久的擾亂，我們便稱之為創傷的經驗。」佛洛依德著，葉頌壽譯：《精神分析引

心靈裡的固著情感即是一種創傷經驗的展現。心理創傷形構過程的兩大特徵即是症狀生成的「延宕性」（或事後性），以及對於創傷經驗的理解與表達中，「詞」（詞語表徵）與「物」（情感表徵）之間的斷裂與錯結。在佛洛依德之後，凱西·卡如絲（Cathy Caruth）承續並拓深集體性創傷的思維，她認為「創傷」是：「對意外或難以承擔的暴力事件所作的反應，這些暴力事件在發生當下難以全然掌握，但是之後以重複倒敘、夢魘和重複的現象回返。」[15]。此外她說「歷史就像創傷」[16]，在歷史敘述裡可以見到個體創傷彼此交織，個人創傷經驗會轉換成集體傷痛的敘述，歷史敘述也建構於創傷記憶之上。「卡如絲堅持『唯有當見證或再現無法達成，語言才取而代之』，並尋求『一種回應創傷的模式，確保構成歷史內在創傷的意義斷裂或間隙得以傳達。』」[17]費修珊（Shoshana Felman）與勞德瑞（Dori Laub）合著的《見證的危機：文學·歷史與心理分析》著重於探討災難或暴力的「見證」（witness）之後，敘述與歷史之間、藝術與記憶之間、言說與見證人之間等種種交互關係，而文學批評與醫學臨床兩種觀點如何互動的賦予解釋。其中，文學藝術與苦難的關係也被深入的討論：「如果見證的可貴即在於目擊者不可取代的親身經歷，那麼文學藝術做為見證的一種形式，就在於創造一種歷歷如繪的情境，使得無法言喻的感情與思想都能得以重現。」[18]這些創傷與書寫交錯的觀點，近年來在文學或藝術研究裡，漸漸發展成為前沿議題，蔚為風潮。例如《英美文學

論·精神分析導論》（台北：志文，1997年），頁264。

[15] Cathy Caruth, *Unclaimed Experience: Trauma, Narrative, and History* (Baltimore: Johns Hopkins, 1996)，p.3-4.

[16] 同上註，p.4.

[17] 陳香君：〈第五章　二二八歷史與政治創傷的理論化〉，頁212。

[18] 劉裘蒂：〈導言：沒有一具屍體的現代啟示錄——一段與真理摩擦的歷史〉，費修珊（Shoshana Felman）、勞德瑞（Dori Laub）著，劉裘蒂譯：《見證的危機：文學·歷史與心理分析》（台北：麥田，1997年），頁10。

評論》第二十期推出「創傷與文學書寫」專號，推出四篇英美文學、歷史災難、日常生活與全球流動等領域的創傷故事研究，主編黃心雅肯定此研究方向，因為「書寫創傷即在重新造訪深藏的記憶，透過創傷記憶的不斷展演，釋放過去，賦予沉默的過去一個聲音，從宏觀的角度來看，書寫創傷是在成就文學與歷史的見證，重塑過去斷裂、零落、破碎的歷史記憶，成為整個西方國家（族裔）歷史與知識傳承的重要情節。」[19]

在台灣學界，則有如陳香君的專著《紀念之外——二二八事件・創傷與性別差異的美學》試圖申明二二八事件在台灣歷史記憶形成過程裡，如何一再重複創傷結構的循環（創傷－防衛－潛伏－精神症狀－受壓抑的局部復返）。陳香君建議如二二八事件等具創傷性質的歷史記憶，應透過見證和聆聽，來改變創傷循環。而關注慰安婦議題的彭仁郁也曾解釋治療創傷的方式：「創傷主體需要重新被賦予言說主體的位置，而非被視為外顯身心症狀的叢結。創傷主體之所以受苦，是因為無法走出不斷以現在式反覆出現的夢魘。主體難以象徵化、意識化的心理真實，需要透過與他者（other）的可共享性，及象徵秩序中至高他者的認納，才可能以過去式在個人史上銘印下來，即成為被標記為過去的歷史真實，或如Freud所說，『失去它的殺傷力』……。」[20]因此，她在心理創傷治療／分析療癒上，強調「創傷賦義轉化」，也就是必須讓創傷主體得以言說，分享經驗，以及被象徵秩序所認納，才能減弱創傷的殺傷力。而文學作為一種可傳播的情感溝通形式，即在提供心理真實的可共享性。因此分析文本裡的創傷經驗，同時也在討論創作者（或創傷主體）所展開的心靈療癒之路。

---

[19] 黃心雅：〈創傷與文學書寫〉，《英美文學評論》（第二十期，2012年），前言頁6。

[20] 彭仁郁：〈過不去的過去：「慰安婦」的戰爭創傷〉，頁463-464。

若進一步討論文學創作與社會認納的關係時，彭仁郁所引介的克里斯德瓦（Julia Kristev）的「寬恕」理論則能提供本文更具體貼切的研究視角。克氏所言的「寬恕」（par-don）並非指涉原諒或和解之義，而是「一個特殊的『符變』或賦義過程（signifiance）。它令創傷事件得以在主體的意義網絡中發生移動、轉化，亦重新為主體照亮他存於世界（與他者關係形成的網絡）的位置和樣態。」[21]費修珊在討論詩與創傷見證的關係時，以法國象徵主義詩人馬拉美（Stéphane Mallarmé）為例，指出：「詩歌與心理分析見證的創新與革命性，不但出人意想，也十分重要，這不僅是由於證人被意外追索而責無旁貸，更由於證人願意追索意外、積極地穿越晦暗解體的歷程，無法掌握全面的意義，不能預知旅途的終點」[22]意即詩歌本身語言可造成無法預期的效果，可追索創傷深層的意義，並以語言加以轉移、錯置，或作出獨特的創傷見證。因此，令創傷事件得以轉化的最佳表達方式即是文學語言，尤其是詩歌。尹玲無法正視的龐大傷痛，透過詩筆的「整頓」與「安置」，產生了社會認納的表義功能，同時，詩語對創傷癥結的轉化性與移動性更是靈活自由，於是，傷口終於可以訴說出來。

三、《當夜綻放如花》的戰爭創傷賦義轉化

　　那麼，檢視尹玲終於能夠再創作的第一本詩集《當夜綻放如花》裡的戰爭書寫，究竟能發現什麼樣的寫作意義？以及詩歌如何將戰爭創傷賦義轉化呢？

　　當年大力鼓勵尹玲再提筆寫作的詩人瘂弦，為《當夜綻放如花》作序時，他說：「詩原是心靈生活的集中體現，尹玲的戰

---

[21] 彭仁郁：〈過不去的過去：「慰安婦」的戰爭創傷〉，頁469。
[22] 費修珊、勞德瑞著，劉裘蒂譯：《見證的危機：文學・歷史與心理分析》，頁56。

爭詩之所以動人，乃是來自於切身的慘痛經驗，原本超出語言以外，卻被她凝結在語言之中。所以她在詩的創作上，以寫戰爭的作品最特殊、最動人。戰爭的本質，是教有的變成沒有，是毀滅；詩的本質，是教消逝的再能存在，是記憶，也是創造。」[23]這段述評除了肯定尹玲戰爭書寫美學奠基於真實性與切身性，更指出戰爭與詩背道而馳的特質。這樣的差別讓「戰爭」產生正副本，正本是殘酷的戰爭實體，副本是詩歌重現的戰爭形象，當副本存在，並被表達出來時，便能威脅（甚而取代）正本。換言之，書寫本身就是賦義轉化的過程，而當尹玲著重刻畫的是戰爭創傷時，詩歌得以抵抗現實戰爭的佔有性與消滅性，轉而讓詩裡的戰爭創傷成為永恒的印記。

　　首先，尹玲從本質上重新賦義。「年月若魘啊　愛原是血的代名詞／照明彈眩盲我們的雙睛／天燈那樣夜夜君臨空中／攝去我們急索空氣的呼吸／半秒鐘的遲疑／瓦礫之上／死亡躺在高速炮的射程內／一翻身就攫去你我的凝眸／　一眼便成千古」[24]。「天燈」指的是當時美軍在夜間發射「照明彈」，用以尋求躲藏著的北越游擊解放軍，而尹玲當年「每夜不知耗掉多少時間看……總問照至何時何日。」[25]這首詩從本質提煉戰爭的殘酷性，由此述說與感嘆，讓讀者一同見證，讓被戰爭折損的愛，再以詩歌來折損戰爭的正當性。又如「那年　無所謂前後方／火線就在客廳或臥房／在學校或寺廟／在巷弄在墓地裡／能夠醒來便能拾到星雨的彈殼／鑄成三百六十隻手鐲／讓流浪域外的愛人／細數鐲上／子彈開花後／摻血的淚痕／再把傷別的吻／在夢中／顫顫地印回／已腐的黑唇」[26]、「所有的白鴿最後都躺下／睡

[23] 瘂弦：〈序〉，《當夜綻放如花》，頁2。
[24] 尹玲：〈血仍未凝〉，《當夜綻放如花》（台北：自印，1994年），頁28-29。
[25] 尹玲：〈南方之「內」與之「外」──試探戰火文身後創作心靈之死亡與復活〉，頁150。
[26] 同註23，頁31-32。

成一座無奈的／十字架」[27]，前詩並非直接陳述戰爭有多醜惡，而是將畫面轉為愛人手鐲上「摻血的淚痕」，以及這些分離的愛人們在夢中重逢時，發現已被戰爭剝削生命，只餘「已腐的黑唇」；後詩更以淡化的語氣傾訴戰爭之中無和平存在的可能，只能祈禱。這些詩歌意象與節奏的安排，緩慢卻具穿透力，賦予戰爭剝奪者的面貌，如此一來，戰爭本身的存在必要也被詩歌強烈質疑。

如上節所述，創傷記憶有被社會認納之必要，能讓敘述者重新建構與世界的關係，因而減低創傷記憶不斷來襲的殺傷力。尹玲在安置創傷記憶時，她往往會設定傾聽者，彷彿透過傾訴－傾聽的結構，能讓傷口被看見、被理解，因而集氣共禱。「晚風再起時／請至紐約港邊／望向東方　巴黎的方向／你當見我／宛若鬼魅的身影／從鐵塔三百二十公尺的尖端／騰空飛起／翻越四分之一世紀／跌入各方神明祝禱的西貢」[28]。

同時，尹玲也善用轉化，讓戰爭事件從歷史現實裡移位，例如以久遠的時間觀回頭審視傷口，「比沙丁魚更擠的人／活活植入一夜之間掘好的塚／樹那樣撐著／等待白蟻或二十年後的好漢／S的下半身　開始陣痛／緯度十七以南／在高原　在平地／哀號雷鳴／震得雨落如塵／湄河兀自婉蜒著千年的溫柔」[29]。此詩講述的是一個慘絕人寰的事件，「在幾個月之後，我們才知道中部順化所有的南越公務人員、所有士兵軍人、大官高幹，所有美帝的『走狗』都被逮捕，最後，挖了一個大坑，將他們活活植入這個只有順化才有的塚，我們看到的時事影片，說是兩萬人。」[30]大規模的暴力屠殺事件，給歷史旁觀者造成的心理恐懼

27　尹玲：〈傷別的風底衣帶飄過〉，《當夜綻放如花》，頁38。

28　尹玲：〈橙色的雨仍自高空飄落〉，《當夜綻放如花》，頁41。

29　尹玲：〈講古〉，《當夜綻放如花》，頁24-25。

30　尹玲：〈南方之「內」與之「外」——試探戰火文身後創作心靈之死亡與復活〉，頁153。

與創傷是難以言喻的，因為事件本身超乎常情。此詩讓歷史當下凝結，轉以二十年後的時間點回看，被活埋的人群或被白蟻蝕盡，或已投胎轉世，又獲重生。然後，再把時間點再拉開，千年來，不論人們如何爭鬥殘殺，亙古存在的湄河仍一如往常的溫柔流淌。這些時間觀察點的轉換，讓主體得以重獲面對歷史創傷的講述位置（若屠殺當時只能震驚）。相同的處理手法，也表現在〈橙縣種的那一棵樹〉一詩裡：「六十年代的炮火沉穩地睡入昨夜的夢／照明彈墜在古遠的墓裡／洛杉磯的落日終究絢美如桃／而那年在西貢／等待日出便等白整一世」[31]。六十年代的炮火再如何轟隆，究竟會止息，會消逝，儘管那年在戰爭現場，一個夜晚彷如一世。將看似永久停駐的戰爭記憶，再透過書寫，讓時間流動起來，讓「當年」真正過去，以「現在」或「將來」取代。如此安頓戰爭記憶，對主體而言，便是心靈秩序的重整。

在對戰爭本質的重新賦義、傾聽者設定、轉化或移動膠著的戰爭事件與記憶等處理方式之外，在語言技巧的運用上，尹玲也善用詩歌語言來重整創傷敘述。如〈講古〉詩中開始即以「騰空一躍的孫悟空」變成灰的奇異想像，來製造說故事人欲營造的傳奇氣氛，接著敘述的是上述的活埋事件，以及當年被掃射的經歷，「我們呆坐屋內／瞪著自己的身影在如洗的白壁上／隨著蠟燭一寸一寸隱滅／咻咻飛過／子彈穿越心膛／屋外　槍炮同時歡呼／慶賀另一世界的誕生」[32]，以虛實交濟（「子彈穿越心膛」」、生死對比之弔詭等詩語美學，重新再詮釋戰爭。而〈他們終於要那朵雲開花〉一詩又重述此一歷史情境[33]，「轟聲其實

---

[31] 尹玲：〈橙縣種的那一棵樹〉，《當夜綻放如花》，頁34。

[32] 同註28，頁25。

[33] 據〈南方之「內」與之「外」──試探戰火文身後創作心靈之死亡與復活〉一文所述，1968年春節前後，越南共產黨對「南方」政府建議「停火」，好讓多年不曾好好過年的百姓，盡情放鞭炮。然而，經過大年初一眾人快樂的放沖天炮之後，大年初二凌晨，共軍突襲炮轟，從此展開整整三百天的槍炮攻擊。（頁151-152）

只似鞭炮／鞭炮飛舞如屍／慶祝死神不老／一九六八春節攻勢後／又一次新年豐收」[34]。詩中將歡樂的大年初一鞭炮聲與大年初二凌晨的轟炸聲，春節慶豐收與死神大斬獲，鞭炮紙與屍體等充滿衝突性的事物，巧妙安排詩行，在邏輯中展現矛盾。余欣蓓曾評論此詩：「我們甚至看到了詩人的調皮，在抽離的環境下，容許了那麼一點點的詩心作祟，彷彿一切只是一場遊戲。」[35]然而，筆者認為這不是心境上的調皮，而是賦予語言自由的形塑能力，也是尹玲選擇以較為輕盈的安置方式來重啟傷痛。

　　儘管重新命名或讓創傷被社會認納，對創傷主體而言，有極重要的心靈秩序重整之意義。尹玲身為越戰直接目擊者與受害者，其重新命名的方式與意義，卻與好萊塢電影的再現不同。她看透戰爭本質，並且揭發戰爭真相，如同〈橙縣種的那一棵樹〉裡，語氣制約，指出物象背後實質的殘酷性，對戰爭創傷重新命名：「小西貢啊／橙縣種的那一棵樹／不是橙／是二十年越戰／血花開在槍托上／另一品種的戰利果」[36]。然而，對越戰被娛樂工業消費式的不斷重演，卻非她所能接受，「很亞美利堅的調子／譜著／無視其他的音符／／河內希爾頓　西貢希爾頓／台北希爾頓　五百元台幣一客／自助餐　當然是美式的／／你穿越瘋雨／奏響了奧斯卡樂章／而我們／雨在我們體內／早已熬成與時空並存的／風　湮」[37]。詩中指陳好萊塢電影工業以自身對越戰的詮釋曲調，掩蓋「其他音符」，如同跨國企業在各國複製相同的「美式自助餐」，任君吃到飽。美式詮釋即使得到奧斯卡金像獎的肯定，卻遠離了「我們」（越戰裡的老百姓）身體實存的傷痛。因此，消費性或表面化的處理戰爭事件與傷痛，對尹玲而

---

[34] 尹玲：〈他們終於要那朵雲開花〉，《當夜綻放如花》，頁41。

[35] 余欣蓓：〈介入與抽離──試析女詩人尹玲其人其詩〉，《台灣詩學季刊》（4期，2004年11月），頁174。

[36] 尹玲：〈橙縣種的那一棵樹〉，《當夜綻放如花》，頁35。

[37] 尹玲：〈觀「前進高棉」之後〉，《當夜綻放如花》，頁39-40。

言，無助於緩解內在、久存、陣發性的創傷。

四、結語：寫詩的療效？

　　那麼，寫詩有助於「解痛」嗎？

　　費修珊曾以猶太藉德語詩人塞蘭（Paul Celan）的詩觀為例，分析詩歌的：「『詩永遠在行進之中，向某些目標前進。向什麼呢？向某種開放的空間，也許是向某一種可以稱謂呼喚的「你」，某種可以稱謂的現實。』詩歌重新塑造了『你』為一種特殊、喪失稱謂可能性的歷史經驗，重新創造了一個稱謂。……塞蘭之詩不只是如眾所周知的、企圖重創聽者，而是去顛覆、倒置美學的本質。美學的本質不再是完整的藝術精純，而是藉由語言的分裂與見證的流逸，詩歌變成前所未有的陳情與見證。」[38]這段分析呼應了本文的立論，意即詩歌是一種特殊的（絕佳的）創傷主體言說／分析／療癒的方式，因為詩歌不僅能將創傷經驗整理成社會認納的層次（「某一種可以稱謂呼喚的『你』，某種可以稱謂的現實」），更因其特別的象徵形式，在創傷言說中發揮重要作用。詩歌是象徵的美學，而象徵具有轉化和療癒的潛能，「正是因為它們超越原來可以被輕易用語言表達、分類，以及理解的概念。…由於象徵可以把案主和他們本身的未知層面連結起來，因此象徵的呈現也具有轉化和療癒的潛能。」[39]透過象徵，創傷主體無法言說的記憶可以被表達，帶著賦義的距離，重新回到歷史現場，並非為了陷溺於受害位置，也不是複製創傷衝擊，而是重新整理，重新見證與陳情，把當時無法指認的創傷源

---

[38] 費修珊、勞德瑞著，劉裘蒂譯：《見證的危機：文學‧歷史與心理分析》，頁56。

[39] 劉冠妗、黃宗堅：〈創傷與復原：隱喻故事在心理治療中的運用〉，《諮商與輔導》（第250期，2006年10月），頁22-23。

頭，在詩歌意象排列中，一一認領，重新出發。

本文發現尹玲《當夜綻放如花》詩集裡的戰爭書寫有幾點特質：對戰爭本質的重新賦義、傾聽者設定、轉化或移動膠著的戰爭事件與記憶、善用詩歌語言重整創傷敘述等。

即使本文認為寫詩具有重整記憶的療治意義，尹玲自我剖析時，仍表達出描述戰爭創傷之困難：「親自將自身被戰火紋燒過的傷痕——重新觀察審視重活一遍再以筆端細述，那種特別殘酷的痛楚，相信是語言和文字都難以形容。」[40]這種探向創痛源頭的寫作之痛，也不容研究者忽略。

然而，對照那無法言說的整整十年的沉默，以及後來創作力勃發的尹玲，其創作心靈復活的契機，詩歌必定扮演關鍵角色。

本文最後欲以詩集裡的壓卷之作〈Auto Reverse〉作為例證，指出尹玲後設式的把原本自己無法言說、無法書寫的創傷情感比擬成錄音帶的倒帶，在詩行之間讓其「唱個不停」。詩語能岔出現實世界，另闢一處世界，讓原本被「思念與痛苦」壓得無法言說的心靈，覓得一種表達，讓壓力宣洩分散。在唱個不停的寫作之路上，傷口得以收口，並朝向癒合。寫詩是否能解痛？尹玲繼續書寫……。

　　阻撓的

　　不只一重山一汪海

　　原以為時間是萬靈丹

　　能治天下的疑難雜症

　　眼相隔

　　奈何心未相離

---

[40] 何金蘭：〈宿命網罟？解構顛覆？——試析尹玲書寫〉，《台灣詩學季刊》（10期，2007年11月），頁279。

思念和痛楚

孿生的兄弟

錄音機的自動迴轉

把十幾年來

壓縮在心底

疊卷成扁扁細細

錄音帶似的

鄉　愁

在電池耗乾之前

就如此一遍又一遍地

唱個不停[41]

引徵書目

一、專書

尹玲：《當夜綻放如花》，台北：自印，1994年。

尹玲：《那一傘的圓》，台北：釀出版，2015年。

佛洛依德著，葉頌壽譯：《精神分析引論・精神分析導論》，台北：志文，1997年。

陳香君：《紀念之外──二二八事件・創傷與性別差異的美學》，台北：台灣女性藝術協會，典藏藝術家庭，2014年。

二、期刊論文

尹玲：〈南方之「內」與之「外」──試探戰火文身後創作心靈之死亡與復活〉，成功大學中文系主編《「全球化下的南方書寫──文化場域與書寫實踐」國際學術研討會會議論文集》，台南，2013年10月，頁147-162。

---

[41] 尹玲：〈Auto Reverse〉，《當夜綻放如花》，頁178-179。

余欣蓓：〈介入與抽離──試析女詩人尹玲其人其詩〉，《台灣詩學季刊》
　　　4期，2004年11月，頁171-181。

余欣蓓：《從戰火紋身到鏡中之花──尹玲書寫析論》，淡江大學中文系碩
　　　士論文，2007年。

洪淑苓：〈越南、臺灣、法國──尹玲的人生行旅、文學創作與主體追
　　　尋〉，《臺灣文學研究集刊》8期，2010年8月，頁153-196。

施建偉、陳君華：〈時間是不流血的戰爭──尹玲詩集《當夜綻放如花》主
　　　題研究〉，《台灣詩學季刊》25期，1998年12月，頁130-138。

凌靜怡：《尹玲戰爭詩及旅遊詩研究》，淡江大學中文系碩士論文，2014年。

陳雀倩：〈存在／虛無下的戰火繆斯〉，《文訊》353期，2015年3月，頁
　　　40。

彭仁郁：〈過不去的過去：「慰安婦」的戰爭創傷〉，汪宏倫主編：《戰
　　　爭與社會：理論、歷史、主體經驗》，台北：聯經，2014年，頁435-
　　　513。

黃心雅：〈創傷與文學書寫〉，《英美文學評論》二十期，2012年，前言頁
　　　5-9。

費修珊（Shoshana Felman）、勞德瑞（Dori Laub）著，劉裘蒂譯：《見
　　　證的危機：文學‧歷史與心理分析》，台北：麥田，1997年。

劉冠妏、黃宗堅：〈創傷與復原：隱喻故事在心理治療中的運用〉，《諮商
　　　與輔導》第250期，2006年10月，頁22-27。

Cathy Caruth, *Unclaimed Experience: Trauma, Narrative, and History*,
　　　Baltimore: Johns Hopkins, 1996.

尹玲詩中的自我書寫
——以《一隻白鴿飛過》為討論對象

陳謙

台北教育大學語文與創作學系助理教授

摘要

　　尹玲作品反映其直接經驗的意象轉喻，透過意象，人物在情節與動作中逐漸立體，作品人物躍然紙面，與閱聽人直接談論，讀者彷如置身其境。所有人稱的置換都代表尹玲其自我指涉與問題核心。尹玲詩作極富抒情詩與史詩雙重特質，也因此，尹玲在詩作中從不忌諱自己角色的浮現，他不將己身隱藏在角色背後，而是選擇以詩面對，並藉由詩中人物人稱的表述將故事立體化，進而引導讀者切入文本主題，體現尹玲詩作之關懷。

關鍵詞：尹玲　人物　故事　衝突

一、前言

　　人物或者角色一向是戲劇發展的意象原型，人物藉由動作在時間與空間中游移，串連出戲劇式的衝突與張力。人物的戲劇表現來自於「動作中的人物」演員透過觀察可以仿效對象將其人物性格展露無疑，並帶給閱聽人深刻的感受。[1]人物亦是尹玲詩作的敘述基調，在人稱設定上，尹玲常將自身介入詩作，用彷彿自身的經歷引導閱聽人進一步感受詩中人物的悲喜，多數時候，尹玲所反映的是一道道來自自身直接經驗的意象轉喻（metonymy），用在被修飾對象相關的其他事物，以便來替代被修飾對象，[2]透過意象，人物在情節與動作中逐漸立體，作品人物與閱聽人直接談論，讀者彷如置身其境。女詩人紫鵑在一篇訪談中，尹玲提及：

> 寫詩時候，常用「你」來表達，是在我作品中最常見到的，不過使用不同的人稱，在我很年輕時就開始了！法文一個動詞的變化就有26種，不同的人稱就會有不同的意涵。我用第二人稱時，就是寫作者在跟另一個人對話，那另一個人可能是另一個「自己」。用第三人稱時，寫作者是在敘述「我」和「你」之外第三個人的故事，那個距離更遠，感覺完全不一樣。卡繆寫《異鄉人》，他使用第一人稱和動詞變化的現在式，讀起來彷彿一切都是作者正在進行中的事情，真實感特別強。以前法文小說用過去式和第三人稱書寫，感覺就像虛構的故事。所以我使用第一人

---

[1]　C.R.Reaske著，林國源譯：《戲劇的分析》（台北：書林，1991年），頁50。

[2]　修辭學中亦稱「換喻」或「借喻」。轉載自https://zh.wikipedia.org/wiki/%E8%BD%89%E5%96%BB

稱、第二人稱、第三人稱時，想要表達的意義和其間的距
離就完全不一樣。[3]

單就「你、我、他」的第一、二、三人稱來了解尹玲作品的呈
現，可得知尹玲人物設計的初衷，基本上第一、第二人稱都代表
尹玲的自我，而第三人稱則刻意和自己拉開距離，像寫作「故
事」般的呈現在讀者眼前，有時也會以意象來替代人的主體。尹
玲文本看似與自己關係疏遠，卻是貼近。而故事首重結構，曾西
霸提到：「小說和電影都有敘述結構，但是兩者的敘述手法可謂
南轅北轍，簡單講：小說採取假定空間，通過錯綜的時間來完成
敘述；電影採取假定時間，利用空間的安排來完成敘述。也就是
兩者對時間與空間的倚重程度，促成兩者發展為不同的藝術。」[4]
其實就創作的實務面向來講，這就和雞跟蛋的前後邏輯關係相
同，空間和時間在場景中絕非對立，而是同時的存在，曾西霸的
二分法雖有牽強，但若借此觀點來看，尹玲經常以時間的安排為
優先，再置入空間的意象群，也就是說就詩文結構而言，是接近
小說式的敘事架構。而以故事作為自我呈現的尹玲，本身的境遇
就極有戲劇之張力。[5]

　　白靈將尹玲比喻為河流型的詩人，認為其冒險犯難，一生
波折起伏皆不管自願或被迫，會隨其際遇而轉向，時而如激流，
時而如小溪，或者大河。從尹玲的身世歷程來說，生活歷練毋
寧是她創作的來源，尹玲愛過生活過的證據，都在詩行中一一
留下刻痕。本名何尹玲的尹玲，又名何金蘭，祖籍廣東大埔，

3　紫鵑：〈河流裡的繁花：專訪詩人尹玲女士〉，《文學人》2009年2月號。

4　曾西霸：〈淺論小說改編電影〉，《電影欣賞》第90期，1997年12月，頁96。

5　尹玲1969年以僑生身份來台就讀台灣大學，1975年越南淪陷，便被迫與家人失去
　　聯繫。遲至1990年，尹玲重新踏上故土，但父母已相繼離世。戰爭與親人生死別
　　離的經驗，成為尹玲詩作經常流露出的漂零且離散的基調。〈只有文學，是尹玲
　　的歸宿──《那一傘的圓》新書發表會〉，lucy編撰，http://showwe.tw/news/news.
　　aspx?n=267，（2015.12.1上網）。

出生於越南美拖市（My Tho）。越南西貢文科大學文學學士，
來台後獲得台灣大學文學碩士及中國文學國家文學博士、法國巴
黎第七大學文學博士。目前擔任淡江大學中國文學系、法文研究
所及亞洲研究所教授。著有詩集《當夜綻放如花》、《一隻白鴿
飛過》、《旋轉木馬》、《髮或背叛之河》；專著《文學社會
學》、《法國文學理論與實踐》，中譯法國小說《薩伊在地鐵
上》、《法蘭西遺囑》、《不情願的證人》等，另有法國詩作，
以及越南文之短篇小說、越南詩作之翻譯。創作之外的尹玲，獨
鍾文學社會學理論，何金蘭曾說：「在所有的文學現象中，社會
都佔有一個不可或缺的地位」。[6]

> 文學產生之先，社會早已存在，作家無可避免地要生活在
> 社會裏，為社會所制約、限制、影響；作家總是努力反映
> 它、解釋它、表達它，甚至於設法改變它；社會也存在於
> 文學之中，我們可以在文學作品中看到它的存在、它的蹤
> 跡、它的描繪⋯⋯在社會和科技的發展節奏都日益加快的
> 今天，我們認為研究文學社會學是有其必要性的。社會結
> 構的轉型深深地影響到今日整體的文學現象，而文學也在
> 反映現實之際以某種程度的力量不斷地改變社會。[7]

文學是時代以及社會的產物，當然無法自外於其所依附的社會，
一昧超越它或者游離出來皆屬不智。同樣地，在考量文學與社會
之間的互動關係時，可參酌由韋勒克與華倫所提出的見解：

> 文學是社會的建構而以社會造成的語言為手段。那些傳統
> 的文學方法如「象徵」，「韻律」，在本質上都是社會性

[6] 何金蘭：《文學社會學》（台北：桂冠，1989年），頁1。
[7] 同上註，頁1-4。

的。它們只有在社會中才會產生習慣和規範。進一步來說，文學模仿「人生」；然而「人生」便是社會的現實，儘管自然界以及個人的內在或主觀世界，同樣是文學「模仿」的對象。文學家本身便是社會的一份子，他具有一種特定的社會地位，那就是說他接受某種程度的社會認許和報酬；他以一群讀者為對象，不管那是如何「假定」的讀者。誠然，文學的興起經常是和特定的社會行為有密切的關係。……文學同時還有它的社會功能或「用途」，那是不可能純粹屬於個人的。因此文學研究所引起的大多數問題，至少在根本或關聯上，都是社會問題。[8]

文學來自對社會的學習與仿效，某種程度很自然的反映了環境的構成與需求。而詩人在社會中如何自處？尤其尹玲作為一位女詩人，在男尊女卑的世俗陋習中，單就「女性權力」的發展來看，我們當知十九世紀末二十紀初期的首波女權運動，解放了女子在學校學習、自主婚姻、女性參政等等的趨勢與觀念，一九六〇年代以後第二波女權運動在美國婦運界掀起狂潮，於是百家爭鳴。[9]這個風潮隨後擴及整個歐美以及學術思想活絡的學院體系，1960年代末期尹玲取得父親同意，率先打破男尊女卑的禁錮來到台灣以及法國學習語文與思想，並取得雙博士學位，也可證明其是站在浪尖上，引領風潮的前衛女性。

　　本論文以尹玲1992年至1996年所撰述之《一隻白鴿飛過》為文本取樣，尹玲作品主題透過人物的勾勒，在《一隻白鴿飛過》出版前後其實一再在其作品中往覆呈現，但仍以此書特具代

8　韋勒克與華倫（Wellek, Rene＆Austin ,Warren），王夢鷗、許國衡譯：《文學論》，（台北：志文，1976年），頁149。

9　鮑曉蘭：〈美國婦女運動的過去和現在〉，收入李小江主編：《當代世界女潮與女學》，（河南：河南人民出版社，1990年），頁65-86。

表性。1990年代中期台灣歷經解嚴，觀光旅遊開放等自由的氛圍，使人心中那象徵自由而非受到禁錮的白鴿凌空遨翔，反映在尹玲詩作中，不脫如此的情境顯現。

二、尹玲的史詩式抒情

> 按一般的解釋，就是「敘述事情」；對一個或一個以上真實或虛構事件的敘述。它並非一個靜態語或雋永意味深長的詞句，如：「一枝草，一點露」或「冬天盡了，春天還會遠嗎？」它們不能成為敘事，因為它們沒有表現任何事件。而一舞台上演員直接表現的戲劇，由於缺乏敘述，依然不能稱為敘事[10]。而像一些商業的廣告文案或歌詞，如：「她背過身去，留下一臉悵然的他」，或是「那一夜你喝了酒，帶著醉意而來」，則應當看作敘事，因為它通過話語表現了一個事件（event），或一個以上的事件（events）通過某種關聯起來，就構成了故事（story）。[11]

通過話語表現了一個，或一個以上的事件，並產生關聯，就構成了故事。學者劉志宏曾針對「敘事／敘述」作出了以上明確的探討。亞里斯多德也曾以詩人在詩中扮演的位置，區隔了史詩與抒情詩之差異，根據亞式的說法：抒情詩比較像是是詩人的自我扮演。而在史詩當中，詩人成為一個敘述者，且自己在進行發言，

---

10 劉志宏補充說明：敘事詩雖不是戲劇，但它常常帶有戲劇的結構與質素，如劇情高潮，人物（角色）和故事（事件）⋯⋯等等。再者，長詩並不等於敘事詩，而要視其組成的質素；有些長詩只是抒情短詩的加長，其本質是抒情的（lyric）；但若長詩中有明顯的故事和事件結構，筆者便將其視為廣泛的敘事詩。再次註明。同下註。

11 劉志宏《邊緣敘事與島嶼書寫——陳黎詩新研究》（台中：靜宜大學中國文學研究所碩士論文，2003年），頁6。

但另一部分則讓他的角色直接說話。[12]這種混合敘述的手法對照尹玲作品我們當知，尹玲詩作極富抒情詩與史詩雙重特質，也因此，尹玲在詩作中從不忌諱自己角色的浮現，他不將己身隱藏在角色背後，而是選擇以詩面對，並藉由關連性的事件一一生成故事。尹玲以詩作投向現實生存的環境作為一種抵抗，家的歸屬感極其薄弱，他曾自謂：「我從來沒有覺得哪一個地方有家的感覺，對我而言，僅是旅程中的短暫休憩。」[13]在尹玲詩作中，我們亦能發現其間的情境，以〈你站在歐洲的水上〉一詩來還原尹玲心中深沈的喟嘆。

未及打開剛剛攜回的行囊

你又一次啟程

記憶相疊在層層飛起的翼裡

遙遠城市中某一雙眸子

在火車開動時隔窗凝睇

或是那個邊界小鎮

有一隻手愛戀揮動

直到逸出天空之外

甚至只是視線偶然交集

在上下一艘渡輪之際

打了一個小小的結

你站在歐洲的水上

---

12 轉引自韋勒克與華倫《文學論》（Theory of Literature）王夢鷗（譯）（台北：志文，1976年），第十七章意涵摘錄。

13 人間通訊社報導，「女詩人尹玲以詩療癒戰火餘爐」，（2015.7.24上網）http://www.lnanews.com/news/%E5%A5%B3%E8%A9%A9%E4%BA%BA%E5%B0%B9%E7%8E%B2%20%20%E4%BB%A5%E8%A9%A9%E7%99%82%E7%99%92%E6%88%B0%E7%81%AB%E9%A4%98%E7%87%BC.html

看著亞洲的那人

慢慢走入

一幅不能回捲的畫裡[14]

詩是心情的表列與陳述，尹玲用情之深可從此詩窺知一二。漂泊無定的生活際遇，使尹玲自認為是一個沒有家的人，因此火車或者渡輪的移動，都成為帶著走的思鄉情愁，「你站在歐洲的水上／看著亞洲的那人／慢慢走入／一幅不能回捲的畫裡」。尹玲看似冷靜的觀察，那位東方臉孔的亞洲人，逸入一幅中式的畫軸當中，還無力捲回，呈現了莫可奈何的哀淒之感。相對於鄉愁，西方文論則有離散的說法可交互印證。離散Diaspora此詞來自於希臘字根diasperien，「dia是『跨越』」，而sperien則是「『散播種子』的意思」。[15]也就是說離散一詞含融著離開出生地，並藉由本身文化去「影響」當地文化的意味。在理解上，可視為文化語境上的衝突。廖炳惠進一步指出：「『離散』在當今的語脈底下，比早期涉及放逐與大規模族群被迫搬遷的悲苦情境來說，因為「『離散族裔』被迫出入在多元文化之間，或許在某個層面上，也擁有其更寬廣和多元的視角，得以再重新參與文化的改造，顛覆與傳承」。[16]「離散」此詞所呈現的意義，從族裔的漂流到異文化的衝突，產生的對立情節，可視為離散的深層質地。依據黃維樑對「離散」定義的解釋，似乎比上述論述更為周延詳實，黃維樑指出離散的意義可分為下列四種：

一、旅行：短暫的數天至幾個月，是自願他住的。

二、旅居：一年半載或稍長的時間，也是自願他住的。

---

[14] 尹玲詩集《一隻白鴿飛過》（台北：九歌，1997年），頁193-194。

[15] 廖炳惠編《關鍵詞200》（台北：麥田，2003年），頁82。

[16] 同上註，頁82。

三、移居：赴他鄉異國長期居住。有兩種情形：一是逃
　　難，二是移民。移民在一些人心目中可能是一種「自
　　我放逐」（self-exile）

四、被放逐：在外國他鄉的時間長短不確定，不知能歸國
　　回鄉否。[17]

黃維樑接著指出「原始、嚴格意義的離散，指在他鄉異國居留，
這他鄉異國與本土故國的民族語言、宗教、典章制度等都不同。
情形如此，則離散所引起的文化衝突，文化認同等問題必然存
在」。[18]尹玲以自身的直接經驗為本，融入想像，在文本中凸
顯迷惘與困惑，德希達（Jacques Derrida, 1930-2004）曾說：
「文本之外一無所有。」[19]，際此，文本成為尹玲面對生活的抵
抗紀實，文本也是尹玲的生活悲喜的唯一見證。

三、尹玲詩中人物的衝突與指涉

（一）個體面對國家機器的莫可奈何

　　「不知道自己的家位於何方」，甚至「認為自己沒有家」。[20]
家園的追尋是尹玲一輩子文學志業的追求。也因為對於家這
種舒適圈安定感的缺乏，形成尹玲內在自我的衝突。「衝突
（Conflict），是人與人、團體與團體、國與國之間，彼此互相
打擊、破壞，甚至毀滅對方的存在。可導致生命與財產的損害，

---

17 黃維樑〈余光中的離散懷鄉〈逍遙遊〉〉，佛光大學世界華文文學國際研討會會
　議論文（初稿），2007年，頁29。
18 同上註，頁27。
19 德希達，趙興國譯《文學行動》，（北京：中國社科出版社，1998年），頁65。
20 〈只有文學，是尹玲的歸宿──《那一傘的圓》新書發表會〉，lucy編撰，http://
　showwe.tw/news/news.aspx?n=267，（上網日期2015.1.12）

造成人類的仇恨與悲慘。這種爭鬥、衝突的行為，為人類生活所常見的特徵。」[21]而戲劇的衝突也經常透過人物來穿連其間場景，藉由動作來一一敘述歷程的事實。尹玲的人物大多是活生生的人物，偶而也以意象作為轉喻（metonymy），以部分的象徵來取代龐大的無奈，如〈一隻白鴿飛過〉：

> 永遠是
> 一些不相干的人
> 在千里之外（比如巴黎）
> 高尚的某座宮裡（比如愛麗舍）
> 決定你的命運
> 你未來的生或死
> 簽下一紙他們稱之為
> 和約
> 的勞什子
>
> 你當然仍在你的土地上
> 冰雪覆蓋著
> 心僵凍
> 家中僅剩的孩子
> 昨天在一場不關他的事
> 某雙方衝突中
> 吃下一枚
> 剛好送到的
>
> 子彈

21 張鏡予http://ap6.pccu.edu.tw/Encyclopedia_media/main-soc.asp?id=7192（引自中華百科全書，上網日期2015年12月7日）

塞拉耶佛依然飄雪

含著一嘴冰血柱

那隻白鴿

牠

只不過恰巧

飛

過

——寫於一九九六年四月二十二日[22]

戰爭好巧不巧的決定了尹玲實際生存的際遇，對她而言，那都是一些「不相干的個人」，在「千里之外（比如巴黎）／高尚的某座宮裡（比如愛麗舍）／決定你的命運」尹玲的詩大多有一個集中的故事情節，循其中心的意旨進展，在作品所呈現的藝術性部分，她的詩總是不失歧義而又具備高度象徵之意涵。韋勒克在〈文學的性質〉一文裡直指「任何一樣東西促成我們絕對的外向的行為時，我們不承認它是詩或者只說它是佳句美辭。真正的詩對我們的影響是遠為含蓄的。藝術只提供某種組織結構，而藉這結構才能從現實世界中把作品所要說的話提出來。」[23]尹玲詩作含蓄的表達了巨大的衝突，透過詩這種精鍊的語字結構，一隻恰巧飛過的白鴿，成為無辜的犧牲品。渺小的個體面對國家機器時的無助與無可奈何，都在詩中具體映現。

（二）女性的時代之聲

劉心皇曾批評一九五〇年代的女作家說：

---

22 尹玲《一隻白鴿飛過》（台北：九歌，1997年），頁29-31。
23 見韋勒克、華倫：《文學論——文學研究方法論》（台北：志文出版社，1976年），頁35。

她們的優點在於感情豐富、思想細緻、描寫心情和事物，都能入情入理，而且用詞美麗。可惜的是，她們所寫的差不多都是身邊瑣事。讀她們的作品，彷彿不知道是在這樣驚心動魄的大時代裡[24]。

以上觀點在於文學現象普遍情況的共相說明，事實上「時代性」和「社會性」的缺乏，向來是早期女性作家被批評的一個要項。然而究竟是由於內在條件的侷限，抑或是外圍環境制約的結果，我們只要對照日後女性文學的「不讓鬚眉」，其實也能夠有所省思體會。[25]

　　針對如此現象，林于弘以為「在同樣背景下求發展的台灣女詩人，也必須面對這樣的困境。由於性別差異的歧視、時代環境的需求，在在都造成女性詩人及作品有被嚴重「窄化」的現象。」[26]在地球這個多數仍以男性為主體的體系當中，「女性詩人自覺或不自覺地產生迥異於男性詩人的傳統與風格，並形成一種非主流的邊緣敘述（peripheral statement）。」[27]但所謂邊緣論述，也是以男性為本視角看待下的結論，中心邊緣看似對話，其實鴻溝業深，徒具形式罷了。

　　「女權主義運動對文學帶來了兩種突出的影響；女權主義的新意識影響了作家、特別是女作家的創作意識；這種新意識以及女權主義的活動拓寬了婦女生活的題材。」[28]尹玲的創作不同於一般閨閣女性的輕吟，他以沈痛的呼告帶來新的啟示，儼然為舊時代中女性的新時代聲響。孟樊認為：

---

[24] 劉心皇編選，〈五十年代〉，《當代中國新文學大系・史料與索引》，（台北：天視，1981年），頁70。

[25] 林于弘《台灣新詩分類學》（台北：鷹漢，2004年），頁306。

[26] 同上註。

[27] 同前註。

[28] 王逢振，《女性主義》（台北：揚智文化，1995年），頁11。

女性用語之所以區別於男性，向來有兩種不同的說法，一說是出自生物學（biology）的主張，認為這是因為男女兩性在「生物上的性」（biological sex）之差異所致；另一說則是基於文化（culture）的考慮，也就是由文化導致男女兩性的「性別」（gender）差異。前說認為男女的「性」（sex）差異是先天固有的，因為「生物的性」的不同，所以才被區分為男人與女人（male and female）；而後說則主張男女「性別」的差異是後天形成的，由於社會「文化」的作用，所以才產生所謂的男性與女性（masculine and feminine）。[29]

尹玲因著性別的差異，多少受限於固有思維的侷限框架當中，在男性傳統的籠罩下，「女性的領域」（Woman's Sphere）是「空間上、經驗上、玄學上的荒野地帶（Wild Zone）」。空間上是因為這些地帶是男性的禁地，經驗上是因為女性的生活樣式迥異於男性，玄學上是因為男性局限與既有結構的循環，不能突破或跨越。[30]但在這個共同的環境之中，尹玲無疑更具備其特殊性，他的詩作有社會環境的具體反映，以詩撰寫紀實的史料，描述大時代裡個人的情感面向，並不吝於發表作品，勇敢地突破以男性為主的話語霸權，為自己爭取發言。

綜而言之，「我們的性是生來的，而性別是獲得的。」（We are born with sex, but we acquire gender.）。[31]然而尹玲，並不全然地在現實中撤退，他在詩作中提問，向羅蘭巴特

---

[29] 孟樊，〈利玉芳的政治詩〉《當代詩學》第4期，頁97-98。

[30] 簡政珍，〈當代詩的當代性省思〉，《創世紀》第100期，1994年9月，頁25。

[31] Sherry, Ruth. *Studing Women's Writing: An Introduction*. London: Edward Arnald, p.18，1988.

提問：

多年以來
我多想成為那個零度
像你建議的那樣
全然透明一種中性
純潔的白色書寫
完全自置局外
不

　　介

　　入

然而　　在巴黎的雲煙裡
我卻忘了問你
一九八〇年二月二十五日下午
法蘭西學院前
你為何又願意介入
學院路上那輛卡車
絕對自置局外
轆轆滾動的
十輪之下

　誤讀

　　　　　　　——寫於一九九六年十二月二十一日[32]

人無法自己將社會隔絕於外，因而，生活的現實不管何時皆與每

[32] 尹玲〈提問羅蘭巴特〉，《一隻白鴿飛過》（台北：九歌，1997年），頁163-164。

尹玲詩中的自我書寫——以《一隻白鴿飛過》為討論對象

175

個人同在，不論你是詩人、學者、財閥還是政客，當命運來臨時，唯一面對的，只是現實的遭遇，一點都無法僥倖，羅蘭巴特自然不會例外。際此在尹玲的人物詩中，連羅蘭巴特也不免俗的跟現實社會無法脫節，人物只是尹玲詩作的代稱，在尹玲詩作中雖無典型的人物出現，但在第一、第二及第三人稱的轉換中，人物角色與情境融為一爐，凸顯其文本的理解與同情。

（三）文化鄉愁的鬱壘

　　若論及文化鄉愁，自然要先有文化想像的座標，尹玲的中心標的相較於其他詩人其實並不清晰。蕭蕭心中所謂鄉土詩，「應該相當於西方文學中的『地區主義』（regionalism）加上『地方色彩』（local color），所以需具備：一、描寫台灣的歷史、地理與現實為前提；二、突顯一個地方—不限農村或小市鎮，特殊的生活風貌，具有濃厚的地方色彩，傳達出風土人情，讓讀者呼吸到泥土的氣息與芬芳；三、文字表現寫實明朗，展示樸素的風格。可以歸結為：台灣、地方、明朗三要素」。[33]但尹玲的詩作很顯明的不與台灣這片土地產生正面關聯。尹玲自有其地方性，但其地方比較確定的是心中不斷漂盪的詩行，每個城市像其景點般偶一綴飾而已，談不上深具地方感。尹玲的詩作比較像是孟樊所指的「女身身份政治的書寫」。[34]包括其論及的「權威」、「權力」、「價值分配」、「衝突」等對政治文學的界說。她的詩呈現以小我影射家國之情，尹玲文化鄉愁的鬱壘，都化身在詩作人物的具體演出當中。以〈野草恣意長著〉為例：

---

[33] 蕭蕭《台灣新詩美學》（台北：爾雅，2004），頁212。

[34] 孟樊在《當代台灣新詩理論》一書中曾論及，向來政治學界關於如何界定「政治」主要有三種不同的說法，意謂政治指涉的：（1）即政府（government）——表示政治是在國會、部會、縣市政府和議會內發生的事；（2）即權力、權威或衝突（power, authority, conflict）——顯示政治與權力或衝突關係有關；（3）即為社會所做的權威性的價值分配（the authoritative allocation of values for a society）。（孟樊，《當代台灣新詩理論》。台北：揚智，1998年，頁168-170。）

你說

回鄉是一條千迴萬轉的愁腸

中間又打著許多結

糾纏難解荒謬費猜

那邊偏左這邊偏右

讓你一步懸在半空

足足掛了二十一年

時空在此織出一種極致的錯亂

昔日的是冷眼覷著今日的非

今日的對撇嘴嘲弄昨天的錯

另一套符碼顛覆滿城的街名

夥同建築物結結巴巴的

指涉一定程度的意識形態

鄉音仍流傳這裡或那裡

卻已尋不著名叫文字的另一半

鬱鬱凋成一株

失去泥土的斷根殘梅

被木薯啃了十八年的親友

游離在你難抑的淚光裡

削成一絲絲曝曬過久

又焦又黑的蘿蔔乾

少小離家老大回啊

如何將這兩座陌生的塚墓

等同那年兩隻隱忍含淚揮動的手

是誰把母親的明眸細語

換做碑上三行淒啞的字

還有父親的剛毅熱情

怎能只剩六尺石塊的冷

一生心血僅存半輪落日

盼等二十一年的眼睛

唯有清淚可洗

而死生仍兩茫茫啊

仍兩茫茫

炙熱的三月末

野草恣意長著像你

心頭恣意長著的痛

義祠向晚[35]

尹玲的鄉關何在？二十一年後才回到越南的尹玲，感觸極為深沈，父母親成為陌生的塚墓。尹玲博學強記，自詡吃過一次餐點，一定記下店名以及位置，[36]那條街那個門牌號碼一定清晰牢牢的記住，因此對街名及其符號擁有特殊的記憶能力，這也是另一想家的方式罷？夢裡的門牌號碼，倒不如將其映現在現實的街路上，鄉愁對尹玲來說，從一種夢中的思念，變成一種以符號記憶街道的特殊本能。對法國理論家巴舍拉（Gaston Bachelard）而言，「寓居」和「家」都是人類發展出歸屬某個地方的感受的關鍵元素。他說：

　　一切真正為人類棲居的地方，都有家這個觀念的本質。記憶和想像彼此相關，相互深化。在價值層面，它們

35　尹玲《一隻白鴿飛過》（台北：九歌，1997年），頁41-44。
36　2015年10月18日，本文作者拜訪尹玲進行訪談所記錄。

一起構成了記憶和意向的共同體。因此，房舍不只是每日的經驗，是敘事裡的一條線索或是在你訴說的自己故事裡。透過夢想，我們生活中的寓居場所共同穿透且維繫了先前歲月的珍寶。因此，房舍是整合人類思想記憶和夢想的最偉大力量之一……。

沒有了它，人只不過是個離散的存在。[37]

記憶和想像彼此影響，相互交侵且深化。尹玲在文字裡擴大了自身經驗的想像。家對其作品而言是一個永遠高懸的目標，但也因為無法企及，作品因而有了戲劇的強度與張力。不安的感受恆來自於尹玲心中，尹玲穿越現實的土地到達詩的國度，在詩中自然留下其追索的痕跡與美學實踐上的努力。

四、結論

　　尹玲作品反映其直接經驗的意象轉喻，透過意象，人物在情節與動作中逐漸立體，作品題旨躍然紙面，與閱聽人直接談論，讀者彷如置身其境，尹玲詩中的人物其實代表說話者自身，無論從那一種人稱出發，皆為尹玲漂流心跡的露出，尹玲的不安來自歸屬感的喪失，以致外在生活尚稱豐富，但內心的家園卻早已失落。所有人稱的置換都代表尹玲其自我指涉與關懷所在。尹玲詩作極富抒情詩與史詩雙重特質，也因此，尹玲在詩作中從不忌諱自己角色的浮現，她不將己身隱藏在角色背後，而是選擇以詩面對，並藉由詩中人物人稱的表述將故事立體化，進而影響讀者切入文本主題體現尹玲詩作的之關懷。若把尹玲的位置，放置在台灣女詩人的作品當中，當發現在上世紀一九八、九十年代之後，

---

[37] 節錄自McDowell, L.著，徐苔玲、王志弘譯：《性別、認同與地方》（台北：群學，2006年），頁72。

確能開展出一些嶄新多變的風貌，在看待自我身分的角度上亦持續在修正當中。

　　　尹玲詩情早發，又黏合現實，從己身出發，卻也明確呈現了時代的背景與時間無情的刻痕。尹玲的作品主題頗多重覆，就美學上的創新也許略顯單薄，但一次又一次的在詩與生活中往復，呈現在作品裡的，就是一朵朵開了又謝，謝了再開的生活的花蕊，這些時間過程都在詩中封印，成為人人知曉的公開秘密。一如〈某種情緣〉詩中所示：

> 重回這人文書香濃郁的拉丁區
> 尋回我們此刻青春歲月裡
> 神祕締結的某種情緣[38]

尹玲是感性的，但其詩作卻異常的理性。熟識他的人都能在酒席間自然聽到她興致來時隨意就來一闕法國民歌，手舞足蹈自娛娛人豁達的背後，是來自於她成長背景的歷練與對社會環境的思考。尹玲詩作並無過於鮮明的人物象徵，但其透過人物串聯起情節的故事歷程，過程體現衝突，且對不公不義的國家機器控訴勇敢控訴。

引徵資料

一、專著

C.R.Reaske著，林國源譯：《戲劇的分析》，台北：書林，1991年。
cDowell, L.著，徐苔玲、王志弘譯：《性別、認同與地方》，台北：群學，2006年。

---

[38] 尹玲：《一隻白鴿飛過》（台北：九歌，1997），頁131。

尹玲：《一隻白鴿飛過》，台北：九歌，1997年。

王逢振：《女性主義》，台北：揚智文化，1995年。

何金蘭：《文學社會學》，台北：桂冠，1989年。

林于弘：《台灣新詩分類學》，台北：鷹漢，2004年。

韋勒克與華倫（Wellek, Rene＆Austin ,Warren），王夢鷗、許國衡譯：
　　　《文學論》，台北：志文，1976年。

德希達，趙興國譯，《文學行動》，北京：中國社會科學出版社，1998年。

蕭蕭：《台灣新詩美學》，台北：爾雅，2004年。

廖炳惠編：《關鍵詞200》，台北：麥田，2003年。

二、期刊論文

Sherry, Ruth. *Studing Women's Writing: An Introduction.* London:
　　　Edward Arnald, p.18，1988.

白靈：〈棲在詩上的蝴蝶〉，尹玲詩集《一隻白鴿飛過》，台北：九歌，
　　　1997年。

孟樊：〈利玉芳的政治詩〉，《當代詩學》第4期，頁81-104。

曾西霸：〈淺論小說改編電影〉，《電影欣賞》第90期，1997年12月。

黃維樑：〈余光中的離散懷鄉〈逍遙遊〉〉，佛光大學世界華文文學國際研
　　　討會會議論文（初稿），2007年。

劉心皇編選：〈五十年代〉，《當代中國新文學大系‧史料與索引》，台
　　　北：天視，1981年。

劉志宏：《邊緣敘事與島嶼書寫——陳黎詩新研究》，台中：靜宜大學中國
　　　文學研究所碩士論文，2003年。

鮑曉蘭：〈美國婦女運動的過去和現在〉，收入李小江主編：《當代世界女
　　　潮與女學》，河南：河南人民出版社，1990年。

簡政珍：〈當代詩的當代性省思〉，《創世紀》第100期，1994年9月。

三、網路

lucy編撰，〈只有文學，是尹玲的歸宿——《那一傘的圓》新書發表會〉，
　　　http://showwe.tw/news/news.aspx?n=267，（2015.1.12上網）。

人間通訊社報導，「女詩人尹玲以詩療癒戰火餘燼」， http://www.
　　　lnanews.com/news/%E5%A5%B3%E8%A9%A9%E4%BA%BA%E5
　　　%B0%B9%E7%8E%B2%20%20%E4%BB%A5%E8%A9%A9%E7%9
　　　9%82%E7%99%92%E6%88%B0%E7%81%AB%E9%A4%98%E7%8
　　　7%BC.html（上網日期：2015.7.24）。

張鏡予，http://ap6.pccu.edu.tw/Encyclopedia_media/main-soc.

asp?id=7192（引自中華百科全書，2015.12.7上網）。

紫鵑，〈河流裡的繁花：專訪詩人尹玲女士〉，《文學人》2009年2月號。

戰火夢魘裡的「安居／流離」
——試探尹玲〈就請不要回首〉其人／文結構性意義

古佳峻

屏東科技大學通識教育中心國文組兼任助理教授

摘要

　　「戰火夢魘裡的『安居／流離』－試探尹玲〈就請不要回首〉其人／文結構性意義」一文，主以一首詩為範疇，觀照學者「何金蘭」及詩人身分的「尹玲」，兩重如鏡面照應的身分是她漂泊流離的生命情調。自此詩的分析與辯證能從貫穿全詩的總意涵結構「定／未定」關係，實為詩人企圖尋求「安居／流離」之平衡，而其源自「要回首／不要回首」、「悲情／不悲情」、「知道／不知道」、與「彼／此」「虛／實」等對立，從詩結構的字與字之連繫得以就「文本」論其早已存在的本體意識。詩人也許能親言創作觀與生世歷程，但是反觀其學術研究的「理論」應用及其品讀、寫作之間合而觀之，卻也是詩人不願或不能感知的部分，因此，本文企圖以其詩及其學理應用為觀察，探求詩人筆下與研究思維的共構關係。得「學者／詩人」既都是實際存在的身分，卻也都是製造理想與想像的「發聲者」，學者自他人（社群）中覓得一種與自己情調相同的「集體作品」進行分析，

雖學者脫離作品而客觀審視，卻不自主將本有的「不定性」視角滲入作品分析，而突顯學者與作品的連結。為本文之所結論。

關鍵字：尹玲　何金蘭　就請不要回首　現代詩
　　　　發生論結構主義

一、前言：確立「詩人／書寫」與「人／物」對立關係

　　關於詩人尹玲（1945年10月1日～），可從已出版詩集《當夜綻放如花》《一隻白鴿飛過》與《髮或背叛之河》了解她游離失所的痛苦與無奈，甚至對於「家／國」的企求與恐懼，皆源自1969年她離開家鄉越南美拖市後，越戰淪陷了故里，親人病故的傷令其失根而痛苦，詩作中不免顯露「戰火紋身　痛的不是只有地面」「彷彿才只昨日／總在下雨的暮色裏／去澆自己一身愁」「你說／回鄉是一條千迴萬轉的愁腸」等自我解構的遲疑與不定的態度[1]；1979年放下台灣教授升等的資歷[2]，隻身前往法國得取巴黎第七大學文學博士，並譯介法國漢學機構及漢學家資訊入台[3]，她的身分滲入「翻譯家」的符碼，《薩伊在地鐵上》、《法蘭西遺囑》、《不情願的證人》相繼成為她語言與文化的轉譯作品[4]；她有另一個身分為「學者何金蘭」，執教於淡江大學中

---

[1] 此三句分別取自《當夜綻放如花》之〈巴比倫淒迷的星空下〉〈彷彿〉，及《一隻白鴿飛過》之〈野草恣意長著〉。

[2] 據尹玲〈水逝恆永〉所述，1979年3月初父親並未如願來台與子女相聚，10月底搭上20幾小時的華航法航前往法國。「兩年的副教授資歷，你輕輕放下」「再一年就能升教授了」「你瀟灑地單獨飄然飛去，放棄牽掛」。參《自由時報》副刊，2007年10月1日。

[3] 主要論文為：〈法國東方語言文化研究院中國語言文化系及中國研究中心〉（《漢學研究通訊》第三卷第三期，1984年7月），頁185-186；〈學人專訪：吳德明教授〉（《漢學研究通訊》第三卷第三期，1984年7月），頁156-159；〈學人專訪：巴蒂斯教授〉（《漢學研究通訊》第四卷第四期，1985年12月），頁235-239；〈學人專訪：桀溺教授〉（《漢學研究通訊》第五卷第二期，1986年6月），頁58-62；〈學人專訪：雷威安教授〉（《漢學研究通訊》第七卷第三期，1988年9月），頁153-157。另有討論法國漢學者散見於《淡江學報》。

[4] 翻譯作品有雷蒙・葛諾（Raymond Queneau）《文明謀殺了她：來到巴黎的莎蕙》（台北：源成出版社，1977年初版）；羅拔・舒勒（Robert Schuller）《人生的航向》（台北：三山出版社，1978年初版）；雷蒙・葛諾（Raymond Queneau）《薩伊在地鐵上》（台北：中央圖書出版社，1995年初版）；安德依・馬金尼（Andrei Makine）《法蘭西遺囑》（台北：先覺出版社，2000年初版）；喬治・西默農

文系所教授及法文系所，主要以「文學社會學」「中西文學理論專題研究」「世界漢學」「台灣（女詩人）現代詩」等專題開課於中文系，輔仁大學法研所「文學翻譯」、東吳社會學研究所兼任「文學社會學」，及東南亞研究所「越南文化與語言」「翻譯理論與實踐」於法文系研究所，學術著作多關於文學社會學、羅蘭‧巴特理論、漢喃文學與文化研究[5]；「越南—台灣—法國」是她身世與家國的矛盾選擇題，她未從定調屬於何地，更遑論身在「此地／異地」，或是「此人／他者」的「身世翻譯」[6]，於是當她離開越南來台求學、離開台灣前往法國深造、返回越南尋找故里、遊走世界國度時，她正以不斷的「他者」詮釋「外界」的存在關係，如她的詩作中往往內蘊著「現實／虛幻」「過去／現在」「定／未定」「此地／他國」「此人／他者」的對立結構，她並未想要給予答案，而是要在詮釋與翻譯的過程中給予讀者（或許是自身）擁有摸索「真／假」的現世處境，符應社會與政治的荒謬，藉抒情以明理，正如筆者試圖分析的〈就請不要回首〉一詩，誰回首？要誰別回首？何以不要回首？如果回首又將如何？寄託在海峽的此岸彼岸，夢與實境，燈火深處與相對的此人近地。詩人尹玲的書寫文本與學者何金蘭歷來運用呂西安‧高

（Georges Simenon）《不情願的證人》（台北：木馬文化，2004年5月初版）。其餘單篇譯文與譯詩散見於《台灣詩學季刊》《中華文藝》《春天詩人節在台灣2006》。

[5] 學者何金蘭於學術研究部分以此三面向為主要範疇，如〈文本社會學——「社會批評」學派理論評析〉（《東吳社會學報》第三期，1994年3月），頁87-105；〈羅蘭‧巴爾特自傳觀與文學觀析論〉（《思與言》第30卷第3期，1992年9月）；〈文本、譯本、可讀性、可寫性、可傳性——試探《金雲翹傳》與《斷腸新聲》〉（《漢學研究通訊》第廿卷第三期，2001年8月），頁16-27。

[6] 余欣蓓從哲學的角度分析尹玲書寫中的「翻譯」課題，提出「『翻譯』身份——失根漂泊的身份認同」、「『翻譯』戰事——「血仍未凝」的進行式」、「『翻譯』身體——「千年之醒」的自我辯證」、「『翻譯』存在——「鏡中之花」的永恆追尋」四部份，筆者亦認同，但未言及詩作品中存在的意涵結構，以及詩人在翻譯國度何以自處？何以建構宿命之國？是筆者所關注的。可參《從戰火紋身到鏡中之花——尹玲書寫析論》（何金蘭教授指導，淡江大學中國文學系碩士論文，2007年6月）。

德曼建構的「二元意涵結構」分析詩作，提供筆者一個思考面向：高德曼理論在何金蘭執筆分析的途徑裡尋覓文學與社會之園，那麼尹玲之詩是否也該在這園地裡綻放如花？也就是說，學者與詩人身分的若即若離，會否也從書寫文本中可以窺探理論在應用上的實踐關係？

呂西安・高德曼（Lucien Goldmann, 1913-1970）主要著作有《隱藏的上帝》（Le Dieu caché）與《論小說社會學》（Pour une sociologie du Roman）等[7]，其所創立的文學理論「發生論結構主義」（Sociologie dialectique de la littérature）研究方法原本命名為「文學辯證社會學」（Structuralisme Génétique），此方法必須是科學的、實證的、辯證的，它是一種知識的科學和實證的社會學，同時也可以達到對超出文學領域的一般人文現實的辯證研究，藉著文本所提供的訊息了解直接意涵如「在作品本身的意義中去了解作品」[8]「在理解和形式的層面上，重要的是研究者必須嚴格地遵循書面寫成的文本；他不可以添加任何東西，須重視文本的完整性；……特別是，他要避免任何會導致以一篇自己製作或想像的文字來替代原來那篇確實的文本的舉動」[9]，反應作品與社會的直接連結，這即是作品「內部結構緊密性」一種個人個性與精神生活的密合關係[10]，而非外

---

[7] 「高德曼的研究著作大部分以戲劇和小說作為研究對象，例如《隱藏的上帝》是以法國十七世紀巴斯噶（Pascal）的《思想集》（Pensées）和拉辛（Racine）的悲劇為主；《論小說社會學》則探討法國二十世紀馬爾侯（André Malraux，1901-1976）的小說。由於其他評論者批判高德曼的研究方法只適合用於戲劇和小說，故高氏於去世前一年即1969年特地下了一番功夫去分析貝爾士（Saint-John Perse）和波特萊爾（Charles Baudelaire）的詩，不過他自己認為那只是一個開始，其中尚有許多疏漏之處，需要改進，然而高氏於1970年逝世，故未能繼續其詩歌研究」，參何金蘭〈「家鄉／異地」之「內／外」糾葛——剖析向明〈樓外樓〉〉，發表於「儒家美學的躬行者─向明詩作學術研討會」，2007年6月3日。

[8] 何金蘭《文學社會學》（台北：桂冠書局，1989年），頁122。

[9] 何金蘭於《文學社會學》中引《文學社會學──新近的研究與討論》的〈高德曼答畢卡和戴斯二位先生〉一文說明此論，頁226。

[10] 何金蘭《文學社會學》，頁115。

延資訊所附加的意義[11]。何金蘭先生在《文學社會學》中對於高德曼生平與理論進行詳細的疏解，並實際應用於中國文學的分析上[12]，認為「社會學與歷史觀是密不可分的」「文學是作家的『世界觀』表達，是『對現實整體的一個既嚴密連貫又統一的觀點』；人類行為是一種嘗試，企圖為某一特定狀況找出『具意義的答案』」「會試著將思想、感情和行為的『具意義又緊密一致的結構』找出來」這個結構在高德曼的說明下稱之為「意涵結構」（structure significative）[13]，意涵結構中又可歸為總意涵結構與部份結構如「解釋此結構的眾多『部份結構』（反過來說，就是這些「部份結構」聚集起來組合成此結構），而且還要以另一個描述來補充—對包含結構（或總結構）所作的具體解釋性之描述」[14]，「解釋」是描述總的意涵結構，穿插其中強化與連結者則為部份結構。本文亦是針對作品進行這兩結構的討論。

　　學者何金蘭藉高德曼「意涵結構」對於林泠〈不繫之舟〉分析出「底蘊原該牽繫」的處境，亦對於羈魂、向明、蓉子的作品提出仔細的耙疏，竟得出詩語言所內蘊的對立結構之圖像。而「人」所內包的多重身分，「文」所外顯的研究成果與詩文創作，「人／文」宛如人我本身精神與外在物象的對立關係，對立

11　何金蘭藉〈辯證唯物論與文學史〉說明高德曼並非鄧納的唯科學主義決定論，企圖以作家的傳記和作家生活的社會環境來解釋一部作品，雖這些資料是重要的，但都只是「對一位唯物論歷史學家來說，這種解釋只是他工作的一部份而已」，「我們必須在作品本身的意義中去了解作品，並且要在美學層面來判別它，作品畢竟是作家所創造的一個世界，一個有生物和事物的具體世界，作家藉著作品來與我們談話」。此文可參何金蘭《文學社會學》，頁90。

12　原書名為《文學社會學理論評析——兼論中國文學上的實踐》。第五章以63頁的篇幅　述高德曼生平及『發生論結構主義』自始自終的理論來源和制定經過並評析其理論之優缺得失，參《文學社會學》（台北，桂冠圖書股份有限公司出版，1989年8月初版），頁73-136；同時以此方法應用於中國古典詩詞的分析上，見於第六章剖析東坡詞，〈文學社會學理論在中國文學的應用——以高德曼理論剖析東坡詞之世界觀〉，頁139-188。

13　何金蘭《文學社會學》，頁151-152。

14　何金蘭於《文學社會學》中引《文學社會學——新近的研究與討論》的〈高德曼答畢卡和戴斯二位先生〉一文說明此論，頁225-226。

卻密不可分，「人／文」之間形成結構性的實質意義進行討論，並以其身世中不斷強調的「流離」存在著企盼「安居」之志，而兩兩動靜呼應，必能與「詩人／學者」兩重身分互為觀察與照應；進一步想了解詩人與學者互涉的關係，及詩人是否因個人特質的不定性而習以就此對立的模式跳脫本我？

　　本文選以〈就請不要回首〉即是發現作品中擁有時間的「過去／現在」、空間的「遠處／近地」、思維性的「此／彼」「實／虛」，統攝在總意涵結構「定／未定」的生命架構中不斷反覆仲述，其中又包含「就」「那樣的」「或」等部份結構突顯對立性，當然這是尹玲詩學視野的嘗試性分析，尚有多方作品值得學界先進近一步探究其奧，惟篇幅所圍，僅能提出一首詩的微觀初探。

二、關於〈就請不要回首〉

　　尹玲雖生於越南，其青春卻早已稼根台灣，正是其身分「失所」而造就的「離散」美感情調，而詩是她苦苦吟詠的生命觀。本文選以〈就請不要回首〉為討論，取自詩人第一本詩集《當夜綻放如花》，這首詩寫於1990年3月4日，刊於1990年4月10日《美國世界日報》副刊[15]，這本詩集是尹玲早期對於越南與法國兩地的徘徊與游移，對於生命的未定，以及戰火年代所背負的夢魘之累。全詩共分三節，第一節六行，第二節十六行，第三節四行。此詩最明顯處，即是貫穿全詩的總意涵結構「定／未定」，定者為其盼求安居，未定者為其流離之態，其源自：「（要）回首／（不要）回首」、「悲情／不悲情」、「知道／不知道」，與「彼／此」「虛／實」等對立關係，其中亦有部份結構的強化

---

[15] 見尹玲《當夜綻放如花》（自印本，1991年12月），頁10-11。

作用，為深刻化對立性。因而在進行分析前，先援引原詩全文，以利於討論。詩句如下：

不要回首
燈火深處
漸行漸遠漸淡　那張臉沒入
一抹電那樣的四十年
悲情或不悲情
窗外的霧並不知道

也不一定是誰的錯
五千年的月亮
圓過了總會缺
當雙翼能撫平海峽
　　每一瓣起皺的浪紋
另一張臉自地平線直直升起
風乾一樣的橘子
眉宇如何鎖鎖
　猿聲也啼不住的輕舟
南往的雁每年飛去
銜回愁染的髮白
夢那般蜿蜒在
　一萬五千個夜的關口
比長城還長
悲情或不悲情
也許已逝的星才會知道

燈火遠處

就請不要回首

不要再把淚的苦澀

滋潤乾涸欲裂的瞳仁

三、〈就請不要回首〉意涵結構探析

（一）標題

從「就請不要回首」標題，「不要回首」四字足以表達詩的整體概念，即不要回首過往雲煙。詩文首句「不要回首」，詩題上增「就請」二字，此六字也見於詩第二節第二句，於詩中固然有其目的，然對於詩人選題，何以「就請不要回首」為題？而不以「不要回首」為之？

「不要回首」一句直接否定「回首」的意義，語氣短促，毫無縫隙，讓人感受到「回首是種錯誤，所以你不能（也不許）回首。」必使「回首」受到禁制，欠缺思考空間的「距離」美感，易讓讀者陷入「你」的語氣中，受制於「你」的掌控，而非「我」的自省，或者「你自省」提供給「我的省悟」；因而再看「請不要回首」五字的效果，「請」字柔化了「不要」的強迫性，「請」有「希望」與「企盼」的意義，全句應可詮釋為「我（詩中發語角色）希望你（讀者）不要回首」，以一種柔性訴求以達到詩人（作品）所要提供的訊息，這一種訊息方式與先前「不要回首」的強制性有截然不同的效果，由於「我（詩中發語角色）希望你（讀者）不要回首」，詩中的「我」何以希望「你」不要回首？言之如此，似乎可以知道「不要回首」與「請不要回首」之間的強柔之異，但是「就」此字的存在有何意義？若刪去此字會對全詩的感覺有影響嗎？

「就請不要回首」，「就」語意表達有以下三種詮解方式：

其一、完成，「就請」二字則表達「完成希望」之義，純粹突顯對於「希望」之達到目的，因而給予「希望」肯定的語氣，強化對於不要回首的企盼；其二、立刻，「立刻希望你不要回首」，緊迫且關切的希望你不要回首過去，「請不要回首」提供的是空間的柔性氣氛，但是「就」提供的「立刻」，卻是時間上的氛圍，不再只是平面且直述的訊息提供，更有一種推波助瀾的效果；其三、推測，到底詩人何以要我們不要回首？「要／不要」的抉擇是此詩需要給我們解答的地方，「如果……，就請不要回首」這樣的推敲可否也是詩人（作品）的用意？詩人（作品）提供我們一種懷疑的角度，具有附帶條件的「如果」，而這個「就」就有揣測的意義。三個字義給讀者有三個閱讀理解的方向，卻也使得「就請不要回首」一標題給了我們對於詩文中訊息的多向發展線索。

「就」字引起懸疑作用，「請」與「不要」調節在語境的強柔態度中，提引出對於「回首」的思考，是以一種「過來人」的提攜語氣企盼後人莫入後塵？以一種懷疑的思維，要人知道回首之苦與不回首之樂？抑或一首關於「回首」後的覺悟之詩？到底詩人（作品）回首了嗎？還是不曾（敢）回首之「虛擬回首」？「回首」的痛苦自此可知，詩人柔弱無力的請託中隱藏著一股堅決之意志，即是一種不得不回首的念望。如是錯綜深邃的語意，確實提供讀者與書寫之間的未定性，與帶給讀者的思考快感。

（二）第一節

在第一節中有六行詩句，可以分成三個部分討論：

1、

第一行：不要回首

「回首」表示對於「過去」的不捨，於是「當下」的存在成

了過去與現在的二元意涵結構；「不要」則否定「回首」，那麼「要回首」的那人被禁制對於過去的想像，有了「彼／此」角色的存在，以及「不要／要」回首的發聲與接收。四個字存在三組二元意涵結構。詩的第一句企圖以肯定且直截的語氣，似帶有憤怒的咆哮，一語驚醒讀者胸懷，若以「不—要—回—首—」拉長語氣的呻嚎，則有長嘯之勢，若以「不／要／回／首」單字單詞鏗鏘有力的誦讀，則又可顯現詩人意念的堅決。

2、

第二行：燈火深處

「燈火」是「當下」眼前的光明，方向，在「黑暗」裡是「實有」的存在，而「深處」是時間與空間並存的遠方，則當下近處的自己為「實存」，遠方深處則為尚未可及的過去「虛有」，「過去／現在」「實／虛」「遠／近」成了四個字所內蘊的二元意涵結構。

第二行：漸行漸遠漸淡　那張臉沒入

因「行」的動作而造成距離的「遠」與視覺現象的「淡」，當下的自身卻是「近」與「清晰」，自己的「實」與行入歷史的他者為「虛」相對，於是「沒入」燈火遠處的想像者「那張臉」，雖是曾經「實有」的，因行遠而淡，模糊而「虛存」。

第四行：一抹電那樣的四十年

「一抹電」是實際存在的現象，「四十年」亦是時間歷程的實有，但「一抹電」同時存有瞬間與變化的「虛」，「四十年」也包含出「過去」至「現在」的對立關係。而「那樣的」是部份結構，連接「一抹電」與「四十年」其中「虛」的結構特性，將「瞬間」與「漫長」對立並置，彼此「實／虛」「過去／現在」

與時間的「瞬間／漫長」二元對立。

　　第二句至第四句，筆者認為可以成為一個論述部分。緊承首句，這三句則具有說明一個主體在時間消逝中逐漸模糊的意思。這個「主體」是一個發語者「我」，但是對於讀者卻是「你」，一個對讀者敘述的說話者。詩人將經驗寄於語言，試圖說明自身「回首」歷程，但是，詩人不是要我們「不要回首」？第二句「燈火深處」有辛棄疾〈青玉案〉：「眾裏尋它千百度，驀然回首，那人卻在，燈火闌珊處」[16]中的意念，意涵則是取用「不要回首／燈火深處」與「驀然回首，那人卻在，燈火闌珊處」之間的巧合性，詩人又變其動機，反之為用。「燈火深處」試圖引導詩中的「我」回首過去的我，身處在「燈火闌珊」的地方，也藉此讓讀者「你」一併與詩中的「我」回首「我的過去」，而這個過去則是「漸行漸遠漸淡」，三個以「漸」為始的動態表徵，確實具象了一個脈絡的發展過程，「我」的經歷，隨著時間的消逝，腳步不曾停歇，因而不斷的前行，行久則彌遠，行遠則易淡忘，而我的「行」並非自身意願，而是時間的推託讓這個「我」必須一直往前行走，時間的長久確實讓我的經歷延伸，而離「原本的我」越趨遙遠，則「漸淡」的原因在「漸遠」帶給人的時間消磨，也可能是經驗給人記憶的沈重，過多的記憶使人不輕易分辨彼此的「淡忘」，因而「那張臉沒入／一抹電那樣的四十年」，「那張臉」是誰的臉？如何「沒入」？「一抹電」是怎樣的電？怎樣的「那樣的四十年」？詩人似乎一語帶過「四十年」的人生感慨，「那張臉」是詩人（詩語言）企圖表現「漸行漸遠漸淡」的那個模糊形象，在「一抹電」（瞬間／剎那）的時間量詞裡，沒入一張臉，而這個臉是「那樣的四十年」的一張歷史的痕跡，因而可以詮釋為：「那張四十年歷程的記憶之臉沒入一抹

---

[16] 參《稼軒詞》卷三（北京：中國書店，1996年4月）。

電般時間的歷史中」，陳述詩人回首自身「實體」距離身後「影子」的遙遠、模糊、短暫、久遠，而「那樣的四十年」為何？「那樣的」似乎暗指某種不安的情況，這四十年歷程是一個未曾停擺的線性發展，但是詩人卻沒有在此多做論說，是否於後文補足「那樣」的「這般」情形？就須待後闡釋。最後，這三行詩給了我們兩組相對的概念：其一、明亮與模糊，燈火之明與遙遠之模糊，成了明暗遠近的相對性；其二、短暫與久遠，一抹電的速度（時間）極快，「四十年」對於一般概念的漫漫久遠，用「那樣的」描摹「四十年」也許是種無奈，因為無奈而覺得長久，卻意外的一眨眼而逝，四十年與一抹電何以認定久與不久？而詩人並列兩個在普遍概念中認定為相對的長久與短暫詞彙，以達到「矛盾」帶給人的思考空間，「相對」與「絕對」的思考邏輯，因而一抹電與四十年確實讓人生的長久顯得短暫。

3、

第五行：悲情或不悲情

「或」具有「不定性」，「悲情」是情緒呈現的「實有」，而「或」是部分結構，所添入的不穩定，使「悲情」成了「虛存」的疑慮。

第六行：窗外的霧並不知道

「窗外的霧」是實際且具體的空間、物體，「霧」雖實有卻是「虛存」，「窗內」的「我」則相對於「窗外的霧」之「實有」。「並」是部份結構，強化「不知道」，指「窗內的我」的「知道」。於是窗的內外存在「彼／此」「實／虛」「知／不知」產生意涵結構。

筆者將第五句與第六句歸為一部分論述。前文「燈火深處／漸行漸遠漸淡　那張臉沒入／一抹電那樣的四十年」幾句，悲情

之事是否就是如此？也就是此段落所要關心的議題，為「回首」所造成的悲情與不悲情，但是，一個「或」字將兩個相對的答案參同在一起，「選言」成為此句重要的語句連詞，其中具有「兼容」的意涵，即「只要一個為真，但也允許兩者為真」，就是可以是悲情的，可以是不悲情的，也可以既悲情又不悲情，「窗外的霧並不知道」此句有相當的懸疑性，「窗外的霧」何以需要知道「悲情或不悲情」？詩人此處所要表達的是營造不確定性，使得焦點轉向窗外另一個跟自己無關且遙遠的一個物體上，「窗」區隔內外，內外亦是過去與現在的虛實存有結構，「觀看」窗外同「回首」過去種種，那些飛迅而去的人生正如雲煙散漫，當下的我如此踏實，一轉身變為虛有，何來不令人傷惋與思痛？此處有兩個相對的概念，「悲情／不悲情」與「知道／不知道」，對於回首一事的悲情或不悲情，窗外的雲是過去自己所遭遇的當下，那個當下隨著時間分際的相對，形成記憶如雲煙，雲煙而銷融清晰的歷程，是故是一種飛快的「他者」「過去式」，那時的自己並不知道會有喜憂情緒，但在窗內靜默後的那種覺醒反而是對「他者」「過去式」的反動與抵抗，思念過去的美好，憂愁過去的哀傷，而回首的我卻能同時感受不同時序的「我／他」的存在，同時知道其中悲情或不悲情的成分。

此一節六行詩句，三個段落，首句「不要回首」要讀者不要回首人生，但在第二句至第四句中的詩人卻「回首」過去，甚至提出過去種種的飛逝，至第五句與第六句時，給我們一個不確定之答案「悲情或不悲情／窗外的霧並不知道」，給了一個跟人一樣不斷飛逝的霧要求答案，但是它卻也不會知道我們本身的悲情與不悲情。實際上，詩人確實「回首」了。

（三）第二節

第二節中有十六行詩句，筆者分為六部分論述。

1、

第一行：也不一定是誰的錯

此句「錯」即是已經存在的是非問題，屬實有。部分結構的「也」「不一定」「是誰的」之轉折提供不定性的「虛」，「也」是模稜兩可的也許，「不一定」的流動現象與「一定」的固定結構相對，「是誰的」不就是「彼／此」同存卻也造成「對／錯」角色的對立關係，於是「不一定是（彼者／此者）的（錯／對）關係」，文句同時存在著四種解讀，不定性存有「實／虛」「彼／此」之二元意涵結構。

第二節一開始給了我們三個思考的問題：「什麼事情有其對錯？」「對象為誰？」「到底是對或錯？」詩人似乎在之後的詩句中逐步解釋。就此句而言，這三個問題意識與這一句詩牽連起的思維又是如何？應該說：詩人回首，回首之後見其滄桑的歷程，給予自己的痛，給予自己的傷痕，錯在於誰？這是不是詩人（作品）想要提供我們的訊息？承續第一節的氣氛，第二節一開始以一種不確定的、不否定的、沒有條件的句式，認定某個事情讓某個人不確定是對或錯，而這件事情是「回首」嗎？還是緊接著敘述的一連串歷史事件？當是「回首」所看到「歷史軌跡」。「也不一定」四個字，「不一定」具有不確定的意涵，已經足以讓整句話陷入懸疑的狀態，讓回首這件事情的對錯問題歸於不確定之中，但是「也」字讓「不一定」的意念游移了，「也許不一定」營造一層流離的語境效果，使得文句後「是誰的錯」成了相當不確定的句式，「是誰的錯」之「誰」為何人？這個疑問詞讓我們沒有一個對象可去指責，當「回首」處在不確定的對錯二元之間，似乎表現的是詩人對於「不要回首」的一種猶豫，已經無法給予一個肯定的答案，因此將「回首」的問題放置在「？」之中衡量。在回首與不回首之間，詩人停頓了下來，在不全然否

定的狀態裡，嘗試將「自身」「回首」「流離」等議題拋向大世界，只是詩人對於「哀矜」的囈吟已趨停止，意識到「現實」的重要。

2、

第二行：五千年的月亮

「五千年」是具體的時間觀念，而這具體的時間卻只存在過去的時間意涵，而「月亮」可以是眼前的對象屬於「實」，亦是象徵過去的一個「虛」，而五千年的月亮是時間「過去／現在」及表徵意義的「實物／虛象」結構。

第三行：圓過了總會缺

圓過了總會缺，對於月之「圓／缺」是相對的觀念，是實際現象的存有，映至人事圓滿或是殘陋則是另層內緣意涵，以月喻人是以「實」言「虛」。而「過了」與「總會」屬於部分結構，「過了」延展出「圓月」的「過去／現在」，「總會」則連結到「缺月」的「未來」，當下的圓缺未定，而月之圓缺卻是由過去歷經現在而至未來的線性發展，時間移動，而彼時與此時就存在不間段的對立關係。

「五千年的月亮」是詩人藉著對中華文明的回首，「五千年」可以放在中國歷史的脈絡，也是將自身經歷投向歷史橫流裡作為表述。天空中未曾善變的「實月」，相對於人世變動的月亮確實是永恆，其見證興衰變遷，「興衰」也就是「圓過了總會缺」，也就是「合久必分，分久必合」的天下狀態，「總會」表達著「宿命」「認命」對於大自然無法抗拒的心態，「月亮」象徵持恆不變的「現象」，如同回首、傷痛、失去、不安定，更代表範圍更廣的「不定性現象」；「總」字給我們的語意充滿「必然性」元素，缺月圓月不就是場週期輪迴，因此「也不一定是誰

的錯」，就沒有對錯良知的判斷，而說明了回首之後的感覺：「也不一定是誰的錯」。此句肯定「也不一定是誰的錯」，而也進一步認為「這不是對錯問題」，而是自然的「法則」。誰都在人類文明五千年的大時代中，不斷起伏，不斷爭執與和解。

3、

第四行：當雙翼能撫平海峽

「雙翼」是具體的翅膀，藉作有能力「撫平海峽」的超能力，能與不能都在「雙翼」，能力與否則隱含在雙翼內為「虛有」之意涵，而「海峽」雖是汪洋，「此岸／彼岸」的對立並存在海峽一詞本身的「隔離／聯繫」關係。「當」是具有時間價值的部分結構，強調「當此時此事」所成而事有所發。此句則包含「實／虛」「能／不能」「此岸／彼岸」「隔離／聯繫」之二元意涵結構。

第五行：每一瓣起皺的浪紋

「每一瓣起皺的浪紋」是具體的波浪，但在「起皺」的同時與「平滑」的原樣成了對立，彼時之平與今時之皺，「現在／過去」對比。「浪紋」之實又指涉因時間經歷的年老與波折，這則為「虛有」的象徵意義。

第六行：另一張臉自地平線直直升起

「另一張臉」則存在相對的「這一張臉」，那張「自地平線直直升起」的臉竟是「這一張臉」眼前的景緻，二者同時並存的畫面亦存在「這」的「靜止／被動」與「另」的「移動／主動」關係，立足在「這」，卻眼見「另」的相對出現。

第七行：風乾一樣的橘子

「風乾」與「橘子」是具體事物，「橘子」因「風乾」而成「金玉其外」的對立性，過去的光鮮與此時的風乾，時間的「過去／現在」並存。「一樣的」是部分結構，強調「橘子」因「風乾」的歷程而形成二元意涵結構。

「當雙翼能撫平海峽／每一瓣起皺的浪紋」之「雙翼」能平撫海峽上皺折般的浪潮，這關係著當時國共對立的歷史背景，「台灣海峽」確實是「隔閡」，雙翼與鳥的「自由飛翔」及「和平意象」可以連結，是詩人的一種精神希望，誠如一九八七年十一月總統蔣經國先生開放來台的大陸榮民得以回鄉（中國）探親，使榮民與分隔兩地的眷屬有機會異地重逢，此喜亦憂，原本「家」所給予的和樂，卻因戰爭分離，開放後才能短暫會面以解鄉愁，戰爭並未停止，一九八九年六月四日的天安門事件更引起青年與國家的激情抗爭，民運人士為權力奮戰，青年們的「家國」卻用坦克「鎮壓」，這是詩人本身所藉物抒懷的一例[17]；而

---

[17] 尹玲本有中國情懷，本著越南文化原依存著中國文化而衍有。〈你是刀鐫的一枚名字〉有「你是刀鐫的一枚名字一枚／胸針那樣別在／我的左胸／一別便是五千年」，〈今夜　你使我落淚〉有「向晚的城樓浮著一顆不定的／落日」「就在這片廣場／那年六月／初夏的燠熱　瘋雨驟落／你們二十歲的血／燒亮一畦歷史的中國牡丹」，〈說書的風〉有「長江一樣的淚水　也／洗不清四十年含愁的眸／唯有說書的風／它在一瞬之間／能從一九四九年的斷絕／說到今日／這般椎心的重合」，三詩皆能表述《當夜綻放如花》一書中的「中國」成分。筆者於2008年11月29日晚上約11點與詩人尹玲進行非正式訪談，在詩人口述寫作此詩的時代氛圍，便是總統蔣經國先生開放榮民回中國探親為始，眼見當時才是痛苦的開始，也許分隔兩地的生死都已是度外，然見面卻又要分隔，如此切割親情與鄉懷，更使人痛惻不已。後六四天安門的事件，更是戰爭的延續。此說，從蔣經國先生1987年7月明令公布「動員戡亂時期國家安全法」為始，同年7月14日宣布台灣地區自15日零時起解嚴，11月2日可向紅十字會申請進入中國探親。此處的「海峽」意象，與國共對立關係，是有其根據。此註引詩，見尹玲《當夜綻放如花》，頁1-5、14-15。關於1987年蔣經國先生與開放大陸探親問題，可參葛永光《蔣經國先生與台灣民主發展：紀念經國先生逝世二十週年學術研討會論文集》（台北：幼獅文化，2008年7月），漆高儒《蔣經國評傳：我是台灣人》（台北：正中書局，1998年1月台一版），以及2007年7月27日人民網〈台灣當局被迫開放島內民眾赴大陸探親〉http://tw.people.com.cn/BIG5/26741/6038904.html，2008年10月31日中國新聞網〈馬英九回憶21年前建議蔣經國開放老兵返鄉探親〉http://big5.

這些「浪紋」會是戰艦、炮火、軍機掀起的波浪，詩人「回首」戰亂未曾讓人得到教訓，「月亮的缺」即是海峽兩岸的分離是缺憾。詩人寫戰爭但求「和平」，寫無奈亦求接受，成為尹玲詩句中經典的「也只不過」般的小小渴望。「另一張臉自地平線直直升起／風乾一樣的橘子」是太陽亦是月亮，是紅色中國的，也是傳統中華的典型文化意象，二者相對又呼應，「實／虛」結構完整，保有希望的等待，卻又有種無奈的接受。

4、

第八行：眉宇如何蹙鎖

「眉宇」為「實在」元素，「蹙鎖」既是具體形容憂愁所造成的雙眉冗擠狀，亦指情緒性的緊閉，當然此時的蹙鎖相對過去的開朗，而部分結構的「如何」則強化此時蹙鎖的眉宇之程度，不定性。

第九行：猿聲也啼不住的輕舟

猿聲也啼不住的輕舟「猿聲」與「舟」是具體實物，「輕」是形容舟的具體質性，皆為「實有」，但「輕」則有「重」的相對性，但啼「不住」原來的「輕」舟則言其「重」，屬於部分結構的「也」則強化此舟雖輕卻重到綿遠悠長的猿聲也無法牽繫，當然「輕」亦營造「快」義，輕舟飛行，即使猿聲綿長亦是拉不住。猿聲的「此」與舟的「彼」亦是相對的意涵結構。

第十行：南往的雁每年飛去

「雁」是具體，有「實在」元素。「南往的」即有北回，「每年」的時間觀意指連續的過去與現在的串聯，「飛去」則有

返回，空間是此地彼地，時間是過去與現在連續的週期。

第十一行：銜回愁染的髮白

「銜回」「愁」「髮白」是具體的事物，「銜回」則是兩地間的延續動作，有「彼地／此地」結構；「染的」是動作，銜接因「愁」而成的「髮白」，髮在「過去」非白，而「過去／現在」亦成對立。

「眉宇如何蹙鎖」一句，「眉宇」訴說兩眉之間的一個空間，如同台灣與中國兩個實體，而「眉宇」猶如「台灣海峽」，分離彼此。「蹙鎖」之物是「輕舟」，「猿聲也啼不住的輕舟」蹙鎖在眉宇（海峽）之間，「蹙」有縮皺、緊迫之意，《詩經・小雅・小明》之「政事愈蹙」[18]就是緊迫之意，《紅樓夢》中一句形容林黛玉外貌的話：「兩彎似蹙非蹙籠煙眉，一雙似喜非喜含情目」[19]則是描寫林黛玉蹙眉深鎖的模樣。而此處「蹙鎖」是海峽兩岸的緊張氣氛，對抗情勢，與回首此事之後帶來的惆悵。這輕舟是「猿聲也啼不住」，李白〈下江陵〉：「朝辭白帝彩雲間，千里江陵一日還。兩岸猿聲啼不住，輕舟已過萬重山。」[20]李白詩中的「不住」有聲連不絕的深遠意味，音響回繞在兩岸之間，「猿聲也啼不住的輕舟」則言此輕舟背負沉重的歷史憂愁，連深愁長鳴的猿聲交織也啼（提）不起這舟的負擔，詩人用典，藉李白詩句中猿猴深情深愁的鳴聲，具體的化成一個能夠牽引舟船的線索，是詩人對家國的關懷，是詩人自戰火不絕的越南來至同樣位處與中國對立的台灣，就像一葉輕舟飄蕩，而這舟卻是沉重的。

18　（清）阮元校勘《十三經注疏・詩經》（台北：藝文印書館，1965年6月三版），頁445-447。

19　（清）曹雪芹《紅樓夢》第三回（台北：華正書局，1977年3月初版），頁32。

20　李淼、李星《唐詩三百首譯析》（長春：吉林文史出版社，1990年3月第一版四刷），頁557-559。

「南往的雁每年飛去／銜回愁染的髮白」用典「紅藕香殘玉簟秋，輕解羅裳，獨上蘭舟。雲中誰寄錦書來，雁字回時，月滿西樓。花自飄零水自流，一种相思，兩處閑愁。此情無計可消除，才下心頭，卻上眉頭」[21]及「夜聞歸雁生鄉思，病入新年感物華」[22]「雲中誰寄錦書來，雁字回時，月滿西樓」一種孤獨閑愁的等待雁書報信，又可說是「夜聞歸雁生鄉思」的思鄉情切，雁子在中國代表的其中一種意象就是「信息」，尤其對於「家書」的企盼，一種回首、思念、懷想、渴望，「南往的雁」是詩人思念南方家國的象徵，詩人回首的意志每年都會向南飛去，銜回的「白髮」象徵距離久遠的愁思，因而是「愁染的髮白」。雁子有候鳥往返的習性可以解釋「每年飛去」的意義，「每年」可以做為一種「多數」的象徵，詩人是時常思念南方的，但是這似乎與先前詩人所說的「不要回首」有其衝突，也就是說：詩人沒有辦法不去回首過去。

5、

第十二行：夢那般蜿蜒在

「夢」是實有存在的現象，其體卻是虛幻，「蜿蜒在」是接續下句之動作，為具體，但「那般」的部分結構表達「不真切」的元素，以致構成「虛無」，而「實／虛」清晰呈現。

第十三行：一萬五千個夜的關口

「一萬五千個」是「實在」的量詞，亦包含誇大的「虛有」，指相當多的意思；「夜的關口」則可說是以「關口」具體說明每「夜」的延續關係，夜雖是具體現象，卻是以「虛有」存

---

[21] 李清照〈一翦梅〉，參王仲聞《李清照集校注》（四部刊要本，台北：漢京文化，1983年10月31日初版），頁23。

[22] 取自歐陽脩〈戲答元珍〉句，參《歐陽文忠公全集》卷十一，集十一，（四部備要，台北：台灣中華書局，1970年6月台二版），頁2。

在。而前後詞語同時並存「實／虛」二元對立結構。

第十四行：比長城還長

「長城」是具體實物，但是「比」聯繫前句作為相對的對象，以夜的「虛」相較長城之「實」，「還長」是部分結構，長城已經為長，夜的關口卻更長，夜與城同為具體「長」之意象，「還」並置二者，同時產生「長／短」對比。

「夢那般蜿蜒在／一萬五千個夜的關口」此二句算是本節「回首」經歷的一個結束，「像夢那般蜿蜒……」是「回首」的舉動，也是經歷的痕跡，自月亮圓缺說起、撫平海峽的浪紋、直升起的橘子、啼不住的輕舟，以及南雁銜回的髮白，都是詩人對於過往經驗的回首，那些「回首的事物」如夢那般，盤旋蜿蜒在一萬五千個夜的關口，這一萬五千個夜的日子是四十多年的歲月，「燈火深處／漸行漸遠漸淡　那張臉沒入／一抹電那樣的四十年」也就是如此，那張臉所沒入的四十年就是被夢所蜿蜒的「夜」，而且是「夜的關口」，詩人藉著塞外「關口」的意象，企圖營造戰爭給予的恐怖氣氛，使得這一萬五千個夜的關口是充滿危機與恐懼的，詩人對於夜帶來的恐懼有著對於死亡的不安，而這「關口」是每一個存活的「關卡」，每過一夜猶如一個關卡般的渡過，一萬五千個不能遺忘戰火帶來生命威脅的夜，一萬五千個因憂心而失眠的夜，像夢那般佔據一個人的夜晚，因而關口相連「比長城還長」。詩人雖無明講，卻能感受對於回首的不堪。

6、

第十五行：悲情或不悲情

重述前段文句，強化作用。

第十六行：也許已逝的星才會知道

「也許」是個不定詞；「星」是存有，但「已逝的」則是時間性的過去，則「星」兼備「過去／現在」的關係；「才會知道」原為實際真知的存在，卻因「也許」的「虛有化」而模稜兩可。「也許」「才會知道」為實而虛，「虛／實」對立結構。

此句與第一節末段「悲情或不悲情／窗外的霧並不知道」類似，唯一不同的是此段落的後一句「也許已逝的星才會知道」，對於回首的「悲情或不悲情」，在第一節中所要論述的是作者將人置之「小歷史」中為觀照，「回首」為一種自我回溯的模糊狀態，而那種狀態就像一散霧氣，隨時間流逝而健忘事件的焦點，反倒是窗內當下之我感受悲情的急迫性；而已逝的星子是具體的，如五千年月圓月缺的「大歷史」，即使已經消逝而去，它卻能見證蒼生幻化的悲情與否，尤其星子在夜，詩人失眠在每個夜的關口守候回首之苦，星子與詩人同在一個時間縱軸觀照相互交涉的「思念」，在無人清醒的夜晚（無人理解的他者）唯有星子知道回首的悲情或不悲情。「也許」這一詞給了我們一種猶豫的機會，宛如詩人夢魘的唯一寄託，不情願下，數星星口了的失眠或失意，詩人卻寧願將回首與否的「心事」交託給「已逝的星」，詩文字顯露著詩人難耐不堪的「真實」悲情，「實有」痛苦。

此節敘述回首後的點滴，運用具體的實物暗喻不同層次的記憶主題，是喜悅？是悲情？詩人也在猶豫，自肯定回首，又漸趨否定，是詩人不捨過去？還是詩人無法擺脫過去？反而是詩人給讀者的一個思考空間。

（四）第三節

第三節有詩四句，筆者分為兩個部分做為討論。

1、

第一行：燈火遠處

第一段第二句為「深處」，「燈火」在當下氛圍的「黑暗」中相對應，而「遠處」則相對於自身的「近地」，「過去／現在」「實／虛」「遠／近」成了四個字所內蘊的二元意涵結構。

第二行：就請不要回首

「請不要回首」延續第一段首句，再度強化。

此句承襲第一節中「不要回首／燈火深處」，但是此處「燈火遠處／就請不要回首」給人的感覺似乎有了轉變，語句順序的不同，自強調「不要回首」，轉至「燈火遠處」，當記憶（回首）身處燈火遠處時，模糊的思維讓你對於一切過去的印象多了許多揣測空間，以致多了恐懼？多了悲情？多了添油加醋的機會？因而，燈火遠處的記憶就請不要回首，並非毅然決然的「全然不要回首」。

2、

第三行：不要再把淚的苦澀

「不要」是禁制，且「再」強化「不要」的確定性，「把淚的苦澀」為實際情感的狀況，在「不要再」的強烈禁止下，突顯「把淚的苦澀」為「要」的存在事實，且「再」亦強化它與「不要」的對立關係。

第四行：滋潤乾涸欲裂的瞳仁

　　「滋潤」對於上句「苦澀」是明顯的對立關係，卻用苦澀「滋潤」那已「乾涸欲裂的瞳仁」，則是藉「瞳仁」的實際存有，而論另層內涵意指的情感發展，造成「實／虛」「濕潤／乾涸」對立，總合前三句作為「深刻化」觀點的總結。

　　「燈火遠處，就請不要回首」，因而回首帶來的痛苦是因為身處在燈火遠處，所以「不要再把淚的苦澀／滋潤乾涸欲裂的瞳仁」為這般回首的痛處。「不要再把淚的苦澀」一句，「再」強調一而再再而三的反覆為之，「淚的苦澀」較讓人思量的地方是「苦澀」，淚對於眼睛而言是種滋潤，如下句之「滋潤……瞳仁」對於人內在本心是苦澀苦悶的，它純粹滋潤的雙眼，而非你的心，眼淚代表的是悲傷，是一種讓你心情苦澀的表徵，因而眼淚等同苦澀，而你的回首也就是用淚的苦澀去滋潤瞳仁，「苦澀」與「滋潤」形成了然的對比。「乾涸欲裂」的瞳仁面對著世事變遷，看過的歷史演進讓雙眼乾涸，因為這一切的痛處消磨著感官，即使濕潤飽滿的沃土也將乾涸龜裂，雙眼就在這樣的情況乾涸，詩人說是「滋潤」，不如說是一種自我虐待，所以在燈火遠處回首猶如將淚的苦澀滋潤瞳仁，使之欲裂。[23]此處是詩人「回首」後的「不回首」，詩人確實回首，確實也希望人不要回首，卻始終無解於回首與不回首的必然界線。

---

[23]　筆者於2008年11月29日晚，非正式電訪詩人尹玲，其言當初經歷家人驟逝，眼淚不絕的後遺症便受「乾眼症」所累。〈說書的風〉有「長江一樣的淚水　也／洗不清四十年含愁的眸」、〈血仍未凝〉有「一次見面是一次死生的輪迴／幾時我們是雨／沁入彼此／沁入你血中的淚／我淚中的血」都將眼淚代言了詩人內心愁思。又如〈碑石流著湄河一樣的淚〉第二段「我們睜著眼睛／看秋一季跟隨一季／在我們乾涸欲裂的瞳仁裡／漸漸瘦成枝枝離菊／開出一朵照明彈／那般的顏色　照明彈終在你的眸中／豎起萬道不帶名姓的碑石／細細地流著／湄河一樣／不會停止的／淚」詩人同樣描寫「乾涸欲裂的瞳仁」，將越戰所帶來的戰火與別離存在著「碑石」的死亡象徵，那四季流轉而戰爭仍不停歇，又將如何停止「淚」與「思念」？是詩，參《當夜綻放如花》，頁31-33。

四、結語：人／文結構性意義之建構

　　本文擬題試論，是否真的解決了身分與詩文互相影響的問題？尹玲〈就請不要回首〉一詩中所含的總意涵結構為「定／不定」的二元關係，其中不定者為詩人最主要的情感，藉著文字為抒發媒介，表達兵燹深遠地影響著她，使她回首或不回首都已是「戰火紋身」，無關停火協議的訂與不訂，於是夢魘般的流離身世使其內心底蘊存在著「安居」的理想，如果能夠不戰爭、不遷離家園、而有完整的「家」可以居處，何來不是詩人不斷自問與辯證的議題？因而，〈就請不要回首〉存在了「（要）回首／不（要）回首」、「悲情／不悲情」、「知道／不知道」、「彼人／此人」、「他國／此地」與「虛有／實存」的對立關係，部份結構也在連結前後文詞與深刻化對立關係而別具意義。

　　或許，正如學者何金蘭對於東坡詞六首的分析結果相同，「東坡與現實保持距離，甚至可以遠離現實來綜觀歷史；而另一方面，他又完全地融入現實之中，即使困境重重」造就一個宛如公式的「疏離效果≠融入性」[24]，可以觀察詩人在「回首」後的「不要回首」卻是深入「燈火深處」的「無奈」，無奈而屢次呻嚎的「就請不要回首」卻是一種矛盾的「再次回首」，詩人駕馭此詩的目的真的是要我們「不要回首」嗎？她回首，亦是提醒著回首必然所要帶來的痛，她終究還是回首為「一抹電那樣的四十年」「五千年的月亮」「一萬五千個夜的關口」紀錄足跡，她憑藉著對於所處環境的政局對立，隔離的並不只是現實歷史的狀態，甚至包含她處在越南外的異域面對家國的認同與抗拒，現實的分離狀態與心理不斷虛存的隔閡糾葛成傷，海峽的隔閡在她心

---

[24] 參《文學社會學》，頁182。

中卻也隔離著自己的現在與過去，甚至是無時無刻轉移與變遷之未定性的自己。

我們又從高德曼的二元性意涵結構容括著現實與想像無間斷的辯證與連結作為了解，「是作者在文學創作中企圖將人的悲劇境況—被固定在現實逆境中的—超脫至與『無限』—包括大自然的『無限』和人生的『無限』—相結合而改變現實世界的表現，這是他在文學作品中所表達的『世界觀』，而事實上，他這個終其一生連貫一致的『世界觀』也改變他實際人生旅途中種種的橫逆挫折」[25]，這是一種就文本所存在的結構進行分析，以當時環境與大社會的背景為輔佐，進行鉤引文本與作家與世界早已既定存在的關係，提出連作者都未可知悉的內在思維，那麼本文嘗試觀察尹玲的人生辯證，以1990年3月的〈就請不要回首〉可知回首之苦以及詩人自己提出釐清（回首使人痛苦）與訴情（痛苦的成因）的意義，使我們從此詩的結構中探得看似「不要回首」之訴求，詩人卻是困鎖在回首的情境中大談回首帶來的困擾，並且很清楚的了解詩人身受痛苦的不堪，在苦苦哀求讀者或自己不要回首的當下，而辯證出「流離」對立的「安居」之夢；1991年3月〈綿密如悲的空間網罟〉有「無所謂遠去無所謂歸來／家鄉只是人類幻想的創造／一遍又一遍悽惶地構築自我／方才塑成轉瞬便徹底解構／唯有時間是一鞭溪水從容流過／綿密如悲的空間網罟」[26]，家鄉終究是人幻造的假象，於是尹玲在詩中切割對於鄉愁的情絲，現實的動機卻是回首家國，而讓「痛」使自己感受仍舊存活的生命意義，如〈就像你一直存在〉之「就像你／一直存在／又同時不存在一樣」[27]，存在與不存在同時並存，那麼「如

[25] 此為何金蘭對於蘇東坡詞的分析，提出蘇軾藉他處此處以表示有限無限之對立，而產生現實與理想的平衡之美。參《文學社會學》，頁181。

[26] 尹玲《當夜綻放如花》，頁136-138。

[27] 尹玲《一隻白鴿飛過》，頁107-109。

何重尋舊巢／離去的燕子 是／一支射出的箭／只有／向前」[28]，回首是對於自身「舊巢」的尋覓，但是時間如燕逝，詩人在消逝的不安裡，卻只能無間斷的藉「回首」及回首所相伴的「苦澀」給予自我安全（安定）之感。或許，詩人最怕的是：當痛苦不在，無法回首之時，她所面對的生命情懷又該以怎樣的態度坐以觀之？

學者何金蘭過去曾分析九首詩人作品，不乏從中尋覓不安與安定的實虛處境，如剖析羈魂〈一切看來是那麼實在〉提出「『實在』存活於『虛無』之中，其實也正『虛無』存活於『實在』之中」[29]；對於蓉子〈我的粧鏡是一隻弓背的貓〉提出作者企圖在「幻象」裡尋找「自我」的「主體」，而這種以粧鏡反觀主體的幻象或想像，也就是種從想像的主體過渡向真實的主體[30]；而二○○七年對於向明〈樓外樓〉一詩的分析，更因為「此次筆者在向明眾多作品中選擇〈樓外樓〉作為剖析的對象，最重要的原因，除了此詩如此撼動人心，詩中『家鄉／異地』糾葛的意涵結構如此清楚明顯之外，還因為這種無法詮釋、無力言說的痛楚重重直擊我心。在太平歲月之中出生長大的人也許還可以從詩歌語言文字感受到那種悲哀，但『扭絞揪裂』的心底疼痛，可能只有『有幸』『具備』同等『際遇經驗』或『經歷條件』的人才能透徹理解」[31]。在尹玲書寫裡存在著戰火陰影的流動不安，而何金蘭所辯證的詩篇卻也是存在實虛有無的動靜模式中，謝文利《詩歌美學》談及詩歌鑑賞時，有「詩人與鑑賞」和

---

[28] 尹玲〈燕子離去〉，參《一隻白鴿飛過》，頁195。

[29] 何金蘭〈存活於「虛無」中之「實在」──剖析羈魂〈一切看來是那麼實在〉一詩〉，參《淡江人文社會學刊》第五期，台北，2000年5月，頁2。

[30] 何金蘭〈女性自我意識：主體／幻象／鏡象／主體──剖析蓉子〈我的粧鏡是一隻弓背的貓〉一詩〉，參《台灣詩學季刊》第廿九期，1999年12月，頁150-151。

[31] 何金蘭〈「家鄉／異地」之「內／外」糾葛──剖析向明〈樓外樓〉〉，發表於「儒家美學的躬行者──向明詩作學術研討會」，2007年6月3日。參會議抽印本，頁1。

「授與受」兩議題，認為每個詩人都是「詩美的鑑賞者」，必須先有對詩歌創作的濃厚興趣，往往影響著日後審美與鑑賞活動的關鍵，「這種審美習慣體現在他對某個詩人、某類詩作或喜愛、或厭惡的態度之中」，而尹玲書寫戰爭、旅行、病痛，關乎身世的定與不定，早期研究《蘇東坡與秦少游》亦影響著詩人分析東坡詞的結構性與世界觀，就詩人尹玲的心境與學者何金蘭的處境，似乎有了性格上的相類，並且同時擁有創作者與鑑賞者的「授與受」之關係。謝文利認為授者是作者與作品，受者則為讀者與鑑賞，實際上即是審美主體與審美對象的關係，是作者的「表現」與讀者的「理解」之間，以「想現」的方式表現出來，一種動態的交流關係，雖是有距離與隔閡的，卻可以趨近統一與合作的關係，前者感受生活而產生詩歌作品，後者卻是審視作品、感受作品而獲得美感享受[32]，尹玲書寫著自身「興趣」「經歷」「視界」，從不安的處境中發現世界共有的裂縫，人在追尋桃花源的同時意識到「人間」終極追尋的安定，那正是尹玲書寫中將自身遭遇放眼大歷史而撫平自身痛處的唯一想望，可以說在不安與安之間找到平衡，即使矛盾亦無脫序，如同〈在永恆的翻譯國度裡〉似乎自我呼告著身世／身體／家國歸屬的質疑與解釋，旅行或移民，「飛行萬里繼續你不停的飄離／去看不知是真有或實無的界域／在既是異鄉又非他鄉的某處」無疑地用孤獨記錄生命，「隱身」世界的角落品嘗「宿命飄泊」與猶唱「無家名曲」，自諷唱不完的「無家可歸」是一生宿命，爾後的自問，便讓詩人面對身分分立與家國未定的「翻譯」問題，「翻譯是你從小注定的／一生運命」「一出生即已永恆」作為了自身變動的註腳，如同本文不斷提引的「詩人／學者」二元關係，參照此詩及本文分析，當可建構出人／文結構在學理與應用的領域中仍是對

---

[32] 謝文利《詩歌美學》（北京：中國青年出版社，1989年10月），頁539-549。

戰火夢魘裡的「安居／流離」──試探尹玲〈就請不要回首〉其人／文結構性意義

立且互涉的結構關係，都在共有的母體汲取「興趣」「經歷」「視界」的養分，轉化為不同文本的不同書寫，實質又可綿密不可分割其中共存的精神理念。

學者研究的動機與詩人創作的目的達到一種二元制衡的結構關係，「學者／詩人」既都是實際存在的身分，卻也都是製造理想與想像的「發聲者」，學者自他人（社群）中覓得一種與自己情調相同的「集體作品」進行分析，雖學者脫離作品而客觀審視，卻不自主將本有的「不定性」視角滲入作品分析，而突顯學者與作品的連結；而詩人本身的矛盾，直接或者間接植入「對立」「不定」「拉扯」的結構關係於作品中，而反用高德曼理論進行分析則必然呈現一種具有意義的意涵結構。不管是「尹玲」或是「何金蘭」的二重身分，其生命歷程的展演卻是一場無止盡的「驀然回首」與「身分解構」。[33]

---

[33] 尹玲分別於2007年9月24日、10月1日、10月8日、10月15日、10月22日、至10月29日在《自由時報》副刊發表「何處某處」系列六篇短文，〈漂流心河〉提到原以為用父愛凝造的「家」卻在戰爭裡淪陷，於是「家」與「鄉」對她不就是個「某處」；〈永逝恆永〉與〈塵世非屬〉寫著親人驟逝之不堪，於是無所謂哪個家，離開台灣，「2007年的某夜，你突然之間明白自己為何常要去法國、常要去她那裡待上幾天，原來你摸索尋覓大半輩子希望能有的『家』，也許就是一直漾在她屋內屋外，那份塵世非屬的味道與氛圍」；藉著〈某種瞬間〉深溺「那些瞬間逝去之後，竟然全化為你永駐心底難以化解的傷痛」；以〈幻影明鏡〉追憶1994年底3月第一次重返二十一年沒有見過的鄉愁；終結在〈虛實之間〉的「在你生命中，許多的不確定性似乎為你的堅決確定繪上各種難以想像的色彩、結構和布局」，並文末提出「處處都將是你自如自在的心靈之『家』？」一系列提出宿命的苦澀，藉回首聯繫生命無間斷的夢魘，最終回歸虛實二元共存的一體，雖已有「心靈之家」，但詩人巧妙的「？」其中的不定仍讓她無法定論。

下輯

棲在詩上的蝴蝶
——序尹玲詩集《一隻白鴿飛過》

白　靈

詩人

　　詩人有兩種極端，一種天真爛漫、孤絕自芳，偶立窗口與世界說個哈囉，卻不欲與之深度交往；一種冒險犯難、波折起伏，非歷經人世滄桑，否則不得安歇，不管是出於自願或為環境所迫。筆者曾將前者名之為火山型詩人，後者名之為河流型詩人。火山型者，外表寧靜，內心激湧澎湃，不噴泉湧漿也會出以有感地震，依其掌控自我的情況，又有優雅的睡火山、激越的活火山之分。河流型則依其行徑地區和流域寬廣，又有激流型、小溪型、大河型的差別。以上均可按詩人風格和處理的題材而定，有的終其一生固定或趨向於某一型，有的則隨其際遇會有轉向。詩的高下、優劣，與屬於何種類型並無直接關連，還得依個人的秉賦、技藝、和努力而定。

　　尹玲一生的波折應屬於前述的河流型，雖然她的內心明明是火山型的。此種矛盾造成的糾葛，使得她的詩作迥異於其他詩人。當她說：

　　　一千隻伸展的翅
　　　何如一雙棲止的鞋

——〈昨夜有霧〉

她說的是被迫漂泊的悲哀，她的渴望其實是永遠的「和平島」（見
〈遙望和平島〉一詩）。當她說「當夜綻放如花」（第一本詩集
名），她真正說的是「當淚綻放如花」、「當血綻放如花」。

　　在台灣中年以下的人當然很難想像做一個越南出生的華僑
（後來回越南則成「越僑」），生逢戰世，親友亡故，浪跡天
涯，留學台灣、法國苦讀十五載，獲得雙博士學位的女詩人內在
的淒苦。當然更難體會「沙場是我們的疆土」「美國是我們的
主，法國是我們的神」，能操粵語、越語、法語、美語、英語、
國語所代表無所歸屬、不知該尊奉哪一尊神祇的飄盪和茫然。如
果讀者觀賞過「現代啟示錄」、「越戰獵鹿人」等電影，看到那
種現代科技硬生生切入叢林草莽產生的不協調，聽到機關槍夾熱
門音樂與土著舞蹈齊奏的搞笑交響曲，或許對尹玲自出生所體驗
到的存在之荒謬，也能略窺一二。比如她寫：

　　　請眾家砲彈炸開以後的種種訊息
　　　請看不見的明天
　　　咀嚼十八歲的憂鬱
　　　懷擁八十歲的悲愁

　　　　　　　　　　　　　　　　——〈讀看不見的明天〉

「眾家砲彈」指的是不只一家。自己的土地，許多國家來「幫
忙」，「他們偏愛血腥」，「我們」卻是「他們」殺伐的「殘
者」，以致於才十八歲就不得不先看到八十歲：

　　　也許只隔一夜
　　　可能會隔一生

　　　　　　　　　　　　　　　　　　　　　　——〈困〉

人生之荒涼，可說莫此為甚。她的處境原是一場夢魘，然而事過並未境遷，她年少急成的滿頭白髮不可能復黑，即使她戰後回鄉探望，希望借此痊癒，卻引來一場「蜈蚣的戰爭」——她在越南下榻處（四星級旅館）為蜈蚣所咬，回台臥病半年。尹玲的際遇何其離奇。

河流型詩人關心的常不只一人一事、一情一景，對俗世介入較深，不時有強大的危機感，「世事波上舟，沿洄安得住」（韋應物）是他們心境最佳的寫照。尹玲詩作之所以能突破許多女詩人的格局，固然與她一連串的遭遇有關，重要的還在於她勇於開展視野，此開展是由死亡裡活過來的幡然醒悟，是對生命極度質疑後的強烈批判。「愛原是血的代名詞」（〈血仍未凝〉），她對世事的關切超出常人，是「見山又是山」之後的不得不然，她在第一本詩集的代表作〈髮翻飛如風中的芒草〉（已選入張默、蕭蕭編的《新詩三百首》一書中）一詩裡說的：

> ……夜夜登臨
> 二十世紀末的危樓
> 曳著五千年的心事
> 拍遍世上欄杆

好一個「拍遍世上欄杆」，她說的「欄杆」不是一時一地，而是足跡所踏、眼波所掃之處，比如她在該詩集的另一首傑作〈髮或時間是枚牙梳〉中所寫：

> 西貢的月忽忽作了台北的風
> 巴黎流水拂綠北京嫩柳
> 伊斯坦堡的祈禱斜斜散入大馬士革
> 柏林睡穩的牆猶不忘敲醒他城的晨鐘

你瞧，西貢、台北、巴黎、北京、伊斯坦堡、大馬士革、柏林、乃至「他城」，不是血統所繫，就是她苦學之地，要不即戰火、苦難的臨界點。尹玲的「負荷」何其重啊！但她卻不以為苦（如果你看過她前胸後背背著十來公斤背包在人群中穿梭如飛就知道了），只是適時地如火山迸發即可。這也是她為什麼會特別鍾愛徐志摩的詩作，更是她的詩語言會採用「急流奔放」寫法的原因。她是不得不，否則她會讓自己「憋死」。

如此當你再讀她第二本詩集中這樣令人「驚心」的句子就可知她的「愛與死」究竟是怎麼一回事了：

> 初始教你茫然　繼之迷惘
> 最後狠狠以一宇宙的痛
> 泥漿那樣澆灌你
> 然後硬按你頭　深入其中
> 呼吸不得
>
> ──〈橋〉首段

> 是誰把母親的明眸細語
> 換做碑上三行淒啞的字
> 還有父親的剛毅熱情
> 怎能只剩六尺石塊的冷
> 一生心血僅存半輪落日
>
> ──〈野草恣意長著〉第三段

〈橋〉引句，以「一宇宙的痛」、和「泥漿」那樣強烈令人無以喘氣的意象，直指胸臆鬱結，好不過癮啊。〈野草恣意長著〉引句，更是淒楚動人，「明眸細語」「剛毅熱情」是主觀情境，是

熱的、柔的，「碑上三行淒啞的字」「六尺石碑的冷」是冷的、硬的，兩相較比，張力突顯，末句再以「心血」對「落日」，用不可掌握的大場景涵蓋可以掌握卻終失去的小場景，悲意貼切無比，讀之令人泫然。而此段也透露了作者的大疑惑：「是誰」？「怎能」？誰是始作俑者？

在第二本詩集中她終於有了比較清楚的答案，雖然她寫的是另一個國家的內戰，詩名〈一隻白鴿飛過〉：

永遠　是
一些不相干的人
在千里之外（比如巴黎）
高尚的某座宮裡（比如愛麗舍）
決定你的命運

你未來的生或死
簽下一紙他們稱之為
和約
的勞什子

你當然仍在你的土地上
冰雪覆蓋著
心僵凍
家中僅剩的孩子
昨天在一場不關他事的
某雙方衝突中
吃下一枚
剛好送到的
子彈

塞拉耶佛依然飄雪

含著一嘴冰血柱

那隻白鴿

祂

只不過恰巧

飛

過

詩中「塞拉耶佛」（Sarajevo），指的是波士尼亞——赫塞奇維
納共和國（Republic of Bosinia-Herzegovina）的首都，此共
和國為原南斯拉夫六共和國之一，其境內因有大批回教徒，塞爾
維亞人（也是共和國之一，與蒙地哥尼羅共和國組成南斯拉夫聯
邦）不願見其獨立，遂爆發數年的內戰，迄今尚未解決，許多數
百年古蹟遭炮火炸毀、屠殺事件時有所聞，人民流離失所。而出
面調停的人國們依然選在「和約之城」巴黎進行談判，戰爭與死
亡卻不因此停下，倒楣的永遠是無辜的老百姓。「和約」背後常
潛藏大國之間不為人知的角力、陰謀和政經利益，此詩第一段直
接控訴；第二段則用婉轉的小場景交待落後國家人民的悲哀（其
實與越戰無異），首句「當然」二字既指不能逃、不願逃、也何
必逃，但下場必然悲慘的命運。末段指「和約」是勞什子，「飄
雪」依舊、「二嘴冰血柱」如故，而代表「和約」的白鴿不過恰
巧飛過而已，對人民無濟於事。此詩控訴兼嘲諷，明寫他人、暗
指自己心聲，中間一段採軟調，使整首詩的悲情更具說服力。自
古戰爭皆肇始於野心家，「僅剩的孩子」「不關他事的衝突」，
都代表命運的慘絕。此詩事件在時間上很近（近幾年），空間上
很遠（在東歐），剛好與尹玲的夢魘——越戰已時遠但空近，成
強烈對比，指桑罵槐，痛快淋漓，非常高明。

尹玲的詩真的是越寫越好了，越南終戰二十年後，她終於認真而勇敢地面對自我和外在世界了，這使得她的詩「勇氣」倍增，她大聲說話，把一切都徹底翻了幾翻，不論是透過或近或遠的事件加以嘲諷也好（如〈明天太陽依舊升起〉寫台中衛爾康大火、〈圓〉寫中共導彈）、或透過回憶把戰爭狠狠控訴也罷（如〈北京一隻蝴蝶〉批評越共、美國，〈讀看不見的明天〉批評美、法、越），她的愛恨糾葛開始理出了較清晰的頭緒。她在第一本詩集中對給她養分和天堂感的法國還「不知道要愛還是要恨／那百年殖民的錯綜糾纏」（〈素描〉），到第二本詩集則說那已是「憂鬱地成為永遠的過去」（〈曾經夏季開到最盛〉）。

她開始澄澈起來，她在〈夏季如此短暫〉一詩中說「夏季裹著落日翻滾雲水之間」，末半則寫道：

今夜又是誰家的小提琴在風中顫慄
將生命拉成裊裊的鄉愁數縷

你也終將隱去
隱入冬天寒冷的黑暗
傾聽千山之外萬水漸去漸遠
注入某個名叫遺忘的大海

鄉愁數縷，伙同萬水漸去漸遠，「注入某個名叫遺忘的大海」。遺忘看來是好的。她開始把注意力從綿長的激越當中，轉回生活日常事物上來，她開始留意起美景、親情和愛情來，集中如寫法國景色的〈暮色拱起的鐘聲〉、〈夏〉等詩，寫給女兒瑋瑋的〈握〉、〈摘秋〉等幾首，以及〈昨日之河〉、〈你張口說話的當兒〉等情詩，甚至把〈酒〉與女體相比的詩作，均甚有可觀。尤其〈晨曲〉一詩更可看清尹玲的轉變和成熟：

樹　想了整整一宿

應該如何　如何才能

讓夜褪去那件發黑的外衣

讓風沿著日的小徑

將晨光　輕輕攏上山頭

讓小溪終於看見

樹

正在它的心中

這首詩既無煙硝也無火氣，「樹」明寫景暗寫己，「夜」是那「發黑的外衣」，樹不必想，夜也會自動脫下，但「想」是自處、是化被動為主動；「小溪」既是實景也是時間之河，「樹」明明要看清自己，卻說要讓小溪看見，如此交相投射，虛實往返，不論語言、意象均極精緻高妙。

尹玲的心境很難說是不是已經超脫，但由其詩作，多少可見出她較之從前，顯然要能不沾不粘、自由地往返於現在、過去與未來之間，少了一些激憤，添了許多智慧。她說「時間是一座墓地／有什麼不可埋葬」（〈鄉愁〉），她又說：

前人何在

來者何處

只有鐘樓

仍然掛在

暮色拱起的

五響鐘聲裡

　　　　　　——〈暮色拱起的鐘聲〉末段

這時她的心境應是清明、寧靜、無波也無痕的。而當她寫道：

> 所有的人終將離去
>
> 唯獨詩人飛越一切
>
> 留下絲絲涼風
>
> 吹向未來
>
> 可能開闊的天空
>
> ——〈就像你一直存在〉末段

看來，她已把後半生轉移到「詩」上了。

　　尹玲的一生飄蕩在越、港、台、法等地，來來去去，地獄似的家、天堂樣的異鄉，一趟飛機便可將場景轉換，然而她永遠離開了出生的土地，不能再是河流，更像是飄離故土的蝴蝶，無所棲止，最後不得不棲止在詩上，是詩「命令」她把自己蛹化後的燦爛解放出來的吧。近年每當我主編的《台灣詩學季刊》截稿時，總會發現尹玲投稿的詩作最多，有時一期十來首，讓我在編排和取捨上傷透腦筋，然而讀她的詩越來越有舒暢感，雖然她的作品偶爾也會不免直抒胸臆，但那是她的不得不，讀者不必擔心，終有一天她會更嚴謹地駕御她的奔放和明快。而我也相信，她終會把一生的夢魘終止在詩上，並且就從那兒，再度展翅飛起。

　　◎本文原刊於尹玲《一隻白鴿飛過》（九歌出版），頁9-25。

存在／虛無下的戰火繆斯
——專訪尹玲

陳崔倩

宜蘭大學人文暨科學教育中心助理教授

　　2015年1月10日，法語電視台TV5MONDE幾乎長時間在播放巴黎連續三日的恐怖事件新聞，一如1月11日，數百萬人大遊行，包括法、英、德、義、西等四十多國領袖及民眾們在巴黎重要街頭和廣場集會，以展示對1月7日法國政治諷刺雜誌《查理周刊》（Charlie Hebdo）遭受恐怖襲擊的反恐立場。1月10日，正當這天，淡江大學中國文學系何金蘭（尹玲）教授正在台北國家書店發表她的新書——《那一傘的圓》散文選集。

　　顯而易見的，尹玲當時口裡雖在梳理她的南越書寫給諸多在場文友及讀者了解，但是腦海裡卻意識流的遊蕩在一頁頁傷痛的戰火記憶、以及此時此刻引發歐盟暨國際社會反恐情緒升溫與捍衛言論自由之熱浪中。此時的尹玲，她的內心彷彿從60年代綿延（durée）〔亨利·柏格森（Henri Bergson）在解釋普魯斯特於《追憶逝水年華》一書中藉由一塊瑪德蓮蛋糕的味道所引發的童駛回憶〕到21世紀初，夾雜在越南淪陷與東西文明與衝突的爭戰絞鍊裡，陷溺在「永恆戰地」（尹玲語）般的惘惘威脅之中——歡樂的另一處，永遠都有一個地方正在發生戰火，正如她腦海中始終未曾忘卻過的畫面：越戰中南越的每一秒鐘永遠都可能是最後一秒，塑膠炸彈無時無刻正在某處炸死許多小老百姓，那種被

糾纏的痛苦永遠都無法停止，死亡永遠折磨著她們。

從美拖藥香到美食療癒

祖籍廣東大埔，生於越南美拖的尹玲，是台灣文壇少數集教授、詩人、散文及小說創作者、法國文學與越南文學翻譯者、文學理論研究者、美食觀察者、永恆的旅人等頭銜於一身的「全把式」，可說是台灣、南越文壇中罕見而出眾、奇特而美麗的花朵。尹玲成長在中藥世家，除了自己的父親，幾乎所有的親族也都從事這項事業。生長在濃郁藥香的中藥之家，父母極注重以中藥來調理小孩的飲食，是故尹玲從孩童時候就吃遍許多以中藥燉煮的食品，除了一般的鴨鵝田雞蝦蟹之外，包括少見的豬腦、金錢龜、竹絲雞等，都曾是她入口的保養聖品，自小的食補，養出尹玲良好的體質。

來台唸書結婚之後，夫家恰巧也是中藥之家，公公也是一位講究美食的長者，浸淫在公公的廣東美食和父親大埔客家、廣東、潮州美食文化中，尹玲對日常飲食可說是極為講究。其作品〈藥香〉裡曾提到：「我們都會買幾個豬腦，挑洗乾淨，打幾個蛋下去，擱到密不透風的大鍋內跟川芎一起蒸，據說這是補腦的；有時煮一大鍋陳皮，香味溢滿整個房子」（《那一傘的圓》，2015，頁59）；或述及生藥的處理方式，舉凡洗、曬、蒸、煮、切、刨、炙等，都是少女時代的她必須幫忙的工作。在這份辛苦又利潤不大的行業中，卻是美拖當地大部分僑居客家人所做的買賣，尹玲來台之後的美食涵養，諸如對於味道的辨識和品賞，無疑奠基於此。

離開南越赴台念書多年，她腦海裡原本熟悉的各種藥材的氣味也就逐漸模糊起來，取而代之的是她對於美食的那份愛好、和如練家子般的嚐藝修練，特別是在不同的旅行中日積月累的美

食體驗，讓她下意識的逐漸淡忘美拖家鄉漫溢的藥香。曾受教於尹玲的學生們，一定十分了解她不僅熟稔法國美食，對世界各地的美食亦有涉獵與認識，而且經常熱情地邀約學生們一起去品嚐美食。

在她的詩作中，如她在〈故事故事〉中對於阿拉伯菜Couscous（諧音「故事故事」）的描繪：「青紅甜椒、胡白蘿蔔、綠節瓜、玉香芹／慢火燜煮時間不能太長但也不可太短／稠稀濃淡各種結合要拿捏準確／關鍵調味粉須於關鍵分秒撒入／不辛辣椒少許會讓湯味更為鮮美／羊排牛肉雞腿當然你我都愛／不能少的還有微辣的北非肉香腸」（《故事故事》，2012，頁22），在大啖Couscous佳餚之餘，也咀嚼她和女兒的行旅故事：「『故事故事』就在你我柔和言笑之間／輕盈細膩地漸漸沁透我們／最終凝成心頭的最濃記憶／繫著你的童年我的中年無數漂泊羈旅／在巴黎在布拉格在塞維亞在大馬士革／然任何一鄉最後卻只是你我回不去的一個他處」（頁23），這是尹玲慣用的雙關語詩意。

更還有寓難以形容殊滋及標誌顏色於難以定位的身分認同的〈FRAMBOISE〉（覆盆子）：「我只願展示絕對天然的自我／這一身他人難以仿造的色彩／不是鮮紅　不是艷紅／不是葡萄酒紅　也不是豬肝紅／而是自然又自在的Framboise紅／配上欲滴的嬌嫩神韻／在夏日泛薰衣草的蔚藍海岸／圓潤的我芬芳更顯優美悠揚／一口即讓近我的人難忘／豐富的內在　滋味的多元／我的自身已包含各層不同的點線／從中心至邊緣／從邊緣回中心／在許多各異的時空游蕩翱翔」（頁33～34）。尹玲自覺的認為她無法以一個地方、一個國家、一個歸屬、一種文化、一種定位來框限自己的鄉關何處，於是她在近幾年試圖返回故鄉尋訪老宅舊址和父母安息之地，撫今追昔，物事已非，黍離麥秀之悲不禁油然而生，故國傷懷不歸人，始終是尹玲內心最大的、不變的「心

事」，且看〈關於心事〉中既諧擬又幽默的說出她的雙關心事：
「你　總不信我心依舊／鮮紅美麗完整如初／只單為你清柔起舞
／為你一人低聲沉吟」（《髮或背叛之河》，2007，頁40）。
《髮或背叛之河》中的〈吃菜〉、〈點菜〉，更以國與國、地與
地之間的旅行，來譜構她的美食織網。

從索邦（Sorbonne）到南園──重拾創作之路

　　1969年來到台灣讀碩士，兩年之後即拿到學位，尹玲繼續
在台灣大學中國文學系就讀博士班，追隨臺靜農、鄭騫、葉慶炳
三位先生進入中國文學的殿堂，並得到國家文學博士。來台之
後，尹玲除了在台大中文系就讀碩士班和博士班之外，她也工
作、投稿、充當口譯，並從事翻譯。

　　1976年至1986年，整整十年，尹玲曾經因為戰亂離散的
悲愁，讓她「拒絕記憶、拒絕回憶、拒絕寫作」，可想而知在她
內心中，這場讓她失去家／國的風暴讓她就像「沉靜如海」（Le
Silence de la mer，2004）〔埃爾・布特龍（Pierre Boutron）
拍攝改編自法國作家韋爾科爾（Vercors）同名小說Le Silence
de la mer，中譯《沉靜如海》，敘述二次大戰在德國佔領下的
法國維琪政府，其人民生活的狀態與反法西斯的情緒〕的苦痛一
樣，久久無法重拾筆桿書寫。

　　暫時在創作上歇筆的尹玲，1979年獲得法國政府獎學金，
負笈巴黎第七大學（Sorbonne，索邦）深造六年，再追求第
二個文學博士學位。這段期間，她追隨在許多名師之下，其
中以柯麗絲德娃（Julia Kristeva）的符號學和杭波（Placide
Rambaud）的文學社會學影響她最大，自此她的研究從中國文
學轉向法國文學理論，吳德明（Yves Hervouet）和桀溺（Jean-
Pierre Diény）兩位雖是漢學家，卻是指引她走向西方文學理論

研究道路的老師。1986年，因為教學上的需要，尹玲開始著手翻譯艾斯噶比（Robert Escarpit）的《文學社會學》一書，但因為譯成未及出版，即發現大陸已有此書譯本發行及部分編譯成書，遂作罷，改為撰寫一部有關文學社會學的專著，事實上這也是她原本計畫中文學社會學研究系列之一部分。特別是自50年代起，在西方國家，尤其在法國，文學社會學日漸受到重視，這個學科因應社會急遽翻新，從存在主義、結構主義、語言學、符號學、主題論、發生論等不同新角度，以社會學作為探究途徑，探討文化事實的整體，特別是文學與社會之間互動多變的關係。1989年《文學社會學》此書誕生，除了系統性介紹與分析五種重要理論並針對其優、缺點提出批評之外，還是國內第一本集文學社會學理論述評及其在中國文學上的批評及實踐之專著，與此同時，尹玲也是1986年開始最早在國內大學（東吳）開設文學社會學課程的學者。

1995年尹玲在國科會補助下再度前往巴黎做了六個月的研究，比起1979年至1985年於法國留學期間，不僅在文學社會學發生論分析方法的理論方面有更深的認識之外，也在研究課程上與來自世界各國的學者，共同在學習探索、經驗成果的彼此分享上得到豐碩的收穫，這時期的研究奠定她後來《法國文學理論與實踐》（2011）寫作的理論闡述以及方法實踐，該書則分為兩部分，一是法國數種文學批評理論的探討，二是高德曼「發生論結構主義」方法在華文現代詩上的應用。從《文學社會學》到《法國文學理論實踐》，充分看出尹玲在西方文學理論上的長期關注與貢獻。

1986年在《聯合報·副刊》的一次聚會「到南園」，受到當時總編輯瘂弦先生及其他文友的鼓勵，讓尹玲重新開啟她擱筆十年的創作生涯，而這次尹玲已然揮別憂鬱與青澀時期的青春愛情散文寫作，進而開始轉向詩的書寫與創作。在其整個創作歷程

中可發現，當尹玲從散文走向詩歌，其實也恰逢她內在生命的重要轉折，她以詩歌這個文體再出發，是帶有某種形式變革的意義。1986年之後的新詩創作除了是她文類的新嘗試之外，無疑也是她內在心靈風格的轉捩點。

2015年1月10日甫出版的散文選集《那一傘的圓》，充滿她對於過去生命歷程的總整理與回眸：包括戰亂淪亡的南越敘事、家族歷史的離散黯影、荳蔻青春的情愛悲歌，對她而言，這是上個世紀末至這個新世紀陸陸續續出版的《當夜綻放如花》、《髮或背叛之河》、《一隻白鴿飛過》、《故事故事》等詩集難以看見的懵懂、不安、叛逆、焦躁、乃至虛無精神的透顯。對一個始終不願將自己的少作集結出版的嚴謹作家而言，讓尹玲不諱將她青春爛漫的灑脫情愛與悲哀痛苦的家國離亂裸裎給讀者的原因，是有某種象徵意涵。《那一傘的圓》的出版曾受到許多詩友文友的推促，輾轉到今日才出版，代表尹玲其間的猶疑、思考、甚至是一種試煉——看看自己是否真的徹底放下那個時代對她的綁束與羈縛——雖然戰火始終未曾在她記憶中模糊與遠去。2015年年初跨出的這一大步，是有特殊的意義，它除了總結南越時代個人創作形式與風格展現之外，還標誌了她如何從一名散文及短篇小說的創作者，真正走向詩的創作者之階段性分界，也代表她如何從南越的書寫歷史走進台灣的書寫歷史。

詩人的故事故事——寫作和翻譯之間的關係

尹玲的追求完美性格致使她在教學、寫作、翻譯、研究面面俱到。然而寫作對她而言究竟是什麼意義？小學時接觸到的中國30年代作家作品中，冰心、徐志摩可謂是影響她很大的詩人，另外還有令她印象深刻的小學教師蔡鍊尤，以及影響她深遠的父親。有一次西貢來了台灣的沈常福馬戲團，父親特地包了計程車

帶她從美拖到西貢觀賞。首次看馬戲，很興奮、很有感想，回家後寫了一篇又長又豐富的心得，述說關於孩童的內心想像與感觸，讓蔡老師相當驚豔，將其作品貼在壁報紙上，自此尹玲開始喜歡書寫。1960年慢慢摸索，1961年開始投稿，她逐漸走向寫作的道路。最迷戀寫作的時候是在荳蔻年華的十六、七歲，沒寫作時，整個人就好像空掉一樣，但也曾一度擔心自我裸裎是否太多，特別是散文這樣的文類，尤其是在美拖這樣一個小地方，似乎所有的人包括她的父親都知道她的私密內在，覺得她的文筆太過哀愁，她開始換筆名來分散眾人對她的關注，甚至以男性筆名來書寫青春少女的愛戀情事，光使用過的筆名就高達20個。1969年來台之後仍舊孜孜不倦的寫，直到1975年南越淪陷的日子，讓她痛苦到無法寫東西，每每寫作，即令她哀傷浮現。

平日接觸過尹玲的學生，看到的她，一貫以謙和、內斂而又熱情的態度來迎接人們對她的好奇，比如她所擁有的專長以及她的全白髮。她的白髮起於越南淪陷牽繫家人的一夕之間，她的白髮從那時就背叛了她的青春；但也可以說，她的白髮自此也就沒再背叛過她的內在心靈，髮色純白至今。自從「到南園」之後，尹玲平日忙於教學之外，每天一定撥空寫作，一天沒寫作，對她而言就彷彿有一件未做完的事情一樣，坐立難安。再怎麼忙，她一定會在百忙之中抽出時間到家附近的咖啡館做她詩人的功課，要不就是夜晚一定窩在床邊，一邊用法語講著重要電話，一邊細細筆耕她的文稿，對創作的勤奮態度令人敬佩。

我所熟悉的尹玲老師，非常珍視她的文學作品、日常攝影、乃至講義書本，每每當她想要交予別人文件、或是企欲和人分享的新作，一定是乾乾淨淨、整整齊齊的擺放在透明講義夾中交給對方。她一定得先以紙巾擦淨桌面，她一定永遠敬謹的面對她交給任何人的文稿或者文件，乃至學生的報告、作業或考卷，以至於可以將曾在南越多種報紙刊登過的文稿——關於她的種種碎裂

的、傷痕累累的心——完整的帶到了台灣，她也將它們重新整理，向台灣讀者裸裎她的青春印刻。為了抵抗遺忘、為了讓讀者認識，進而探究在越戰年代攸關南越華人留下的生活紀錄，以至於有了這本散文集的出版。無論尹玲內心企盼的圓（晴天或遮蔽）真正來臨了沒？2015年「那一傘的圓」對尹玲而言或是有跨時代的意義。

《那一傘的圓》集結她狂熱寫作時期的故事，在寫作形式上有些奇特的展現，比如〈距離〉（1965）一文是採取書信的方式，一段段寫給名叫「黎黎」（離的同音字，別離、距離、疏離）的書信體進行的對話，表面上是和同一個人、事實上是與好幾位不同的對象、以寫給不同人的文章段落之敘述方式來說故事。「黎黎」，似乎也是「離離」，述說人與人之間心的距離，會因為許多事情與不同的想法，越來越深。那種黎黎（離離）也就好像是每天每天都有不同的別離、戰火裡永遠都有人死亡，彷彿那天才跟她說：「再見了，我要去當兵了！」的鄰家男孩，沒幾天就那麼自然的死在戰場上。在她的記憶中，「永遠」都有人死去，她覺得「永恆戰地戰地永恆」，從過去到現在，腦海和心裡從沒有停止過戰爭。現代主義意識型態中的疏離以及存在主義中虛無之思想背景，影響她巨大且深遠，〈寄向虛無〉彷彿就是她的人生判詞。

尹玲的寫作習慣上，偏好第二人稱敘事，究竟是什麼原因？就讀中法中學時期，閱讀過法國作家寫作的詩或散文，在文學作品的語法結構中，就有諸種不同人稱的書寫方式，喜以第二人稱的「你」來做為敘事者視角，主要是因為「你」比第一人稱「我」更加可以為敘事者和作者（這兩者可謂作者的基本分裂：書寫我和內在我）之間樹立一道距離，在年輕創作時期尹玲即有這樣的警醒和自覺，以「你」來淡化「我」的直接坦露或者被觀看度，有那麼一點想完全置身事外、事不關己的拒斥。《那

一傘的圓》中充滿氾溢的情愛敘寫，雖然不見得只寫愛情，尹玲認為「愛情」在她的書寫中是對於想擁有卻沒能得到的東西的一種象徵、一種投射，因為「愛情」同時也是很多人內心中永遠的憧憬、夢想或希望。「愛情」相對於經歷過戰火的她也莫不是一種療癒、補償，甚至是一種小確幸。她慣以嘲弄的形式來敘寫愛情，其實也是一種陌生化（defamiliarization）嘗試：以疏離或甚至是雙關語的形式來書寫人們習以為常的東西，誠如戰爭詩中經常使用美麗的意象來形容戰火的恐怖——「玫瑰色的紅燄」是戰火中的血腥淋漓盡致又陌生化的表現。而關於〈因為六月的雨〉、〈淅瀝·淅瀝·淅瀝〉的「雨」、「淅瀝淅瀝」（愁緒或者戰火），或是〈有一傘的圓〉的「傘」（晴天或遮蔽）、「圓」」（原初、圓融、緣分或美滿），也是這樣的用意。

　　〈倦言〉和〈因為六月的雨〉分別充滿對青春愛情的輕俏抱怨和犀利詛咒，不斷在愛裡死去活來或者提前徹悟人生苦痛的少女，彷彿是《日安·憂鬱》中莎岡的化身。慣以「死」來詮釋諸多的情緒感覺——很簡單甚至沒什麼複雜進化的語言，但是卻犀利殘酷的人性批判，與熱情爛漫的少女情懷呈現一種矛盾和反差。〈倦言〉中「探戈流動，探戈旋轉……幾遍了？」和「呵欠！呵欠！我很倦了」等短句的營造，使讀者無法連綿的讀下去，讀者必須配合敘事者的句號暫時停止情緒！細品尹玲的短句結構和六、七〇年代翻譯文學的語言風格，有那麼一點似曾相識之感。生長在法國殖民地越南的尹玲，對外國文學的接觸，不管是原文書寫或者翻譯文學的接觸，恐怕如家常便飯，而在無意識之中所受到的書寫影響也就那麼信手拈來，渾然天成。

　　1976年，就讀台大中文系博士班時期已經開始著手翻譯雷蒙·葛諾（Raymond Queneau）的《薩伊在地鐵上》（Zazie dans le m3tro），尹玲借羅蘭·巴特之語，提道：《零度書寫》一書推崇的兩個作家，一個是卡繆，一個就是葛諾。葛諾最大的

優點、最特別的，就是可以玩弄文字到最高境界。短句的寫作形式雖然未必和她翻譯的《薩伊在地鐵上》有直接的影響關係，畢竟《那一傘的圓》之書寫早完成在這本譯作之前，但冥冥之中，也許是書寫者和翻譯者之間的共同默契，兼具兩種身分的尹玲，對語句句讀是非常注重與強調的，和葛諾將最社會化到極點的語言發音變成文字呈現，放到文學作品的敘事中，一個華越文壇中的散文句法；一個法語文學中的短句結構，也許來自於一種原初的巧合，一種不言自明的天份。

鄉關何處？——無家即家的旅行定格

　　尹玲自小就喜歡看影片，特別是戰爭片，如廣東大戲《一曲琵琶動漢皇》、歐陸戰爭片《紐倫堡大審》、《巴黎戰火》、《六壯士》等，每每看完影片，一定是感動得痛哭流涕，她不知道她為何從小就愛看戰爭片。在就讀西貢的中法中學之後，接觸了更多的法國片，有一次最高紀錄是一天之中看了五部片。父親做為第一代移居南越的華裔，很注重母語教育，在家中一定使用家鄉大埔話與兒女交談；而母親卻會使用越南話來和他們交談。身為僑寓在法國殖民地越南的尹玲，她寫作時思考的語言究竟是什麼？她寫作的視角究竟是一個華僑或者越南人或者中國人更或者是法國人？我不僅好奇哪一種語言才是尹玲的母語？又，在她的寫作中，如何看待中文和母語之間的關係？法文在其書寫中又佔有什麼樣的影響？

　　成長階段在各個不同時候分別操著中法英越四種語言，唱著法中越（根據唱的順序）三國國歌，難以想像她要如何界定自己的身分？尹玲也確實不知她的歸屬。她長時期以來似漂泊與流浪的旅行是否在躲避什麼？父親做為第一代南越的華僑，兒時的教育就受到南越排華政策的歧視，當官員到校視察時，他們就趕

快將華語課本迅速換成越語課本，對尹玲而言，要定意和確知自己身分的認同與想法是很難的。她的生命旅程一直在遷移，從未止息，漂泊也許讓她遺忘傷感，但或者給她更多傷感。詩作〈在翻譯的國度裡〉即敘述哪一國語言才是她的母語，廣東話客家話都是她的母語，她的困惑讓她將自己定義為「地球人」，不是害怕被定位，而是不知道怎麼定位。我仍舊執迷的問老師：「那麼，您覺得哪兒才是您真正的故鄉？」她的回答是：「就不知道哪裡才是真正的故鄉。我喜歡到處去看看不同的地方。美拖對我而言，幾乎已不是故鄉──那裡都是痛苦回憶──還算是故鄉嗎？」法國式的西貢生活都找不到了，本來是「故鄉」的已經不是她認識的城市了，對她而言，巴黎是變化最少的。若干年前她曾返回大埔尋找父親兒時住過的小屋子，遍尋不著一點他的痕跡或者屬於他故鄉的地方，尹玲不禁懷疑究竟要怎樣才能留下「故鄉」的原貌，除非你一直住下來，參與它的改變與更迭。在敘述昔日故鄉的形貌時，她記憶深刻的將視野擺放在前往伯公家裡的風景上：那是美拖城的郊區，路上兩邊種滿酸子樹（羅望子樹）和鳳凰樹，那樣的畫面經常出現在尹玲的腦海裡，她想像著12歲前的生活最大的快樂除了閱讀各種不同文學書籍，觀賞香港、法國、印度電影之外，也就是這條路上相迎的美麗風貌。

　　我認識的尹玲老師，除了偶而到國外出席學術會議或詩壇文友活動之外，幾乎無一例外的，每個學期末繳畢成績單，隨即趕赴機場搭機，定期的旅行──似乎這才是她真正的寒暑假，不定地的旅行──似乎才是她真正的目的地。在《髮或背叛之河》詩集中的〈自序・髮析〉一文曾自敘：「離家就已無家的你至今仍是無『家』可棲，漂泊和流浪是否你的宿命網罟？」似乎一語中的地道出自己的旅行是一種勢在必行的永恆儀式，在國度與國度之間，在異地與異地之間漂泊，「聽著有若母語的法語、越語、粵語、潮州語、海南語，天天在耳邊或高或低，若有似無。

越南的一切若有似無。」（〈因為那時的雨——書寫六〇年代南越〉，2015）以旅行的方式來終結內心深處的思鄉情結，是尹玲安居的方式。

　　猶記在美麗的東方文華酒店的訪談中，和尹玲老師聊到她旅行過這麼多地方，記憶最深刻的究竟是哪裡，巴黎至今仍是她的最愛，其餘的，是山湖景俱佳的日內瓦湖邊的蒙特勒（Montreux），再來是以河景居多的漢堡（Hamburg）和科隆（Köln），還有歷史名城布拉格（Prag）。特別是布拉格深藏她和愛女的甜蜜記憶：在嚴冷的冬天裡，兩個流浪的母女——優雅的白髮女子牽著三歲半稚女，拉著一隻木頭老鼠，於布拉格街道上喀噔喀噔漫步著，宛如街頭藝術家素描下的美麗圖畫。美好的記憶裡，還有1996年，她帶著三四歲的女兒前往昔日由法國人建的Hotel Continental，特別去住了幾天，彷彿在追憶曾經有過的法國經驗，彷彿帶著兒時的自己重返西貢，仔細的瞧著古老又挑高的房間壁廊和古董傢俱，是否還有一點點能夠握住的部分？

◎本文原刊於《文訊雜誌》第353期，2015年3月號

河流裡的繁花
——專訪詩人尹玲

紫　鵑
詩人

深秋黃昏中的陽明山，落地窗外，放眼望去，被風吹起的樹葉閃著金光，這時與我對坐的詩人尹玲一頭泛白的頭髮也閃著金光。日子就這樣走過來了，從戰爭的烽火開始，讓我們一起分享詩人尹玲千絲萬縷的鄉愁、情愁，以及不同於其他女詩人的精采人生。

紫：對許多女詩人而言，您出生在越南中國人的家庭裡，擁有一般詩人與眾不同的成長經歷，可否淺談一下您的生長過程？

尹：1975年4月30日以前南越的首都是西貢，我出生在離西貢75公里一個名叫美拖市的地方，父親開中藥房賣中藥材，我從小接觸中藥長大。在海外，尤其是東南亞，常會因自己所使用的方言而分成譬如說客家幫、福建幫、廣東幫、潮州幫、海南幫等。

　　小時候我在美拖客家幫的崇正小學讀書，畢業後，到西貢進入「中法中學」（Lycée Franco-chinois），所有的語言、文字、文學、歷史、地理、化學、物理、數學、代數、三角、幾何，全用法文教學。我高中讀的是越南學校，高二唸的是美拖的「女中學」，高三則在一所有名的男校美拖

「阮庭昭中學」與男生合班，大概是此校唯一的一次也是唯一的一班「男女合班」。隨後，順利的在西貢半工半讀完成「文科大學」學業，取得學士文憑，並在一家非常大的法國公司COTECO當秘書。崇正小學後來改成中學時，我還曾經當了崇正中學的第一任立案校長，直到1969年到台灣，進台大中文研究所讀碩士班。

我的父親是客家人，是美拖中國人裡面，唯一堅持以他家鄉大埔客家話與家人、孩子交談的父親。我和他說話用的是客家話，與母親則用越南話，我的外公是客家人，外婆是越南人，母親學過國語和客家話，但外公早逝，所以母親跟著外婆說越南話，而我在崇正小學內又講國語，唸中法中學後，在校內講法文，因此從小習慣講這幾種語言。上中學之後，我的同學、朋友裡有潮州人、海南人、福建人、廣東人，我們大部分以廣東話交談。

紫：求學過程中，誰是影響您最多的人？在那個時代老舊的觀念中，認為女孩子遲早都要嫁人，許多女孩子頂多小學畢業就不再升學，為什麼您可以繼續讀書？這背後最大的推手是誰？

尹：父親對我的影響很深，雖然他從來沒有像別人的父親那樣命令孩子要照他的想法過日子。在那個時代裡，他願意栽培我讀書，或許他認為生男生女一樣重要，或許我是第一個出生的孩子的關係。我的外婆曾說起父親在等我出生的時候，滿心期待的樣子，也聽她說過父親在我滿月時，便迫不及待地抱我出去給朋友們看，快樂得意的神情；姨媽也說過我虛歲兩、三歲時就跟父親搶報紙看；我說我那時怎麼認得字呢？姨媽說我看完報上全部圖片之後，才肯將手上的報紙拿給父親看。

我家每天幾乎都有父親的朋友來家裡吃飯，朋友就問他為什麼要讓我讀書？將來嫁人不就虧大了？但父親根本不理

會他們，也許我從小成績就不錯，又常拿第1、2名，大、小獎從不間斷，非常愛看書，所以他才繼續讓我讀書。

　　當年中學讀法語學校學費很貴，中文次之，越南文最便宜，他眉頭都不皺一下。不過在那個年代，大多數家庭都不讓女兒讀書，我有許多同學小學3、4年級就休學了，那時的社會都說女孩子是賠錢貨，一般女生15歲就得嫁人，所以我15歲時，就有很多人來提親。

　　父親擁有很多書籍，我常從書櫃上拿他的書來閱讀。歷史、人文、詩、詞、歌、賦什麼都有，還有像《水滸傳》，《福爾摩斯》等；只要是他的藏書我都拿來看。閱讀、求學、追求並認知新東西、新知識、冒險等都是他遺傳給我，留下來最珍貴的禮物。例如冒險：那時年紀小，虛歲四、五歲左右，經常會有送葬隊伍經過我家那條路，我常會跟著隊伍，混在他們其中，看他們哭、下葬、祭拜、痛苦，也不會害怕；而且很早就體會到死亡及與親人永別的滋味，這是童年時期很特別的經驗。此外，過年時我也常會跟著廣東醒獅團在整個美拖市轉來轉去，學習舞獅、採青、敲鑼打鼓等。

紫：越南戰爭曾帶給您怎樣的傷害？以及日後的影響如何？還有您一夕之間黑髮成為白髮的過程如何？

尹：抗法戰爭很早就有了，我才三歲時就知道法國兵士內有摩洛哥人，12歲時經常聽砲聲、槍聲，有一次甚至隔著一道「Y字橋」（câu chữ Y），看著子彈飛過來飛過去，槍砲聲震耳。1954年法國在奠邊府被打敗之後，越南不再是殖民地，但卻因為簽訂了「日內瓦協議」，將越南分成南越、北越，那一年也正是越南內戰的開始。這場戰爭打了很久很久，大家都因為戰爭的關係無法過年。1968年初，北越向南越政府建議停火，好讓南越小老百姓可以過年。南越政府信以為真，簽訂了停火協議書，軍官士兵們休息，小百姓開心放沖

天鞭炮，慶祝新年。

我記得很清楚，1968年1月30日年初一半夜2點突然聽到巨大聲響，起先以為是鞭炮，後來越聽越不對，而且砲彈已經打穿我們家的鐵門及左邊的牆，隔日年初二一大早，很多難民擁到我們家避難，擠滿一屋子，甚至擠上二樓。有的躲了一個星期，有的比較淒慘的待了十天，更糟糕的甚至待了一個月。戰火一直繼續，很緊急時，我們也拿個小包袱逃到城市的中心去。這場仗打了很久、很久，1968年打了三百天，傷痛每天不斷增加累積。

那一夜，我們南方的軍隊守在橋頭，但因為停火，大家都鬆懈了，北越游擊軍四面八方攻擊進來，士兵才驚醒，慌張抵抗。我家正好位在兩邊砲火中間，我恐懼極了，害怕砲彈會打進家裡，從1968年1越30日開始，我每夜戰戰兢兢守夜，一聽到槍砲聲，趕緊叫醒弟弟、妹妹起床避難，從此夜裡一定失眠，直到今天。

我家當時擁有四層樓房，我和父親有幾天登上四樓看哪一區正在被轟炸。年輕時，我本來最想當戰地記者；轟炸過後，我告訴父親想去看看到底轟炸區變成什麼樣子，父親認為很危險，特地阻止我；我偷偷趁他睡午覺時，騎上腳踏車，到那個村子去。全村滿目瘡痍，人和動物的屍體到處都是，難以忍受的臭味，所有的一切，焦黑不像房子的房子，東倒西歪全部癱潰，慘不忍睹，幾乎無法繼續看下去。但心裡又有個聲音說，妳要當個戰地記者，才這個樣子就退縮？於是硬著頭皮從村頭踩著腳踏車走到村尾，回去病了一個月。

在那個年代，沒有人知道戰爭什麼時候才會結束。1969年春節，父親突然問我要不要去台灣讀書。我心想，與其在越南天天看這場悲慘的戰爭不斷進行，不知何日終結，不如到台灣求學。那時胡璉先生當大使，我申請到中華民國政府

獎學金，順利在國立台灣大學就讀中文研究所，獲國家博士學位之後，教了兩年書，又申請到法國政府獎學金，所以又到巴黎去再讀書，得到許多在當時台灣學不到的學問知識。

美軍1973年3月撤退，7月暑假我從台灣回越南去，南越政府招待我們大批留學生，坐著軍機及軍車，看遍了整個南越，還跟那些守在南北越對峙界線邊上，年紀小小的北越小兵，隔著鐵絲網跟他們握手，請他們喝可樂、抽煙，和他們聊天。當時南越政府以為和平在望，期望我們這群留學生，在學成歸國之後，能為國家盡棉薄之力重建越南。但是1975年年初很多越南城鎮一個接著一個淪陷。3月我到台北北門的電信局登記要打電話回去給父親，電信局說排隊的人太多，要我5月1日早上8點再打電話回越南。從3月一直等到4月26日，越南總統阮文紹已經飛來台灣，因為越南駐台大使是他的大哥，所有一切從此全部中斷。越南那邊上台未滿48小時的新總統楊文明在4月30日這天一早，就敞開總統府大門讓北越共產黨進來解放整個南越。我在那一夜心痛到無法支撐，眼淚哭乾，知道5月1日預訂打回家的那通電話永遠再也無法撥通了……

我本來頭髮就白了一些，過這一夜之後全白了！後來寫信回越南去也沒辦法直接寄達，只能轉往第三地先寄到香港，請香港朋友必須先換上不同的信封，信裡寫的文字內容像在寫謎語，以避免親人全被逮捕下獄。

我跟許多越南來的同學或移民在四月初已經常到立法院，跪拜阮樂化神父，求他救我們家人。越南淪陷之後，天天改到博愛路的出入境管理局去求他們幫忙，還曾寫信給蔣經國，求他讓我的家人入境台灣。就這樣，我費了整整四年的時間，才幫一家人申請到台灣的入境許可證。沒想到父親在來台前夕，竟然撒手人寰，而我母親早在前幾年也去世

了！弟妹們怕我傷心，從未提及母親過世的消息，直到一個朋友寫信告訴我，我才知道。那段時間，我哀痛至極，最後是怎樣熬過來的，也不知道了！（說到這裡，尹眼眶泛紅，紫早已淚眼汪汪，尹反過來安慰紫，握住紫的雙手。）越南政府沒收充公我們家的房子（兩幢）和全部財產，我的弟弟、妹妹每人身上只准帶十元美金上飛機離開越南，檢查很嚴。

紫：您最初對文學的啟蒙是在小學的圖書館，並在寫作課上喜歡作文，請問您什麼時候開始接觸詩歌？

尹：那時我在崇正小學讀書，我們那個年代接觸到的書籍，大部分是大陸來的，一部分是香港的，我從小學就開始閱讀30年代作家的作品。除了很多人都提到的魯迅、沈從文、老舍、茅盾、巴金、徐志摩等之外，還有兩位我很著迷的女性作家冰心與丁玲。小時候香港有一種叫《兒童樂園》的定期刊物，《今日世界》、童話故事、偉人傳記、寓言等，都是我經常閱讀的書。後來還有徐訏和徐速，也是影響我很深的作家。

　　我常為了看書，就躲在中藥鋪樓梯口的小角落，或是躲在很多裝藥的草包之間，窩在那裡看書。那時小孩子都要幫忙做家事，我5歲就學會做飯、買菜，因為那個年代15歲就得嫁人，所以要早早學習一切。我就這樣躲在一些別人找不到的地方看書，家人喊我時，我都假裝不在家，或假裝沒聽到。

紫：我對您的學歷相當好奇，您既是台灣大學文學國家博士，又是法國巴黎第七大學文學博士，可否與大家分享您的求學過程？

尹：1969年我來台灣讀書，1971年拿到碩士學位後，回越南看父親。他同意並鼓勵我繼續攻讀博士，因此我又回台北繼續

讀書。不過這段期間越南戰火從未停過，後來又淪陷，其中的各種痛苦、折磨難以語言文字敘述，特別是知道母親去世之後，我想拋棄所有的一切，根本讀不下去啊！我的家人在那邊受苦，我哪裡還有心情繼續讀書？我覺得很愧疚，後來是葉慶炳老師及鄭騫老師鼓勵我、勸我，葉慶炳老師甚至寫信對我說：「如果妳是一個孝順的孩子，更應該把論文寫完，拿到學位才叫做孝順。」我聽了葉老師的話，如願的在1977年拿到中國文學國家博士學位，並教了兩年書，1979年申請到法國政府獎學金再到法國讀書。

紫：您是一個會多方語言的作家，國語、台語、廣東話、客語、法文、越南文、英文，請問您學習這些語言的秘訣在哪裡？

尹：不同的語言、不同的文字都有它的美麗與悅耳的聲調，以及豐富的內涵，看你要不要學，想不想進入它特殊的境界。除了中文、越南文、法文，我也特地去學日本話，但現在都忘得差不多了。還有阿拉伯語言，不知道為什麼我特別喜歡阿拉伯文化，我花了很多心思在這上面，每天練習說、讀、寫。

　　其實只要有心，一定會學得到；如果不太想學，那肯定什麼都不會。學阿拉伯話是因為想單獨去敘利亞旅行。我喜歡某個地方，想去某個地方的時候，就想學習當地的語言及文化。

　　我常常單獨旅行，在出發前做很多功課，並讀那個地方所有的文化背景，也因此特別喜歡語言，這是原因；另一個原因是每一種語言的發音都非常優美，這也是我對不同語言迷戀的因素。例如：在香港聽廣東話，有些人說話會讓你以為在吵架，但如果換不同的人來說，會覺得像音樂一般。

紫：您曾經用過許多筆名，例如：伊伊、蘭若、徐卓非、阿野、可人、故歌、苓苓、玲玲、櫻韻、葉蘭、小鈴、小乖、霜州、葉秀琦、陳素素、俊強等，這背後最大的用意為何？為

何要用這麼多筆名來隱藏自己？

尹：有時不想讓別人知道那是我寫的文章。有時我也用同樣的題目寫不同風格的文章，一篇用右手寫，一篇用左手寫，結果報紙同一天刊出來。（尹與紫大笑）還有我父親也讀我刊登在報上的文章，曾問我為何那麼憂鬱，因為不想讓父親知道我太多的秘密，這也是頻頻換筆名的理由。

紫：您有一本詩集為《一隻白鴿飛過》，裡面〈一隻白鴿飛過〉雖然寫的是「塞拉耶佛」（波士尼亞）的內戰，但您期望的是「和平」。請教您寫這首詩的初衷為何？

尹：1995年一大群「大人物」在法國巴黎開停火協議，問題是停火地點「塞拉耶佛」（波士尼亞）每天仍在不斷打仗。法國總統府裡這批人提到和平，讓我想起以前越南就是這個樣子。開戰永遠是因某一個人的眼神，一個手勢，而戰火就在別的國家真的打起來了！說會停火，但大部分時候還是照打不誤。所以和平真的會來嗎？其實沒有，只不過是一隻和平白鴿剛好飛過，或是只在夢裡面的和平而已。

紫：您寫戰爭詩身歷其境，瘂弦也評過您的戰爭詩；他說：「詩原是心靈生活的集中體現，尹玲的戰爭詩之所以動人，乃是來自於切身的慘痛經驗，原本超出語言以外，卻被她凝結在語言之中。」他並說：「戰爭詩美麗得近乎『邪惡』，因為它提醒了戰爭的邪惡本質，而閃爍於其中的人性經驗是美麗的，戰爭詩正如罌粟花，花是美的，但卻不會讓我們忘記罌粟花所熬成的鴉片是邪惡的。戰火紋身，同樣美得近乎邪惡。」我想知道您的想法如何？您如何看待戰爭邪惡的美？

尹：戰爭沒有美，只有邪惡，帶來的絕對只有痛苦。你看最近幾年伊拉克的戰爭，除了人受到傷害死亡，博物館的幾千年、上萬年的文物全沒了，那個腦袋想要打仗的人到底想要什麼？我真的非常不喜歡戰爭，因為我從很小就忍受戰爭，一

直到現在仍然忍受戰爭的後遺症。

今年（1968-2008）越共40週年勝利，我回到越南，心裡像針刺，一直在淌血，很多小老百姓都像我一樣流離失所，痛苦永遠堆積在心頭上。美拖崇正學校校長詹希明先生，他後來到堤岸《成功日報》當出納，我以前因常投稿而到他那裡領稿費，淪陷後，他們一家逃難，在船上，全被射殺身亡。我有很多朋友就這樣莫名其妙的全部消失了……

1994那年我在南越淪陷後，第一次回西貢，特地去找一個好朋友阿嬋，到了她家門口喊她名字，叫了半天沒人應答，後來她姐姐開了一個小縫，要我進去，她告訴我，阿嬋跟她丈夫及13歲的兒子在逃難時，因知道坐船會被射殺十分危險，所以用走的，打算從西貢走到柬埔寨，不幸在路上全家慘遭共軍殺害身亡。

我在越南待了一個星期，眼淚始終沒有停過。而我住的飯店，標榜四星級，滿房的蟑螂之外，半夜三點鐘，竟有一隻大蜈蚣咬我的背，咬了四個大洞，痛死了，喊了很久，旅館的人才將我送到醫院。那時我說的是越南話，醫院的醫護人員以為我是當地人，根本不我，我呈現半昏迷狀態後，還好飯店的人及時告訴護士說我是從台灣回去的越僑身份，才照顧我。

所以戰爭沒有美，只有邪惡。特別是你親身體驗到戰火燃燒的死亡場面，那是永遠沒辦法忘記的。我有很多朋友在1975年逃難之　後，那種苦，在好多年以後，你要問到他們逃難的情形，大家都不願意說，也不願意提起。因此我曾10年整整不曾寫過一篇文章，甚至一個字，不管跟戰爭有關或無關，任何題材我都拒絕寫。那個年代很少人能出國旅行，即使我人在巴黎，很多朋友叫我寫有關巴黎以及許多旅遊記事，可是我都沒寫，因為只要靜下來想寫點什麼，那些痛苦

的回憶就會侵襲我。後來為何又再重新寫作呢？那是1986年七月底，從巴黎回來以後，有個學生寫詩，要我幫他改，我一向都很不好意思幫人家改詩，於是我就寫了一首詩給他參考。但最重要的還是1986年11月吧，瘂弦辦了一次「南園」活動，我在隔別十年之後再重新見到許多著名的詩友文友，大家都在詢問為何那麼久沒寫任何東西，鼓勵我再次出發，我才重新開始執筆寫作。但埋藏多年的那些痛苦，又通通回到記憶裡，湧現在腦海中，所以在那時候我寫了很多關於戰爭的詩。

紫：這算是一種自我療傷的過程嗎？

尹：應該是。我整個創作過程都很痛苦，會哭、哀痛，整顆心像被撕裂一般。戰爭的血我用玫瑰的顏色，紅玫瑰通常象徵愛情，但打仗時，那就是血的顏色。所以也不是只有瘂弦說我用美麗的顏色或詞彙來形容最痛苦的戰爭，其他人也曾說過。

紫：您對美的詮釋為何？

尹：很多東西都是美的。譬如：現在我眼前的紗帽山，夕陽下的小草、樹枝上的幾片葉子在輕風中搖晃，某個眼神、某個動作等等，那就是美。一句話、一行詩、人的語言、鳥的鳴唱也都是美。所以美到底是什麼，要看用在哪一方面。

紫：在《髮與背叛之河》，您有一首詩為〈吃菜〉，這首詩曾刊登在《乾坤詩刊》上，還有〈點菜〉這首詩，不難發現您是個美食專家，對於吃非常講究與在行，您為何會愛上美食？請您與大家分享這方面經驗。

尹：我的父親是客家人，會做客家菜、潮州菜、廣東菜以及越南菜。端午節時他會做豬腳粄，有點黏，又不太黏的美食，可惜我沒有學起來。過年時也做許多臘味、下酒菜，還自己發明可以把食材壓扁的一種機器。我父親養雞、鴨、鵝，還有火雞，所以我從小就要學會殺雞、殺鴨等。他也喜愛喝茶，

是一群朋友裡面唯一有景德鎮功夫茶具的人。父親讓我們接觸印度美食，也訂印度羊奶讓我們喝，那個年代只有印度人會養羊。過年的時候我們用法國Limoges餐具，和一些水晶器皿。我母親也很會做菜，家裡用的醋都是她用椰子釀的，她也會釀客家黃酒。以前家裡還沒有冰箱，母親就將釀的黃酒抹在雞的內外，隔日再拿出來吃，非常美味，又香又脆。

我喜愛美食，也喜歡做菜，有些是父親留下的秘方或食譜，有些是母親教的。12歲我進了法國學校，董事長王爵榮博士每週教我們許多法國文化，尤其與飲食相關的，我們就學習餐桌禮儀，吃法國菜；這些都跟生長的環境有關係。1965年，在西貢進入COTECO法國公司上班之後接觸更多不同的飲食及其文化，潮州菜、廣東菜、海南菜、福建菜、越南菜、馬來西亞菜、印度菜、法國菜、阿拉伯菜。記得有一次我跟女兒在巴黎，去一家摩洛哥餐廳，那天正好是情人節，整個餐廳裡佈滿玫瑰花瓣，氛圍浪漫詩意，我們點了COUSCOUS（故事故事），感覺非常開心。但寫〈吃菜〉、〈點菜〉這兩首詩，痛苦的成份比較多，那是遭遇到痛苦與戰爭不堪回首的記憶。

紫：您一直提到您的父親，您的父親在您的生命之中扮演著一個引導的角色，可否再多談一些與父親互動的一些小故事？

尹：我父親在我很小的時候就會唱歌給我聽，譬如「夜半歌聲」、「漁光曲」、「教我如何不想她」等等，也經常讓我聽當時的流行歌曲。所以周璇、白光、姚莉、張露、吳鶯音、潘迪華、葛蘭等等歌手的歌，我都很喜歡唱，而且幾乎全部都會唱；當然還有廣東大戲或廣東流行歌曲、越南歌，初中開始唱其他國家的歌，例如：法國、西班牙、義大利、阿拉伯等。他從不要求我讀書要考第幾名，是我自己努力用心去唸；在我小學五年級就幫我將香奈兒5號擦一些些在我耳

根後面；更小時候，約三、四歲或四、五歲時，也讓我喝法
國有氣泡的礦泉水，並好玩的喝了一點點法國紅酒，常帶我
出去、一起拍照等；現在回想起來很訝異，但那個時候覺得
很自然，並沒有什麼特別。

紫：詩人與酒總是劃上等號，連詩仙李白也不例外。品酒對您而
言是助興還是樂趣？

尹：品酒對我來說是樂趣，而不是澆愁、消愁或助興，特別是我
經常單獨一個人吃飯，不管是在台北或旅行當中；要看那個
時候剛好是什麼餐廳、什麼樣的菜色、氛圍如何，若是都不
錯的話，也許會喝一杯或是一瓶。年輕時喝高梁、大麴、竹
葉青這些烈酒，後來健康不太好，就不太喝了！之後常喝的
是葡萄紅酒、白酒、粉紅酒或香檳酒。

　　有一次和系上到日本開研討會，之後在荷蘭村待一、兩
天，晚上有十幾位老師和同學本來說要去看運河上的船隻表
演，結果他們根本不看，就急忙跑掉，說要找飯吃。我一個
人站在橋上看著四艘船精彩的表演，和我旁邊舞台上的芭蕾
舞者美妙的舞姿。表演結束後，我選擇舞台後面那家絕美的
餐廳，唯一會說英語的帥哥服務生，將全廳位置最好的桌子
給我，就在河面上，還可以看廣場上八點半的璀璨煙火。廚
師的廚藝特別好，我喝了一整瓶香檳。有兩位老師和學生跑
來叫我不要吃了，快點跟他們坐公車回住宿的旅館。我當然
是以我那個時候的佳餚美酒氛圍為主，於是他們十幾個人在
外面三十公尺距離的公車上跟我揮手道別。我快樂地繼續用
餐，並請侍者幫忙叫計程車送我回住的地方；他說：「您不
需要叫計程車，我們有車送您回去。」買單之後，他陪著我
一直走到飯店門口，一輛非常好看的古董車已等在那兒。司
機長得又高又帥，開了車門扶我上車，回到我住的旅館大
門，他開車門扶我下車。第二天一早，那十幾個人居然很

訝異我的平安歸來。前一晚他們急急忙忙去吃飯，原來只是一碗不怎麼好吃的拉麵。這一段經驗不錯吧？（尹露出回憶的眼神，紫想像當時狀況，這不是仙履奇緣嗎？太令人羨慕了！）

紫：「你」這個第二人稱，多次存在您的詩中，〈就像你一直存在〉這一首詩，可否簡略說明一下？

尹：寫詩的時候，常用「你」來表達，是在我作品中最常見到的，不過使用不同的人稱，在我很年輕時就開始了！法文一個動詞的變化就有26種，不同的人稱就會有不同的意涵。我用第二人稱時，就是寫作者在跟另一個人對話，那另一個人可能是另一個「自己」。用第三人稱時，寫作者是在敘述「我」和「你」之外第三個人的故事，那個距離更遠，感覺完全不一樣。卡繆寫《異鄉人》，他使用第一人稱和動詞變化的現在式，讀起來彷彿一切都是作者正在進行中的事情，真實感特別強。以前法文小說用過去式和第三人稱書寫，感覺就像虛構的故事。所以我使用第一人稱、第二人稱、第三人稱時，想要表達的意義和其間的距離就完全不一樣。

紫：《旋轉木馬》這本童詩集，就像是您與女兒的通關密語，可否談談當初初為人母以及創作時的心情？還有據悉您一直幫女兒寫日記，請問到她幾歲之後，您才停止幫她寫日記這個習慣？這些日記帶給您的意義是什麼？您的女兒她曾經看過嗎？這本詩集是否也是您為自己童年不足的一種補償心裡？

尹：童年時，除了前面所說的跟著出殯隊伍、接觸死亡之外，在過年時，我也跟著醒獅團到處去晃，有時在家裡還會拿起被毯玩起舞獅遊戲。但妳問我是不是補償童年的不足，我並不清楚。（尹與紫笑）女兒小時候帶給我很多快樂，她跟一般孩子不太一樣，因為她不愛哭。她很小就跟著我到處旅行，因此我跟女兒之間相處的時光，都非常快樂、溫馨、

非常美。

　　她三歲半時，我帶她去布拉格，有一天白色的雪花飄著，她坐在娃娃車裡，我推著車上查理大橋，整座橋上一個遊客都沒有，只有一個賣畫的人，她要我停一下，她想看畫，結果她看上一幅布拉格街景的畫作。我問賣畫的人多少錢，他說100捷克幣，我說好，因為女兒喜歡，我打算將畫買下來。那個售畫者很好奇地說，他從來沒看過這麼小的孩子會喜歡畫，正好這幅畫是他畫的，說女兒是他的知音，他一定要送這幅畫給這個從國外來的小女孩。那個時候捷克的老百姓大半都很窮，何況那一天下雪沒有遊客。我一定要他收錢，他一定不要，就這樣推辭半天。我女兒讓我感動的原因是她非買不可的意志觸動畫家的心靈；那畫家也讓我很感動，那麼窮，在雪中賣畫卻堅持要送作品給知音，他讓我們感覺到藝術的交融與世界的溫暖。還有一回我跟女兒在巴黎住了半年，巴黎很少下雪，那一年正好下雪，我們母女倆特地去凡爾賽看雪景。這些小故事經常出現在我們母女之間。我特別將這一些話記下來，整理之後，就完成了這本《旋轉木馬》，旋轉木馬是她每次到巴黎時最喜歡玩的遊戲。

　　我幫女兒寫日記是從0歲到3歲這段日子，希望時光流逝之後，還可以回頭看她小時候的成長記錄。我不清楚這對她的意義比較大，還是對我的意義比較大，她給了我非常多的歡樂，我跟著她一起成長，每一天都很新鮮，也很不一樣，讓我特別感念我父母的辛勞，真不知道那時候他們如何將我們一群孩子帶大，還讓我一直唸書，真的。

紫：《當夜綻放如花》這本詩集第三輯莫內印象裡，有許多您旅行的詩作，這是閱讀中，感覺比較放鬆的一面。您對於空間氛圍的觀察相當敏銳與細緻，這些都是您信手拈來的創作，還是旅行之後才著墨的詩？旅行對您而言，最大的意義是什

麼？一首理想的旅行詩作它該具備哪些條件？

尹：我幾十年來經常單獨旅行，女兒出生之後，就帶著她一起去，她未滿週歲即已開始跟我流浪。女兒和我之間在流浪的旅途上，常有許多溫馨畫面或可怕經驗，例如：她九歲時，我們兩人到敘利亞時所遇到的種種事情。我很少寫旅行的詩，旅行對我而言是去認識、探索另一種文化，另一個世界，知道宇宙不是只有眼前的這一些。

紫：您寫了這麼多傷痛的詩，也對美醜有一番見地，您認為「詩」有好詩壞詩之分嗎？

尹：我認為詩應該有好、壞之分，只是大部分的人比較主觀，每個人接受的教育、訓練、文化薰陶等都不一樣。例如有些詩獎評審結果引來的各種完全不同意見或反應就可得知；你認為好的詩，他就可能認為是壞的。我自己覺得好詩應該是以「真」作為基礎，還有「善」、「美」；而無病呻吟、矯揉造作、為名利等等的作品，我都不喜歡。

紫：身為一個女詩人，您覺得女詩人最難以突破的地方在哪裡？為什麼？

尹：每一個人都有她或他難以突破的地方，不分男女。我覺得難以突破的就是「自己」，尤期是自己的「風格」。我一直想突破自己「風格」的「牢籠」，不要被它困住。

紫：您覺得男詩人與女詩人最大的不同是什麼？雖然我不是女權運動者，但在我感覺中為什麼男詩人始終比較佔優勢？

尹：很久以前我即常跟我朋友或學生說，人要站在「人」的立場、「人」的角度來出發、來探討，而不是「男人」或「女人」，也不管富貴或貧窮。「男」人或「富」人有「強」時，但也有「弱」時，病痛、衰老、肝腸寸斷、心靈碎裂可不分「男」、「女」、「富」、「貧」，只可惜大部分華人都重男輕女較多。我以為要糾正這些觀念應該從「教育」做

起，不論女孩子或男孩子，在很小的時候就要有「人」的觀念、人權的觀念，只是做父母的人是否能有這種想法，那才是比較重要的問題。直到今天21世紀了，很多受過高等教育的人還是無法或不會尊重「人」。因此，如何讓大家改變想法，必須從「人」小時候的「教育」著手。

紫：我有時很自戀，也很自憐，也常不知不覺在詩中透露自己的秘密。當讀到您有一首詩〈當你老老老老的時候〉，禁不住會心一笑，您覺得詩人多半自戀或自憐嗎？您的看法為何？

尹：不是只有詩人才會自戀或自憐，大部分的人都會如此，只是輕重不同而已。

紫：我非常欣賞您朗誦詩歌，不管是表情或是聲調都能緊緊扣住人的心扉，也知道您愛唱歌，並在法國在台協會辦的活動中，教大家學唱法文歌。那天我去參與時，發現現場人群很多，您帶動了歡樂與氣氛，可否談談您比較不為人知的一面？

尹：1969年底還是1970年初，那時高雄市長是楊金虎，要跟越南蜆港市結為姐妹市，楊市長叫他的一位林秘書到台大宿舍找我到高雄去，當他們的口譯與筆譯，所以我的翻譯經驗很早以前、還在南越時就已開始了，後來也常常口譯與筆譯越南文或法文。那時我翻譯很多中文成越南文，因為當時有很多越南軍官和士兵到政工幹校接受訓練，而我是替他們將所有所需學習的課文，全譯成越南文。在法國巴黎留學時，雖然有獎學金，但那是不夠的，我也是靠口譯與翻譯來維持先生和我的學費及生活，並把一半的錢寄回台北給弟弟、妹妹使用。還在台大讀書時，我參加攝影社團，跟攝影協會的人很熟，每個星期都出去拍照，所以當時我也會自己洗照片。此外還有跳舞、唱歌等等，但那個年代在台大中文系所裡像我這樣的女生少之又少，當時也禁止跳舞。1970年我在新店

榕石園辦一場生日舞會，為了這舞會，我特地做了幾件薄紗的小禮服洋裝，梳公主髮型，全場飛舞。但其他中文系女生每個頭都低低的不敢看人；那天洛夫、彭邦楨、鄧文來也來了。也許我從小在越南就接觸這些不同的文化，我們十六、十七歲就辦舞會跳舞，覺得一切都很正常，可是台灣社會在當時還是處於比較保守的狀態，都覺得不可思議。

紫：長久以來您一直在教書，教現代詩賞析，教法文，教越南文，也教詩經、世界漢學、還教文學社會學專題研究、現代文學專題研究、翻譯理論與實踐、文學翻譯以及中法現代詩的比較。這麼多科別中，您如何掌握？並傳授給學生？

尹：我覺得想要學到東西，最好盡自己的能力，把它學到深入，學到透徹，才可以去教人，如果只是半桶水，那是不行的。我不敢說自己學得很透徹，只是我很早接觸到這些，在讀書時，我很努力、也很用心的花時間跟精力去學習。我記憶力還好，特別是從初中到高中，我都記得讀過的字或東西，是在哪一本書裏，哪一頁上面，哪一行，但後來讀太多了，就沒先前這麼厲害。

　　我在上課時跟學生講解文學理論或翻譯，他們都很感動，因為你接觸到一個正在學習的新學識，通常會覺得困難，但我會舉例補充很多東西給他們。我是台灣第一個開文學社會學課程的老師，1986年就在東吳大學社會學研究所開始教這門課。翻譯理論是艱難的，翻譯實踐也需要花很多時間和精力來完成。由於大學部在一、二年級時許多法文文法都還弄不清楚，有時錯得讓我詫異，光是改作業，就覺得很傷心。心想，他們如果畢了業進入翻譯工作行列的話，翻譯錯誤怎麼辦呢？不能說中文通順就覺得自己翻譯得的不錯啊！這是要下功夫的。

紫：每一次見到您時，總是看到您提著大包小包，我很想趁您不

注意時偷偷打開背包，看看究竟裡面藏什麼東西？為什麼您一定要帶這麼多東西出門呢？

尹：因為我想盡可能將大概會用到的資料、教材、書本通通帶上，以便在上課或需要用到的時候派上用場。

紫：請問您今後最想做什麼事情？最大的盼望是什麼？

尹：我想再寫一些文學理論、文學社會學、法國的各種文化、越南的文化、尤其是受到中國文化與法國文化影響之下的越南文化樣貌，還有越南在法國殖民時期，與脫離法國殖民後的總總面貌；當然，還有法國以及我曾流浪旅行過的許多地方之感受感想等，並希望在創作方面還可以繼續努力自己的各類書寫。

◎本文原刊於《文學人》2009年2月號

讀看得見的明天
——試探戰火紋身後創作心靈之死亡與復活

何金蘭

淡江大學中文系榮譽教授

一、前言

　　「南方」，在大部分人的理解裏，應該原只是自然的地理位置，是越南整個國家的南部，最早南、中、北被稱為「南圻」、「中圻」、「北圻」，但在1954年法國戰敗於奠邊府一役結束殖民之後，越南因口內瓦協定而以17緯度為界，分為資本主義南越和共產主義北越兩大政權。

　　原本1949年從中國大陸逃避共產黨統治的華人「難民」，好不容易在越南北部才剛安定下來，1954年又因「協定」再度倉皇艱困逃往南越，當第二次「難民」。事實上，當時決定離開北越家鄉的，也有許多北越越南人，筆者初中高中同學裡，部分就是當時逃往南越的；越南電影「穿白絲綢的女人」（Áo Lụa Hà Đông）內的男女主角，也正是那時離開北越。

　　在1954年以前，南北越之間的小老百姓是否有心結，筆者並不清楚；但在筆者的記憶裏，部分的南越人自越南分成兩半對峙之後，總會以諷刺語氣叫北越人「Bắc kỳ」（北圻），或編上六八體詩句來挖苦牙齒染黑的北越富貴人家。因此，「北方」、「南方」在二十世紀五〇、六〇、七〇年代的南越人意識裏，似

乎就已清清楚楚地顯現出「對立」或更甚的「敵對」的想法，尤其是原本越法對抗的戰爭，1954年殖民統治結束後，演變成南北越戰爭的殘酷現實，烽煙燃遍整個越南，更由於北越的解放軍在南越化為一支神出鬼沒的游擊隊，南越幾乎陷入每日挨打的苦戰困境。南法普羅旺斯豔陽下薰衣草悅目的紫、蔚藍海岸透明清澈的碧海，於南越卻只剩下戰火、絕望、死亡的「痛楚」「南方」。

吳廷琰（Ngô Đình Diệm，1901-1963）於1955年成為南越越南共和國首位總統（自1955年10月26日至1963年11月2日止），其排華政策曾令許多華人被迫設法離開越南，或選擇再回中國大陸，或選擇移居自由祖國台灣，或到更遠的歐美國家去，若經濟能力允許的話。這個政策對華人開辦設立的學校也造成許多困擾。筆者當時在美拖（Mỹ Tho）崇正學校讀小學，只要哪一天政府官員要來視察，師長肯定會事先告訴學生，將越南文的書擺在桌面上，假裝正在上課，官員一走，書本又換回中文。事實上，當時讀華校的孩子，在校內是沒有越南文課的。筆者仍然還記得小小年紀的自己，每天光看街上的許多招牌，就已經會將越文譯成中文，或將中文譯成越文漢越音，或是將中文報紙上的某某新聞，譯成越南話再告訴外祖母；彷彿自然而然就學會了似的。

那時佛教徒反對吳廷琰宗教政策也導致釋廣德（Thích Quảng Đức 1897-1963年6月11日）於1963年6月11日在西貢市中心十字路口點火自焚，後來又有數名和尚自焚，讓老百姓覺得恐慌，特別是年輕人，不知道明天到底會是什麼樣子。[1]

---

[1] 洛夫〈西貢夜市〉（見《因為風的緣故》，台北：九歌出版社，頁63-34）中寫道：「烤牛肉的味道從元子坊飄到陳國纂街穿過鐵絲網一直香到／化導院／和尚在開會」；而尹玲〈讀看不見的明天——重構另類六〇年代〉（見《一隻白鴿飛過》，台北：九歌出版社，1997年，頁74-86）一詩中亦描繪此「景」：「市街中心一團火焰熊熊綻放／完成某一和尚的舍利子／起始我們或許流淚／不知一副黑炭學人打坐／與生命能有何種必然關係／末了仍嚼著濃澀的咖啡／在無能入眠的白夜裡……交織在飛若星雨的槍炮交響曲目中」。

麥納馬拉（Robert Strange McNamara，1916-2009）是當時的美國國防部長（1961-1968），曾於1962（？）訪越，並到美拖巡視（？），中學生的我們，在最寬的雄王大道上列隊歡呼歡迎這位決定介入越戰的「英雄」。他在南越小老百姓歷盡災難、家破人亡的很多年之後，才承認介入越戰是最大的錯誤；然而，橙色落葉劑的傷害延續至二十一世紀，地雷還是在某些地方等待爆炸，戰爭並未真正或完全結束。[2]

1963年11月2日，吳廷琰被那位於1975年4月30日上任未及48小時便迫不及待大開「獨立宮」總統府大門歡迎解放軍解放整個南越的「總統」楊文明發動政變，在西貢唐人區堤岸被槍殺身亡，從此開始一連串的政變，老百姓在沒有明天的恐懼中過著有一天沒一天的日子，誰政變成功，誰就當領導人，誰是總統，都是一樣。[3]

我們六〇年代的「文青」，就是在這種「氛圍」裡，在越南的「南方」開始我們的耕耘。

二、戰火下等待死亡的存活

A、六〇年代越華「文青」以及

出生於越南南越並於二十世紀六〇年代至1975年4越30日南越「淪亡」前最活躍的越華文學「文青」，在永遠沒有停止過的戰火烽煙陪伴下，大部分人都過著苦多樂少的青少年時期以及後

---

[2] 尹玲，〈曾經鐵證如山〉一詩即控訴麥納馬拉正是造成越戰災難浩劫的始作俑者，見《故事故事》，台北：秀威出版社，2012年12月，頁144-146。

[3] 見尹玲〈讀看不見的明天〉（《一隻白鴿飛過》，頁77-78）：「我們哀傷地看甘迺迪在電視上倒下／聆聽越戰隨著美軍歡欣的從八方升起／我們習慣幾天一場政變／卻懶得記住新領導人的名姓／美國是我們的主 法國是我們的神／……／扛著我們獨有的戰地鐘聲」。

來的大半生。

六〇至七〇年代初，成立於南越，尤其是首都西貢唐人區堤岸（Chợ Lớn）的華校非常多，華文報社也近二十家左右。[4]大部分在海外的華人都希望自己的子女能自小學習中文，家中的一切仍保持自己家鄉的風俗習慣，無論是裝潢設備、日常生活、食、衣、住、行、宗教信仰等。

1965年之前，南越華人大多自小閱讀中國大陸與香港出版的文學或文藝作品，摸索創作時，免不了就學習自己讀過的作品之風格、技巧，因年紀輕、能力不強、經歷太少，因此，寫出來的作品都帶著濃厚的「文藝腔」或模仿、做作的模樣。

1965年，大家經常去尋找新書的「傘陀書局」（在堤岸傘陀街）出現了許多從台灣來的文學刊物，令所有的「文青」驚喜興奮萬分。大家爭相購買、閱讀、消化、學習、模仿，努力去理解、詮釋、分析並創作自己以前從未寫過的真正「現代詩」、「現代散文」或小說，以及評論。《創世紀》、《幼獅文藝》、《純文學》、《文壇》、《文星》、《藍星》、《笠》、《葡萄園》、《六十年代詩選》、《中國現代詩選》等等都為南越華文文學創作者帶來了重要的啟發、滋養和影響。1966年，其中十二人決定一起出版一部《十二人詩輯》的現代詩作品集，是南越華文文學史上一重要里程碑；從此大家都往全新的「現代詩」面貌、風格、技巧、題材、形式用心努力，進行更多的嘗試和創作。《十二人詩輯》的十二人為：尹玲、古弦、仲秋、李志成、

4　自五〇、六〇年代，至1975年4月30日在西貢和堤岸的華人學校有：廣肇（後改為開明）、崇正、穗城（後改為越秀）、福建（後改為福德）、中法（後改為博愛，唯一教授法、中、英、越四種語文的學校）、知用、國民、鳴遠、義安、英德、嶺南、勵志、啟智、林威廉、日新、逸仙、遠東等；華文報社則有遠東、成功、亞洲、越華、建國、萬國、大夏、國際、光華、每日論壇、新越、人人等，每一家都闢有文藝副刊版，對愛好寫作的「文青」有非常大的鼓勵和幫助。

我門、徐卓英、陳恆行、荷野、銀髮、餘弦、影子、藥河；詩輯
於1966年12月21日出版。

六〇年代至南越淪亡日1975年4月30日之前，是南越華文文
青最多、最熱情、最熱絡、最瘋狂、最愛行動的時期。沒幾天，
就會有一群新的組員出來，組成一個新的「詩社」或「文社」；
有時，同一個人可以加入好幾個社，或是同一個人，本來在Ａ
社，因某種緣故，離開Ａ社改入Ｂ社或Ｃ社，熱鬧得很，儘管戰
事每日仍二十四小時不斷進行中。

正因烽火遍地，老百姓的命運總是搖晃在種種的不確定線
上。十八歲以上兵役年齡的男子必須入伍從軍，上戰場當炮灰，
否則就得日夜藏匿在即使公安來，也搜尋不到的神秘洞縫裡；或
者，借貸夠銀錢，躲到某艘船底偷渡，並祈禱不會遇上海盜或官
員搜查，以免全家一起入獄；更妥當的，是找到會辦假身分證、
假外國護照，扮演另一族群的人、另一少數民族，或另一國家國
民。女性的命運更充滿悲傷：兒子戰死的母親、新婚丈夫戰死的
未亡人，熱戀中情郎戰死沙場的少女，永遠披著悽慘的白色衣
裳，單獨守著貧窮、饑饉、悲苦，將年幼的子女艱辛地撫養長
大，看著烽煙忽遠忽近，聽著槍砲忽左忽右，傷亡和寂寞伴著多
少女性在永恆的無奈中哭泣挺立。筆者的親友中，有不少是才滿
十八歲就被抓去當兵，數日後是死訊，女友只能在幾乎無法活下
去的苦痛中生下沒有父親的孩子，而自己未婚生子的名聲，無奈
地被烙印一輩子。有的則四肢健全健康出征，沒多久受傷住院，
接下來就是只剩雙臂或單腿或單臂或半身傷殘，成為永遠的殘
廢。尹玲〈血仍未凝〉正是這一頁頁浴在血中的痛楚畫面，尤其
是「後記」的述說：

後記：六〇年代，越戰方酣，多少年輕男子，不是充當砲灰、戰死沙場，就是被迫戒去陽光、不見天日、禁足小樓，夜以繼日躲避鷹犬們的搜捕。女子可以隨時新寡，猶不知情郎已在某個不知名的叢林或沼澤、死在某個不知名的人手上或某顆砲彈下；否則便須揮別所愛，化為流浪域外的婉約的雲，咀嚼整一世的鄉愁。在那個照明彈夜夜以天燈姿態君臨空中的年月裡，愛情只是血的代名詞。

好萊塢每年都拍有越戰影片，大多囊括奧斯卡或金球的幾項大獎；為何我們以自身真實的悲歡與血淚寫就的歷史，卻只贏得千古恨的劫灰？[5]

B、1965年美國介入越戰之後

美國於1965年正式介入越戰。美國和南越都以為獲得擁有最新武器和英勇部隊的美國支持援助，肯定會在這場戰爭中得到勝利。然而，熱衷研究拿破崙軍事戰術的北越軍事奇才武元甲（Võ Nguyên Giáp 1911-2013年10月4日），對拿破崙在不同戰役中的作戰計畫都非常熟悉，被稱為「紅色拿破崙」；他不但曾率軍於1954年打過「奠邊府」戰役，擊敗法軍，爭取越南獨立，脫離法國殖民，贏得「奠邊府之虎」封號，而他最擅長的正是游擊戰術，於1975年打贏越戰，讓歷史學家將他與英國的蒙哥馬利、德國的隆美爾和美國的麥克阿瑟等名將相提並論。

在此位名將的游擊戰術中，南越一直是苦苦迎戰，最可憐的是小老百姓，貧苦和戰火早已將他們逼得透不過氣來，城裏的人辛苦工作，賺的薪資不一定能養活自己和家人，經商的又經常被抽稅，或是要應付各類賄賂威脅，苦不堪言。

5　見〈血仍未凝〉，收入《當夜綻放如花》，台北，作者自印，1994年，頁27-30。

然而，夜幕降臨時才是最難過的時候。白天沒有電，感受還沒那麼深，但夜裡沒電，什麼都不能做。有人早早入睡，有人打四色牌，有人聊天抬槓，有人借酒澆愁（或銷愁）。筆者常是倚著長長的二樓欄杆，看著不遠處的天空，一盞一盞的照明彈升起，正奢望尋找到不知躲在何處的游擊解放軍，槍砲四起，彈滅了，另一盞又升上來；每夜不知耗掉多少時間凝視這同樣的畫面，後來將照明彈改叫「天燈」，總問它們會照至何年何月何日。不看「天燈」，就點燃一根蠟燭，或白或紅，呆呆地看著它慢慢消失，跟自己在牆上的身影一起隱滅；有時過分痛苦無奈，便在燭光下寫些沒有明天的心境；無法入眠，因槍聲炮聲不停。[6]

　　鄉下的老百姓過的日子更是難以想像，本來就已比城裏人更窮困的他們，在無電的鄉間，日、夜扮演完全相反的不同身分角色。離美拖不太遠的Cai Lậy、Cái Bè住著幾位親友，他們在白天是「越南共和國」的「南方」鄉民，天黑之後立刻變成「解放軍」，協助「北方」盡可能的破壞與打擊「南方」，或是在白天當「線民」，將所有的「南方」資訊、情報匯報給「長官」知道、清楚，以便早日「解放」「南方」。有時也會到城裡找親友「資助」奉獻，數目當然是「上頭」說好的數字。

　　終於，「北方」等到將「南方」「完整」「解放」的日子：戊申春節。

C、1968年春節的「大崛起」「總攻勢」

　　在六〇、七〇年代「文青」的成長過程裡，幾乎是一出生即已浴在煙硝砲聲中，彷彿從未停息安靜過；即使十分熱情興奮，不斷創作，但在那種戰爭局勢和政治氛圍下，你真要寫下你腦裏心內真實的感受，是絕對不可能的；因此，「晦澀」、「難懂」

6　尹玲〈講古〉有部分的詩句描繪此種心境，見《當夜綻放如花》，頁25。

就成為當時許多人嘗試書寫的「外貌」。只是，這種痛苦到1968年（戊申）春節時，「北方」的「大崛起」更將所有創作者的創作心靈逼入「絕境」。

1968年春節前，越南共產黨對「南方」政府建議「停火」，因為「北方」覺得「南方」的小老百姓太可憐了，已經Ｎ年因戰爭而沒有過「過」年，應該雙方「停火」讓他們過年，很久沒放鞭炮了，就讓他們盡情放鞭炮快樂高興吧！

「南方」政府對當時蘇聯、中國、北韓等國家的種種狀況大概都不清楚，或是認為「北方」越共真有「誠意」和「良心」，竟然深信不疑：大部分的軍隊和兵士都放假回家好好過年去，小老百姓歡天喜地，盡量購買各式各樣大大小小的鞭炮，賣得最好的是最壯大最巨型（形和聲）的沖天炮，從允許點燃的年三十開始，鞭炮聲替代槍砲聲響徹雲霄，響遍「南方」大城小鎮鄉村，尤其是沖天炮，一經燃放，聲音震聾雙耳，大地隨之動搖，真是感恩啊，大家興奮得直流眼淚；多少年不曾如此歡樂啊！

大年初一從早至夜都在歡樂的大沖天炮聲中度過。夜裏（也是年初二凌晨）兩點正，突然驚天動地的聲音不斷響起來，筆者覺得是槍砲聲而非鞭炮聲，而且劈哩啪啦的巨響連續不斷，越來越近，急忙叫醒還在睡夢中的弟弟妹妹趕緊從二樓三樓往下跑，全部躲到樓下後半去，心裏懼怕得不知如何是好。我們住的地方離湄公河支流橋頭不遠，橋頭的守衛兵不知是否睡得太熟，原本只有屋子右後方的槍聲，要過了好一會兒之後左方橋頭的槍砲聲才響起，夾在中間的我們一整排房子，正好成為雙方槍戰砲彈的焦點，心中焦慮害怕到極點。我們的父母住在對面中藥房屋內，不知是否會為我們擔心，他們也會躲避在安全的角落嗎？槍聲一直持續到天色稍亮才停。我們開門到對面去看父親母親時，發現鐵門上被射穿好幾個洞孔，並直接穿入房子左邊的牆內；從子彈穿越的方向看，應是房子右後方的解放軍已到十字路口所發射，

心中的恐懼難以形容。假若子彈直直射入屋內，躲於屋子後半的我們可能早已中彈（此役從年初一半夜開始，整整打了1968年的300天。其中有兩夜，子彈曾射到三樓弟弟的床上）。

大街上不知從何處湧來非常多的難民，滿臉哀傷悲痛，或痛哭、或流淚、叫喊、咒罵，或呆呆失魂什麼都不知道的樣子，衣衫不整、狼狽不堪，都是半夜被槍砲聲驚醒，房屋被火燒時倉皇衝出來的，大部分男人只穿汗背心、內褲，有的連背心拖鞋都沒；有的受傷、有的是家人來不及逃，全被射死或燒死，都在哭訴自己的慘狀，一臉的驚恐涕淚，尤其是女性，無法搶救子女孫兒之外，連丈夫也不知逃到哪兒去所帶來的驚慌失落，讓他們看起來像已完全沒有了自己。他們幾乎全部湧進我們住的屋子。

那幢房子一共四層，平時我們只使用二樓和三樓，事實上也只有晚上才過來睡覺而已，白天大半都在對面中藥房，或是去上班上課。父親於1966年花了滿長時間和金錢、精力才建好，在那個時候是那一區最好看的房子。淺淺藍色和白色的對襯在南方亮麗陽光照耀下柔和安寧。房子剛好就在兩條街道[7]轉角處，又寬又長，樓下外圍闢設長長的院子，種了許多美麗的花和樹，開得最燦爛的是黃色瓊英花，花朵枝葉在微風中搖曳生姿。二樓、三樓、四樓是長長的欄杆和陽台，頂樓陽台種著蕃茄、苦瓜和其他菜類。戰火下的美拖夜夜停電，筆者如在家，總會倚著二樓長欄杆看看遠處空中正點燃的照明彈，照著躲在陰暗處或叢林間的解放游擊隊，然後槍砲聲響起。我們以痛苦的語氣管那照明彈叫「天燈」。

年初二一早湧入我們家一樓的難民不知有多少，擠滿一屋子，越來越多，最後二樓也擠滿了人，他們大部分都是美拖市周圍郊區的居民，一夜之間什麼都沒了，而且，什麼資訊都無法知

讀看得見的明天——試探戰火紋身後創作心靈之死亡與復活

---

[7]　一為丁部領（Đinh Bộ Lĩnh）街，一為鄭懷德（Trịnh Hoài Đức）街。

道。原本以為能快樂過「年」的小老百姓，才停火兩天，從「天堂」掉入比過年前更恐怖的「地獄」。槍砲聲仍然不斷響起，我們也不知道到底是哪一個村莊，東西南北的哪一個角落正在遭受攻擊。難民留住我們家約十來天，有更久的近乎一個月，每日東奔西跑設法返回自己家中，查看還剩下的東西或逃散的家人，有人高興尋回，有人絕望、有人自殺、有人死亡。

在經常停電無電的1968年，「南方」的小老百姓根本無法自己在年初一、年初二就「知道」「北方」正是以「停火」來讓我們「享受」無盡痛苦的「傑作」，曠世的「傑作」。

年初九，有人說六公里外的Vòng nhỏ村落正被轟炸，筆者與父親趕緊衝上四樓，凝視良久，看著一個一個炸彈被扔下去後「轟」起來的黑煙，瀰漫了那一區的天空，父親無言。筆者當時是一心一意要當戰地記者，執意要去看炸後的村落景象，父親一直勸「莫去莫去」，因太危險。筆者趁父親午休時偷偷騎腳踏車去，才到村口即已受不了火燒後的慘況，有的房子全被燒掉，有的一半，還有許多各式各樣的屋內東西，樹木、家具或不知是什麼的全已焦黑，爛爛的全出現在眼前，但最難過的是各種死屍：人、貓、狗、雞、鴨、鵝、豬、羊、房屋、植物或其他，散發出來的味道讓人不敢繼續往前；然而，自己對自己說：才只到村頭就退縮，豈是戰地記者？最後在驚恐懼怕想吐之情況下，強忍著，踩著腳踏車直直穿過整個已完全死亡潰爛的村莊。回家之後大病一場近一個月，腦海裡只有那副慘況，鼻前只有那個味道，直到幾十年後幾乎仍可聞到。

當時在西貢TÔN THẤT THIỆP街16號COTECO公司當秘書的筆者，年假過了應該從美拖回去上班，但小客車站在一個月之內給我們的答覆只有：整條路無法開車，所有的橋樑早在年初一夜裡全被炸毀，要等新橋建好才行。75公里的路柔腸寸斷。

住在美拖的居民以為只有這一條公路斷掉，後來才漸漸清

楚，「北方」讓「南方」全體軍民休假過年，是為了要進行他們最偉大的「戊申春節大崛起總攻勢」，趁大家甜蜜熟睡時，已將整個「南越」的每一釐土地都攻破，有些地方甚至已淪陷。

整個南越的老百姓陷入惶恐驚慌的狀態，電話線早被切斷，無法知道你牽掛的人在戰亂中是死是活，有無受傷，房屋還在嗎？他或她親人安好嗎？他們住的那一區有無遭受攻擊摧殘？

一個月之後，本來只需兩小時的路程，靠了殘破的各種接駁，費了快一天的時間，千辛萬苦才能從美拖到達西貢，見到朋友時，你才知道所謂的「恍如隔世」是什麼味道。

西貢和堤岸有許多區因共軍進入屋內，只好任由他們做他們要做的事。最可怕的，是每一個屋子的牆都被破壞，以便他們可以從第一棟房子逃到最後一棟，讓外頭的南方士兵不曉得對方到底是如何不見、消失了的。

在幾個月之後，我們才知道中部順化（當然，整個南越所有地方都如此）所有的南越公務人員、所有士兵軍人、大官高幹，所有美帝的「走狗」都被逮捕，最後，挖了一個大坑，將他們活活植入這個只有順化才有的塚，我們看到的時事影片，說是兩萬人[8]。

戊申春節總攻勢從農曆年初一（1968年1月30日）一直到年底，超過300日，其中有三次最強的攻勢「高潮」：（1）1968年1月30日至3月28日；（2）5月5日至6月15日；（3）8月17日至9月30日；三個高潮之間是「北方」增加軍力補充兵器的時間，每一「高潮」進行時，都是「南方」全國遭受各種最殘酷災難時。

8　尹玲〈講古〉一詩之第二節正是痛訴這一段從時事影片上所看到的慘狀畫面。見《當夜綻放如花》，頁24。

D. 當美軍「光榮」撤退

1965年正式介入越戰的美軍，於1973年3月在尼克森宣布「光榮撤退」後離開。

1973年7月和8月，從國外返越的越南留學生，不論省親或回國定居，都會收到阮文紹總統的邀請，進入總統府「獨立宮」的大宴會廳，與政府所有的高級官員，把酒言歡，期待美軍撤後美好的和平到來。那夜，筆者除了見到阮文紹之外，還有副總統阮高奇，前後總理陳文香、陳善謙，和眾多軍官高幹，以及所有這些大人物的美麗夫人。我們復於次日搭乘軍機軍車到17緯度以南「全國」去探訪觀看戰後的祖國面貌，包括「驚惶大道」（已死亡了多少人，在戰神死神的圍攻之下），已成廢墟的安祿，月下整夜盪舟在香河上的順化（即使曾有兩萬人遭活埋），等待建設發展的軍港商港蜆港，夢幻詩意浪漫的山城大叻，還有其他地方。

1968年的總攻勢似乎早被忘記，「停火」的教訓也沒留下任何痕跡，「南方」以為沒有美軍，就不會有戰爭，南北雙方可以坐下來，閒談和平後的未來；「南方」沒有想到，有美軍及其武器的幫助，都未能贏；沒有美軍及武器，還能如何？烽火依舊處處，定時炸彈和地雷在西貢及其他地區還是隨時隨地爆炸。和平？

三、南越淪亡之後：死亡與復活

A. 走入絕對的死亡

以為和平會到來，但事實上，戰爭在美軍撤退之後更加瘋狂，失敗更多，尤其是到1974年後半。

那個年代，我們只能靠電視和報紙，也許還有電台，給予我們各種資訊，經常看到某某城鎮「淪陷」，是令我們快要瘋狂的事情和字眼。

　　1975年初，南北越之戰，幾乎都是南越大輸特輸，沒有哪一天是沒有聽到或讀到「淪陷」這兩個字的。

　　1975年3月之後，每日「淪陷」的城市和城鎮越來越多。筆者於三月初到北門電信局申請打一通電話回美拖給父親，他們說要等到5月1日上午8點才可以。寫信給父親約好5月1日的電話，只能等待來世。在台讀書的越南僑生或學生，每次碰面都互問或打聽解決讓人焦慮緊張的「淪陷」之辦法。三月底，煩惱幾乎令人發瘋，最後大家想出一個辦法，就是到立法院找阮樂化神父，求他替我們申請讓親人入境台灣的簽證。一間空空的小室擠滿了滿臉愁容或眼淚的學生，手上拿著一大疊填妥家人姓名資料的申請表格，貼的相片是找生活照中的親人請照相館洗成大頭照，跪在地上哭喊著：求神父，神父，救救我們，救救我們。一天、兩天、三天、四天，幾乎天天都報到，天天都做同樣的事情。終於，有一天，終於，表格送進博愛路的出入境管理局。我們又天天往那兒跑，每次都帶著送件的收件證明問櫃台上的人，她們總是黑著臉說：沒有。哪一天才會下來呢？不知道。我們每天都去，每天都同樣的問和答；課也不上了，什麼事都不想做，只有著急、焦慮、頭痛、煩惱，看電視與報章新聞，只覺世界末日快到了，無心吃飯，無法睡覺。

　　「淪陷」的城市已經快要進到首都「西貢」了，心揪著，頭痛著，不知要向誰祈禱求救。終於，總統阮文紹於四月二十六日離越到台北投奔他的哥哥越南駐華大使，「總統」留給副總統陳文香擔任。兩天後四月二十八日由當年（1963）的政變頭子楊文明登上寶座，不到48小時，他於1975年4月30日上午8時，將總統府「獨立宮」的大門完完全全地打開，歡迎解放軍共產黨以坦

克車徹底解放「南越」。「南方」不再。

B.創作心靈之死亡深淵

　　雖然六〇年代至1975年淪亡日之間南越華文文壇詩壇發展相當蓬勃，但畢竟政治和時局並不會讓創作者可以隨心所欲地書寫。如今，原本已不太能完全自由表達內心世界的「國家」已徹底遭到「解放」，大家最快的動作，除了到處打聽「如何」逃亡之外（事實上，自四月中旬開始，已經有許多國家撤僑，每日都有飛機運送撤僑國家的僑民，一班一班擠滿超載地飛離西貢：越到後來，越是所有想逃的人都湧入機場強擠上飛機，有的飛機才剛起飛立即墜入海中，有許多人都遭攔阻，被強拉下飛機，被摔死，各種慘狀每日都出現在全世界的電視新聞裡），便是盡快將自己曾經寫過、發表過、出版過、影印過的任何書寫、文字、痕跡都全部燒掉焚毀，不留下可能被審判或關進牢房或勞改的絲毫跡痕。對一位熱愛文藝並書寫創作多年的人來說，這已經是被判「死刑」，因為，已寫的都要徹底毀掉，如何能、怎麼敢再創作新的？尤其新的痛苦、創傷比以前的更沉重萬倍。「政府」每天都有新的花招，要將所有「人民」整得求生、求死都不行。任何文字、任何言語、任何舉動都可以招來被下放、勞改、入獄或想自我了斷之禍。財產一定被「共」光，生意就等下一輩子再說吧，每天都有公安來搜查你的可疑，你賣的這個是犯法的，你擺的那個是被禁止的，反正，全部都會被沒收、充公或重罰或坐牢，整個店面空蕩蕩之後，你再自尋解決辦法。

　　創作心靈只能每日設法活下去，不能寫，而且言語也可能惹禍，你想的、你感受到的、你所見的、你所聽的、你所痛苦的、你被折磨的，就全留在你腦海或心底，將來，如果還有將來，你再想辦法寫出來，如果到時你還想寫的話；眼前最麻煩的，就是全家都不知道還有什麼可以讓肚子不要那麼餓、那麼痛、那

麼頓。

　　1994年3月底，距離1973年7月已經快21年了，筆者提心吊膽跟隨一個旅行團回西貢，因為害怕不知可能會遇上什麼狀況，因此不像平時那般單獨行動。儘管跟團，入境時海關還是問了一大堆問題：原來住在越南的什麼地方，地址，為何搬往台灣，從事的職業，回西貢的目的等等。

　　1973年的西貢在連綿不斷的戰火中，畢竟還是保有首都的模樣，並且被稱為「小巴黎」，其繁華進步可想而知；而1994年的「胡志明市」，其落後和貧窮的外貌與程度，令筆者以為到了另一個國家和城市。在旅館內打電話找一部計程車，足足等了兩小時車子才到。一位司機訴說「解放」後的情況：窮苦和飢餓到沒飯吃，沒衣服穿，男人用搶或偷，一片麵包、半碗摻沙的米飯、勞改場上急急爬逃的毒蠍、公園裡破爛了的拖鞋、任何看得到的東西；女人只好去站街頭，一屋子老小乾癟的肚皮就靠她，總會有些高幹來「光顧」的；不幸生了孩子的話，或把他留在醫院裡，或勉強抱回家，但很多嬰兒在醫院門口就被人搶走裹在身上的破爛毛巾，掉到地上死了。

　　筆者友人中有一位，他的女兒十幾二十歲左右，但又矮又瘦又小，只會講越南語，不會粵語。問他為何如此，他答說女兒出生時完全沒有任何可食之物，他好不容易才找到美軍十年前丟棄的所謂可以吃的鐵罐粉，就靠這一點點東西餵她養她。1975年淪亡日之後，華語華文是外國話外文，所有華校全部封掉，所有華文報社全被關，她不能或根本沒機會學中文。

　　隔了二十一年再重新見到的親友，每一個都是又瘦又黑，像一絲絲曝曬過久焦黑掉的蘿蔔乾，因為近二十年的時間裡，他們能找到可吃的食物是「木薯」。

　　筆者回去待了一週，眼淚都沒有停止流過；才第二夜，在一家「四星」級的頭頓「海鷗」飯店房間內，除了幾十隻蟑螂之

外，就是一條壽蜈蚣不知於何時等在床上，於半夜三點整狠咬筆者背上四口。飯店和醫院的人都說蜈蚣咬了沒關係，在越南是經常有人被咬的。返台後，榮總的醫生讓筆者住院十一天觀察。

1968年總攻勢之後，筆者夜間再無法入眠，因每夜都要集中精神努力聽槍炮聲響的方向位置，以決定閃躲或逃難。離越後，藉助安眠藥才能入睡，至今仍然如此。

1975年3月曾往北門電信局申請要撥打一個電話回南越美拖的家，電信局安排在5月1日上午8時。1975年4月30日上午，整個南越淪亡。

1975年4月30日，一夜之間白髮，原來的寫作減少很多。擔心、思念，不知如何將家人接到台灣，嚴重地影響到心情和健康。重新再替親人申請入境，天天到博愛路出入境管理局詢問探求，永遠是「沒下來」，多少人知道此事便設計騙錢。曾上函求蔣經國先生也沒答覆。四年整。

1976年萬念俱灰，決定從此停止寫作。十年整不寫一字。

1979年遇一友人幫忙，讓入境證發下來，為家人買十張機票：從「胡志明市」到曼谷，再從曼谷到台北，紅十字會幫的忙。準備了幾個月，期待重見家人，後來才知母親早已去世，父親將屋內全部家具、財產（僅剩的）「奉獻」予「國家」，房子當然更是。「非國民」的人離開「祖國」，每人只准帶10元美金，並嚴密搜身。1979年父親要上飛機的前一天，走了，弟弟妹妹每人身上各有10元美金，再無他物，從此飄泊。

申請法國政府獎學金，決定離台赴法再讀書，1979-1985。

1982年夏，從巴黎到美國、紐約、紐澤西、波士頓、華盛頓DC、馬里蘭、舊金山、洛杉磯、休士頓、再回波士頓、紐約、巴黎；從東岸到西岸最著名的圖書館蒐集需用資料。在休士頓，見到自12歲起即在中法中學同學的詩友徐卓英，1973年在西貢久別後再見過數次面，到軍營中去探望當砲兵耳朵快被震聾

的他，在西貢新山一機場與他相約繼續寫詩，早日再見，他再回軍營，筆者回台大繼續唸書，攻博士。而如今，在另一個異地:美國，哀傷重逢。

1975年4月30日斷絕所有聯絡，隔了很久之後寫信給父親，必須先寄到香港朋友家，朋友將信取出，放進另一信封，寫上越南美拖父親地址，貼上香港郵票，再從香港寄出。信內寫的文字猶如謎語，不敢喊爸爸父親，不敢自稱女兒，全部第三人稱，有如小說或戲劇演出，父親當然讀得懂，一封信非一個月或超過一個月才寄達。寫信、等信、讀信、痛心、耐心、歡心。最後是父親全部奉獻，一分錢都無法留給第二天開始永別故鄉到異地流浪的子女。才兩歲即已被迫孤單離鄉的父親，一世他鄉。

徐卓英則因當過「偽紹」（阮文紹）政府的兵，「解放」後的遭遇可想而知。過了很多年之後，才接到他的一封信，才知道他逃難的千辛萬苦，在一個異鄉的難民營，和妻子女兒歷盡煎熬折磨，才等到美國的「收容」。

1982年，前往美國尋找論文資料時，特地到休士頓探望他一家。恍如隔世，戰火、隔離、音訊全無多長的一段時間後，還能活著相見，沒有人再敢提到寫作，拒絕全部與「南方」相關的回憶，昨日已死。

C.自絕望的墓中復活

1986年底，在前往「南園」的活動中，筆者重見多少昔日的詩友、文友、主編。從此一個聲音一直在心底叫：為何放棄？見證浩劫，見證歷史，見證痛苦，見證災難。十年整拒絕創作書寫，重新開始再學習練習是多麼困難的事，尤其所有的死亡鏡頭再一次開啟重現，心在揪、頭在痛、淚在流、雙眼迷濛看不見任何東西。再次拒絕。再次開啟。一次又一次。每次寫完身心俱痛，一行一行、一首一首，心被撕碎，自己的痛，親人的痛，朋

友的痛，民族的痛，人類的痛，戰爭永不停止，血仍未凝。心底的吶喊讓手上的筆堅持書寫，長長的一段時間之後，翻譯、散文創作，又再重新開始，繼續努力寫下去。

2001年9月11日之前常去美國，筆者後來在見到徐卓英時，跟他談起寫詩，請他偶爾也像以前一樣寫詩吧！他的詩是筆者認為越華詩人中寫得最好的少數幾位之一，他一再拒絕，並勸筆者要放下所有的一切，往事如煙，何必執著？年輕時的努力用心最後還不只是一場虛空？他從中學起執著了多少年，將讀到的好作品，自己的詩和散文、心事、日記全部都密密實實細細膩膩地整齊抄到那本珍貴的《海盜日記》，最後因逃難而拜託詩友幫忙帶離越南，卻被「偷」或「遺失」了，對他是心底無法彌補的痛，他決定不會再提筆寫作。

2000年8月最後一次看到他，依然不願再寫；然而，再看到休士頓的他之前幾天，筆者在從台北到溫哥華、溫哥華到魁北克，魁北克到蒙特婁、蒙特婁到多倫多，多倫多到尼加拉瀑布又再回多倫多一個半月之後，於2000年8月15日從多倫多飛抵芝加哥去看33年未見的荷野，扛著非常重的現代詩相關書籍、資料給他，勸他再執筆寫詩。荷野馬上燃起60年代年輕時對現代詩的熱愛，很快地創作發表於陳銘華主編的《新大陸》上，並上網成立「風笛」網站，終於，原來自1975年4月30日已經死亡長達25年毫無聲息的「風笛」，在荷野的熱情下，重新復活起來，響遍全球。住在洛杉磯的藍兮，也在與筆者多次電話長談之後，與荷野同時重新創作發表作品，復生的創作心靈，恢復六〇年代時期的活力。

最不可思議的，是一直不願再創作的徐卓英，一次與荷野見面之後，終於再度寫下這一首詩：

愧說是詩——送給荷野

槍聲
一
響

他便
倒
下

喃嘸阿彌陀佛
觀世音
上帝

地上
淌著一灘
水
不
是
血

喃嘸阿彌陀佛
觀世音
上帝

原來
避彈衣
並未

脫

下

後記：午餐時分，突然心血來潮，匆匆執筆錄下，這是從
　　　未發生的事情。

　　　十一月七日，荷野夫婦從芝加哥來休士頓探我，就
　　　算是一份禮物吧。物輕情意重。

　　　感謝他和藍分這麼多年來，不時寄給我詩集，並努
　　　力搜索我的一些舊詩作，發表在《創世紀》、《台
　　　灣詩學》、《藍星》及其他詩刊上。

　　　廿多年前，我離開越南時，並未帶有任何一首詩
　　　作，此外還有一批未發表詩作，我收錄在海盜日記
　　　本上，日記本又因種種人為因素遺失了。題為「愧
　　　說是詩」，聊表我對繆思的一點歉意。

　　　徐卓英這首〈愧說是詩〉，後來發表於2007年9月的《台灣
詩學》5號頁28，只是，他卻於2008年1月28日於非中國非越南
的休士頓去世，此詩成為他最後的作品。讀他以前的許多詩作，
可以深深感受到他生命中的各種痛苦，尤其身為戰士，又因「國
家」淪亡而無可奈何遭遇到的悲慘逃難和流亡，悲涼、落寞、壯
烈、苦楚、荒涼、悽愴：

　　　　　　　　　〈我的第三國呢？〉
　　　　　　　（忘年忘月寫於異鄉印尼）

　　　　　　　直升機

穿過
排排
的
椰林

風向袋
的
招手

　　我
　　與
教堂上的十字架
　　相　　對
　　　　　無
　　言

海盡處
四五
隻魚燈跳
繩子

沙灘上
　　　擱著
未航
的
小舟

　　我的

第

三國呢？

〈高歌的蘆葦〉

火葬場上

那片雲自焚起來

整整的　整整的

一個上午

那群大兵坐在行囊上

　等著TRUC　THANH　VAN^{（註）}

　　掀起的風沙

　　慢慢的　慢慢的

　　吃著他們

蘆葦引著脖子高歌呢

*註：TRUC THANH VAN係越語，即直昇機之謂。

1973.7.7刊於《龍族詩刊》第九期評論專號

D、留越「文青」的甦醒與重生

　　陳國正於〈談越華詩壇三十年來的嬗遞〉⁹一文中有一段談
到1975年淪亡日後無法離越或逃難的詩人、文青的狀況說：

9　見《蜉蝣體》第五期，澳門，1995年12月，頁82-86。

一九七五年四月卅日，全南方解放後，由於種種客觀環境，越華詩壇曾一度低落，詩人去國的去國，為生活奔波的也無閒眷顧，直至一九九零年六月，此間唯一華文版的《解放日報》以適應新情勢需求，特拓闢一版定名《桂冠文藝》，從此作品的水準才得以提高，皆因舊日的詩客驟然回敘，又再泛起寫作熱潮。

這段文字清楚說明1975年4月30日至1990年6月十五年整整的「無聲無音無字無語」之死寂，所謂「客觀環境」、「為生活奔波」、「適應新情勢需求」的委婉語調明顯地控訴「被迫的死亡」，創作心靈死亡時之痛、復甦時之難，也許只有曾真正嚐過這無法忘記無法表達的味道的創作者才能體會。即使復甦能寫，「環境」的各種限制各種牽制文字語言的「敏感度」也非「局外人」所能想像，特別是1975年4月30日之前許多詩刊詩集出版物，全都在「新環境」中被迫消滅焚毀，以免惹禍。

在另一篇〈越華詩壇五年來的演進〉的文字中，陳國正特別談到越華現代詩在越戰期間及「解放」之後所遭受到的種種苦痛，是非戰爭國家及其人民所無法猜測、想像和理解的：

如果談起越華的現代詩，從孕育到成長，其中的過程是斑駁的。三十年的越戰，造成烽火連綿，和二十年來南方的解放，在不同時空下就有不同時代背景，對越華現代詩的演繹就有其獨特的一面。正如我們年輕時代都成長在越戰最混亂、最激烈的時期，戰爭、兵役、死亡……一種悲劇性的延續使我們在生活上、精神上深受壓抑，其後，南方解放在十年的初期，官僚包給，百業蕭條，生活貧困，此種種客觀環境的因素和某些主觀問題，造成我們曾經一

段長時期的低盪，詩的篇章留下了一頁空白、青黃不接的現象。[10]

在稍微能抬頭呼吸以後，陳國正與一群昔日文友詩友努力耕耘，雖然中間曾遇到過許多阻撓艱困，但大家熱愛文學文藝之熱情永遠在推動著年長的一輩，提攜年輕的一輩在這園地內勤耕。這些年越華詩壇出版了《越華現代詩鈔》、《越華散文選》、《西貢河上的詩葉》二十多期的《越華文學藝術》特刊，以及2008年7月創刊，至目前仍持續定期出版的《越南華文文學》季刊，為許多愛好創作的寫作者提供了等待多年的理想園地。

四、結語

筆者自幼在越南南越美拖崇正學校唱的國歌是中華民國國歌，但十二歲進入中法中學之後，每天早晨在校園全校學生一起做早操運動之前，都要唱三個國家的國歌：法國、中華民國和1975年4月30日以前的越南的國歌。今年已是2016年，筆者仍能背出初中時期每日必唱的「三國」國歌；從這一點可以想像得到一個出生在越南「南方」的孩子，在「命運」「巧妙」的安排下，成長過程所經歷過的複雜問題：國籍錯亂、身份認同、文化多樣、戰爭摧殘、創作受到扼殺、書寫嚴重創傷、陷入欲逃無路的困境，幾乎墜入死亡絕境，經過多少時間的煎熬折磨，才悟出見證浩劫書寫歷史的意義。文學的多重層次、文學的無限力量、文學於不同時代在人世間扮演的各種角色、戰爭時或太平時為人類帶來心靈精神上不同的所需慰藉，為整個宇宙、人類歷史、世間萬物作了最真實誠摯的見證神祇。

[10] 見《蜉蝣體》第五期，澳門，1995年12月，頁86-92。

因此，數十年煙硝籠罩下的越南「南方」，在如此特殊的「外在」環境，種種因政治、時局、烽火、人與人、國與國的鬥爭殘殺導至南越的文青和越華文學受盡壓抑、欺侮、摧殘；可喜的是儘管十年、十數年或數十年因重重的創傷而被迫或無法不保持沉默，但在進入二十世紀九〇年代之後，許多詩人漸漸遇到讓創作心靈復活的機會，重新讓創作活力重生，讓書寫再次奔騰，讓文學再度飛翔，無論自己所處的是完全自由、或是半自由、或是並不自由或是受監視的社會、國度。如今更有網路可以讓詩人大展身手，當然，在某些地方還是會受到監控。

　　越華詩人最近十多年來踴躍寫作、投稿，台灣的《創世紀》、《台灣詩學》、《乾坤》、《笠》以及其他詩刊常出現越華詩人作品，《風笛》網站、《尋聲》網站等等。陳本銘（即藥河）於2000年9月28日在洛杉磯去世後，卻能於二十一世紀的2012年10月出版了畢生努力完成的詩集《溶入時間的滄海》，令人欣慰。

　　筆者於1994年返越兩次之後，一直到今天，每年都會回去一到兩次。

　　筆者自1995年起，花了相當長的時間和精神，想努力為越南農業盡些力量，見過農業副部長和多位官員、學者、教授，拜訪南越守德農業大學的總秘書進行幾小時的討論，與河內幾位負責農業發展的重要教師、幹部與地方官員，親赴河內數十公里外的鄉下農家溝通交談，只可惜臺越雙方最終因觀念、行事風格之差異而無法達到最初的心願：1994年、1995年時的越南跟今日相比差得太遠，畢竟，曾是自己的「故鄉」、「祖國」，與其心痛流淚，為何不用心出力幫忙？

　　每年回到「西貢」總與舊、新詩友文友見面聚會，每次回去都扛帶許多與現代詩、現代文學相關的書籍、資料、訊息給大家。儘管最近數年南越外貌有相當大的改變，昔日的法國風情、

殖民色彩逐漸褪去，取而代之的是一幢一幢的「現代」高樓大廈、雄偉建築，比以前「最高」的法國紅色天主教堂高大許多；但最讓筆者開心的，是每次都會見到的南越「文青」，不論年齡，不論資歷，在歷盡苦難之後的重生、努力，對詩歌對文學熱愛的程度比以往更濃更深，尤其目前各種在網路上發表的可能性之大量增加，讓文學書寫持續著，二十世紀戰火紋身後曾令創作心靈受傷以至死亡之惡魔，於二十一世紀的今日應已逐漸消失，原本只能「讀看不見的明天」的我們，在創作心靈好不容易復活之後，正堅強往前勇敢邁步，朝向「讀看得見的明天」之境界：創作在我，文學自由。

參考書目

洛夫，《因為風的緣故》，台北：九歌出版社，民國77年。

吳望堯，《越共煉獄九百天——一個現代詩人的見證》，台北：聯合報社，民國66初版，民國68年二版。

吳望堯，《越南淪亡瑣記》，台北：中華日報印行，民67年。

歐清河，《西貢淪亡記》，台北：時報文化出版公司，民67年。

尹玲，《當夜綻放如花》，台北：作者自印，1994年。

尹玲，《一隻白鴿飛過》，台北：九歌出版社，1997年。

尹玲，《髮或背叛之河》，台北：唐山出版社，2007年。

尹玲，《故事故事》，台北：釀出版，2012年。

尹玲，《那一傘的圓》，台北：釀出版，2015年。

陳國正編，《越南華文文學》系列，胡志明市：文化文藝出版社。

劉金雄，〈越南〉（一、未成年，二、恐懼，三、父親）收入《吹鼓吹詩論壇》十六號，台北，2012年12月，頁116-117。

陳國正著，《夢的碎片》，胡志明市：文化文藝出版社，2011年。

《蜉蝣體》第五期，澳門，1995年12月。

六〇年代以及

尹玲

淡江大學中文系榮譽教授

一、

2012年10月12日夜裡，你捧著陳本銘的《溶入時間的滄海》詩集，從頭到尾閱讀數遍。六〇年代以及隨後的歲月，如潮水般無法停息地撞擊你。

二、

六〇年代南越的華文「文青」，於1965年購買到台灣現代詩刊與詩人詩集後，得到的啟發和影響難以想像。1966年，你們決定出版《十二人詩輯》來證明自己研習過「現代詩」之後的改變，果然與以前所寫的「新詩」，或「白話詩」樣貌明顯不同。這十二人是：尹玲、古弦、仲秋、李志成、我門、徐卓英、陳恆行、荷野、銀髮、餘弦、影子、藥河。

藥河是陳本銘的筆名。一直到1969年10月13日上午，他親自對你說：「藥河的筆名從現在起成為陳跡」；從那天起他決定以本名「陳本銘」署名他的書寫。

1968年（戊申）越共假借停火協議發動的春節總攻勢「大崛起」之前，你們這一代的「文青」應該是南越華文文學史上最

積極、活潑好動、熱愛成立詩社文社、舉辦各類文藝活動最多的一群，儘管自1954年南北越對峙之後烽煙處處。而戊申1968春節戰役慘烈殘酷，讓整個南越在越共「無縫不燒」的「用心」下，幾乎「淪陷」入「死亡」邊緣的深淵。

三、

1969年你決定離開西貢。你申請到中華民國政府獎學金，在胡璉大使親切的祝福聲中毅然飛往台北，進入夢想已久的台大繼續唸書。行前藥河完成〈幾時我們是雨〉贈你。抵台後，你按照與他討論過的共同意見，將你的〈記憶〉與他的〈幾時我們是雨〉同時投到當時是吳東權主編的《文藝》月刊，沒多久登了出來。1970年國軍文藝中心三樓「風花雪月」詩歌朗誦會中，你替藥河抄寫此詩展於現場，並將它譯成越南文，以越南語朗誦〈幾時我們是雨〉。之後連續數年，你在台北代他將其詩作投向「詩隊伍」與好幾種不同的詩刊或期刊。

四、

1969年9月17日赴台的你，與母親從西貢機場哭到台北。

隨後，你決定要讓母親對「台灣之行」留有美麗印象與記憶，你陪著她參加僑胞歸國國慶活動，台灣北中南與三軍都在眼前。你們最難忘的畫面，是在中山樓看著蔣介石總統與夫人宋美齡優雅地在你們面前微笑走過，你們站在第一排。你也帶母親去了日月潭、烏來、陽明山及其他，那是母親唯一的一次出國機會。她返越時，你在松山機場二樓的觀景台上目送她瘦弱的身影拎著手提行李，慢慢走到機場中間的飛機旁，登上扶梯，隱入機艙。你淚流不止。從此漂泊。

五、

　　十月多你聯絡上趙琦彬先生，他曾在西貢待過，優秀傑出的劇作家。親切地邀請你到他家去，品嘗他夫人為你準備他的家鄉菜，對你鼓勵多多。

　　不久你到《幼獅文藝》二樓拜訪你崇拜已久的詩人瘂弦，他給予你許多鼓勵，你也開始試著投稿到《幼獅文藝》，創作或是翻譯。越南短篇小說阮光現寫的〈無名的懷念〉經你中譯後獲得他的稱讚，刊登出來。

　　《詩宗》於1970年1月創刊，你認識《創世紀》多位著名詩人：洛夫、張默、葉維廉、管管、辛鬱、沈甸等，也與彭邦楨、羊令野、于還素和許多那個年代的詩人、文人、小說家、散文家。你們經常愛聚在國軍文藝活動中心喝茶聊天，中午一起到附近衡陽路的「曲園」餐廳吃湘菜客飯，或是去中華路隔著中華商場的另一邊上海館子「開開看」解饞，飯後又回來喝茶；一杯茶可以從上午十點喝到晚上，出去時將名字寫在紙上貼上杯子即可。

　　你繼續投稿到後來由姜穆主編的《文藝》，《青年戰士報》的「詩隊伍」（主編羊令野）與副刊、主編胡秀先生對你非常好，肯定你、鼓勵你，你寫散文，也翻譯了都德（Alphonse DAUDET）的《小傢伙》和《磨坊札記》二書連載。

　　1970年夏，胡秀辦一次到小琉球參觀訪問的活動，邀你參加，你因而認識了許多仰慕已久的作家：朱西甯、大荒、舒暢、曹又方，散文隊隊長王明書等。回台北後，你的散文和詩作（以及陳本銘的）也投到朱西甯主編的《新文藝》去，他對你特別好，會邀你在週末空閒時到他在內湖家中去，鼓勵、討論、聊天；但印象最深刻的，是劉慕沙那一桌好到不能再好的佳肴美食，尤其她和你一樣是客家人，他們的親切和藹加上「鄉親」，

讓孤獨留在台北讀書的你偶爾少去許多落寞，換來歡樂笑聲。

　　王明書隊長認你為乾女兒，一家人待你特好，春節過年或過節時，一定邀你回「家」，讓你可以減少思鄉思親之苦。乾爹和幾位他們的兒子都是美食者，肯定燒出一大桌的好吃菜肴，可以大飽口福。

六、

　　1971年1月「龍族」詩社成立前後，高上秦（高信疆）、林煥彰、陳芳明、辛牧、林佛兒、蘇紹連、蕭蕭、景翔、黃榮村等詩人都先後來找你，力邀你加入詩社。可惜那個時候的你特別喜歡獨來獨往，只在《龍族》詩刊於1971年3月創刊後投稿。1996年，你和彭邦楨、向明、白靈到香港，才再見到已闊別25年的高信疆，俊帥瀟灑依舊。他在半島請好多位港台詩人共進早餐，談詩論藝，恍惚之間，你還以為回到從前。

七、

　　1971年和1973年暑假，你曾回越南去，與多位詩友文友共聚。戰局因美國軍隊的「光榮撤退」而越來越不樂觀；只是，當時的阮文紹總統領導的越南政府反而認為：美「帝」已走，越共與南越應可坐下「享受和平」。

　　1973年7月，你與成千上萬從國外回到西貢的留學生受到政府邀請，進入那時的總統府「獨立宮」，與總統阮文紹、副總統阮高奇、前後總理陳文香、陳善謙和他們的美麗夫人以及多位文官武官，「把酒言歡」，想著「可能」的「和平」。酒會之後，讓你們於第二天登上軍機，花了七天時間，載著你們參觀「戰後」的「南越真實面貌」。你看著全毀的「安祿」（An Lộc）小

城，踏在戰火亡魂早逾百萬的「驚惶大道」（Đại Lộ Kinh Hoàng）之上，在南北越對峙的鐵絲網界線與年紀小小的越共小兵問答十來分鐘，你感受到的是戰火仍正等待飛躍，全力捲向你們，如同曾在「大道」上將那九歲小女孩徹底紋身一般，即使她已全裸，戰火仍無憐疼之心。你們每天軍機軍車，訪問參觀許多城鎮。和平何在？

1975年4月30日，南越真正「淪陷」，才上台未到48小時的「楊文明總統」（之前曾是政變頭子）熱情打開「獨立宮」大門，歡迎解放軍進來「解放」。此後「獨立宮」變成「統一營」。你再也沒有任何詩友文友的訊息，包括你的家人。你的烏髮，一夜慘白。

八、

1976年你應姜穆之邀，翻譯法國作家Raymond QUENEAU的小說 "Zazie dans le métro" 成中文，先由《青年戰士報》副刊連載，再由源成出版社出版。1977年你獲得台大國家博士，教了兩年書，又決定放棄一切，申請到法國政府獎學金，立刻前往巴黎，去見識你自12歲開始即進入西貢中法學堂念法國中學課程的法國真正面貌風情。你於巴黎第七大學追隨Julia KRISTEVA上符號學與探討羅蘭·巴特（Roland BARTHES）的課，你這時才曉得，原來你所譯的小說和作者，正是巴特在《書寫的零度》中所讚美的「文學語言社會化」到極點的作品和文學家。你立即想到法蘭西學院（Collège de France）追隨巴特上課，誰知他卻於1980年2月25日從學院出來，過馬路到對面時，被一部卡車撞傷，住院一個月後去世。你再也沒機會聽他的課，只能買他的錄音帶聆聽。

九、

　　在求學念書的時光裡，你一直都遇到非常好的老師、教授，教導你許多課本內課本外，領域裡與領域周圍的學識、知識。台大的鄭因百、臺靜農、葉慶炳、屈萬里、裴普賢、張敬等恩師在浩瀚的中國文學和中國學術裡不斷指引你求知的應走之路、解答你尋索許久而覓不著的困難謎底，在你孤單焦慮絕望時為你點燃明燈。法國的恩師Y. HERVOUET和J.-P. DIÉNY在你於巴黎求學之前與之後都給予你非常多的導引，讓你在學術和法國與歐洲文化之中獲得比別人更多的悠遊空間。

　　1979年到1985年之間，你曾追隨多位不同的名師修習文學、理論與社會學課程，其中以P. RAMBAUD對你影響最大，讓你走進「文學社會學」領域，成為華人世界裡最先研究並撰寫此學科專著的人。1995年，你再次到巴黎進修「發生論文學批評」（Critique Génétique），跟隨R. DEBRAY L-GENETTE教授J. NEEFS、LEENHARDT、BURGOS、BREMOND等老師，那時你曾數次與HENRI MITTERAND一起上課。此外，你也去旁聽J. DERRIDA和H. CIXOUS的課，德希達的課永遠是人山人海，不論你多早到，也必須跟密密麻麻螞蟻一樣的學生群擠進那巨大的梯形教室搶座位。幾次你看到最前面的一排都是名教授，其中有H. CIXOUS。你這次研讀所得，部分寫進了《法國文學理論與實踐》。

　　1985年，你從巴黎回台北，寄了四十幾箱各重25公斤的書和資料回來，當然只有法文。每一箱都幾乎以被拆爛的面貌出現在你住所大門外。一日，警備總部來一份公文，說你的書有「問題」。你心驚膽跳，他們已「進步」到讀懂法文書，尤其是文學理論書？你硬著頭皮去，他們翻開大LAROUSSE百科全書字典

封底（中文書籍的閱讀方式和方向），指著第一頁全世界不知道多少國家的國旗之一：你為什麼要寄這本有五星旗的回來？你不知道這是共匪的嗎？

解釋再解釋，最後以黑油筆塗黑，周圍的國旗也遭殃。幸虧他們沒繼續翻，毛澤東、周恩來、列寧、史達林都有照片在內，當然，蔣老總統也在。否則你可能已在綠島。

十、

1976年至1986年之間，你拒絕創作。

1982年，你從巴黎飛往美國進行蒐集論文及其他所需資料，紐約、紐澤西、波士頓、華盛頓DC（國會山莊圖書館）、馬里蘭、舊金山、洛杉磯、休士頓再回波士頓和紐約，你在這些地方的著名大學圖書館內盡可能地尋覓蒐索。

休士頓市裡，你再見到以為不可能再見的徐卓英時，恍如隔世。你於1986年重新創作之後，每次經休士頓見到他時，都勸他重新執筆寫詩，他反過來勸你不要過度勞心勞神。2000年8月15日，你到芝加哥，再見到33年未見的荷野，勸他再寫詩，他很快燃起60年代年輕時對詩的熱愛，「風笛」很快響遍全球。

2011年8月13日，你特地從巴黎赴比利時探望已42年未見的季春雁（鄭華海）。2011年10月2日，古弦和他的另一半婉儀，從澳洲到台北來看你，45、46年的隔離，多少往事湧上心頭。2012年4月7日，在西貢唐人區堤岸再見到自1994年幾乎每年都見的陳國正、陳燿祖、秋夢、雪萍、曾廣健之外，同時還有翁義才（餘弦）、徐達光和江錦潛。餘弦是你們1967年成立「濤聲文社」時的成員，45年未能見面，他今年特地從南越的最南端「金甌」（CÀ MAU）趕到堤岸相會，「文青」時對詩歌的瘋狂熱愛有如昨日，你的熱淚直在眼眶打轉。

徐卓英終於在2006年11月3日寫下〈愧說是詩〉，刊於2007年9月《台灣詩學》5號頁28；他於2008年1月28日去世，〈愧說是詩〉成為他最後作品。

　　至於陳本銘，雖然早於20世紀末2000年9月28日去世，卻於21世紀的2012年10月，在秋原精彩的評介中，我們讀到他畢生的《溶入時間的滄海》。

　　我們走進歷史，歷史走進我們。

　　我們這一代南越華文「文青」，六〇年代以及……

那年那月那時

尹玲

淡江大學中文系榮譽教授

一、

（a）那個記憶特別深刻。約三歲時，春節期間，家裡會休息五
天。父親肯定會在大年初六開張。一天傍晚，有人敲門，
父親抱著你，將門上的小窗打開。一張外國人臉孔出現，
他穿著軍裝，不知說了什麼，但有一個字的發音卻深印你
腦海：MAROCAIN。

　　在後來長大了些之後，你才稍微知道這中間的複雜奧
妙；但三歲的你已懂得的是：他是法國兵，摩洛哥人，在
打仗。

　　四、五歲時，開始在春節幾天跟著廣東醒獅團在整個美
拖市內學習舞獅各種姿態、技巧：高上低下、採青、敲鑼打
鼓等，回到家就將家中的薄被單拿來當獅子舞將起來。

　　此外，四、五歲時也常跟隨喪葬隊伍在丁部領街又哀傷
又熱鬧地浩浩蕩蕩往舊市區墓地去，你哀傷地看還活著的人
將棺木埋入地底之前、之時與之後在「死亡」與「存活」之
間的哀痛欲絕。

（b）進入客家幫的崇正小學之後，啟發、幫助最大的，是二零
年代許多作家的作品與香港出版的各類書籍。二、三年級

開始，著迷於閱讀任何在學校圖書館內借到的書，不論是詩歌、散文、小說、兒童讀物、寓言、傳記、或其他。家裡幫忙處理藥材的夥計們則愛租「公仔書」，小小的一本畫有圖畫和文字的《七俠五義》、《包公傳》等等，也令你沉迷其中。六、七歲時，父親訂有香港的報紙，你自己摸索，慢慢看懂「廣東字」。在南越堤岸的華文報紙副刊上有南宮搏的歷史小說，也是你每日閱讀的對象。四年級讀父親的《水滸傳》、《福爾摩斯偵探小說》和其他詩詞歌賦之類的書。五年級時，國文老師蔡練尤的讚賞、鼓勵，六年級時的林光老師和校長詹希明先生對你的學習和成長，幫助和影響都特別大。

二、

（a）你進入西貢和堤岸之間NANCY那一區位於阮豸街四號「中法學堂」（即「中法中學」），學習整個法國中學課程。語言的學習對你來說，絕對沒有數學、幾何、代數、三角、化學、物理那麼難。美麗的ELISABETH法國女老師教最基礎的法語課文，而且你們每天都必須要跟她上「書法」課，以鋼筆、原子筆或鉛筆不斷練習寫ABCD二十六個字母的各種字體，尤其各式花體字。MADAME LOUP教你們唱法國兒童歌曲；影響你們最深的是阮金鳳男老師，他要你們將每天學到的生字，都要將其整個「家族」從「根」列出全部相關的字詞：名詞、動詞、形容詞、副詞、比較詞、肯定詞、否定詞、疑義詞、字首、字尾、字中間，經常一整頁都還未能全部列完，要弄清楚所有辭彙、背熟、練習造句等等。他教的法文文法讓你們學得又快、又準、又狠，懂得多，犯錯的少；沒多久，你們可以

天天DICTEE（聽寫），即使不懂得字的意思，但根據老師的發音寫出來的字，很少錯誤。

（b）你在「中法中學」並不是只學習幾年法國中學課程，CARRE這位從CORSE來的法國老師教了你不少法國詩歌，讓你讀熟、理解、背誦，他對你印象深刻，大概因為你是全班最愛讀詩的女學生，也愛背詩。影響你最大的法國文學家中，有寓言詩作者LA FONTAINE（1621-1695），有浪漫主義者CHATEAUBRILLAND（1768-1848）、LAMARTINE（1790-1869）、ALFRED DE VIGNY（1797-1863）、ALFRED DE MUSSET（1810-1857），有女詩人ANNA DE NOAILLES（1876-1933），有女作家GEORGE SAND（1804-1876）、COLETTE（1873-1954），當然也有VICTOR HUGO（1802-1885）、BAUDELAIRE（1821-1867）、VERLAINE（1844-1896）、RIMBAUD（1854-1891）、APOLLINAIRE（1880-1918）等，在很久以後的學術研究裡，這些學問知識對你的文學理論闡析、解釋、翻譯等各方面都有非常大的幫助。

（c）教歷史地理的是DELAVEAU法國男老師，高大帥氣的他經常穿短褲上課，將他那一筆整齊美麗的粉筆法國字寫在黑板上，或畫法國的地圖來講解法國的史地。一位英國女老師教英文，她的發音跟你們後來聽到的美軍（1965年正式介入越戰）的發音完全不同，她也教你們唱英文歌。從廣東逃到南越來的李魯叔老師教你們中國文學，越南老師LAU則教你們越南文學。你在很久的後來才知道，原來中法中學是法國在其國境之外，唯一具有四種語文課程教學的法國中學學校。

（d）西洋劍的教學也是讓你們驚奇訝異的課程，但卻只有高年

級的男學生可以學。當時最讓你們小女生喜歡仰慕的是龍世瑛學長，一身畢挺雪白的西洋劍服裝讓長得又高又帥的他，在舞起劍來時英姿迷人不已。王爵榮博士董事長每週一次的說話，教導了不少法國禮儀和文化，你們也學習法國人說話的語氣、姿勢、習慣用的詞彙和口頭禪；開始上法國菜餐廳、學習點菜、學習使用刀叉餐巾、選擇好的餐廳、加以評論等等。陳培壽校長彬彬有禮，對待學生永遠慈祥客氣。

（e）你進入中法中學之後改變得最多最快，學習唱起所有聽到的「外語」歌、以及從小學就已開始的大陸和香港的國語歌、粵語歌、粵劇等等；租閱全部的金庸武俠小說，沉迷其中，還有方世玉、洪熙官、黃飛鴻及與他們有關的小說和電影，黃飛鴻在那個年代都是由關德興扮演。小學五年級已開始看印度片和香港的粵語古裝片。所有你有興趣的外語片也都列在名單之內，那個年代許多部法語片都由普羅旺斯影星演出，你看得最多的是一口普羅旺斯法語的FERNANDEL主演之影片，還有當時是第一帥哥的ALAIN DELON（亞蘭德倫）的所有影片，你還為了他在真實生活裡與德國美女ROMY SCHNEIDER訂婚而傷心，後來他們解除了婚約才高興了些；當然還有很多那時最紅的美國影星主演的電影，以及香港國語和粵語時裝、古裝影片，全在你的迷戀之中。

（f）最讓你覺得有點迷失自己的是，每天早上都會在校園內唱三個國家三種不同語言的國歌：中華民國、法國和1975年4月30日之前的越南；覺得自己迷失可能因為：第一，吳廷琰時期排華政策令華僑「受傷嚴重」，不知該保留華人國籍或乾脆入越南籍較好；第二，華人與越南人許多時候都相處得不太好，有些華人看不起越南人或剛好相反；第三，有些華

人家庭堅持說自己家鄉中國話，不說越南話，不與越南人交往；有些華人則娶了越南妻子，家中全部用越南語，不再說華語；第四，你自小喜歡並習慣將中文譯成越文，或將越文譯成中文，讀了法文和英文之後，又再加上法文和英文；在各種語言的經常使用狀況下，有時真不曉得自己是哪一國哪一鄉的人。

三、

（a）離開「中法中學」（後來改為「博愛學院」）之後，你返回美拖進入「美拖女中學」專心念高二的課。除了越南文、史課程之外，你最有興趣的是哲學課。越南的教育制度完全追隨法國的教育制度，高二和高三的哲學課程比其他科目都繁而且重要得多，從邏輯學、心理學、形而上學、玄學、各種主義、重要論述等等，你們會將各重要學說及哲學家名字都烙印腦海，不時提起，並引用他們講過的名句名言。

（b）在真實的現實裡，戰爭自1954年從越法抗戰結束殖民轉變成南北越對峙內戰。原本從中國大陸逃難至北越的許多華人以及本是北越的越南人，從1954年七月之後，又再成為新逃難者逃往南越。一次又一次的逃難是「從未逃難者」所難以想像的「無」，原來的「有」、「富裕」、「豐盈」、「過多」就在那一秒鐘之內化為徹底、透明的「無」。你的任何情人、親友，昨天跟你道別要去保家衛國，但幾日、十天、或兩個月之後你才知他已於某月某日戰死沙場，為國犧牲或早已失蹤。

在戰爭從未停止的越南領土上，尤其是在最動亂的二十世紀六〇年代，「死亡」與「存活」是一個不斷糾纏著

你的糾葛。存在主義早已在各類書籍、期刊上討論已久，ALBERT CAMUS（1913-1960）更是你心目中的王子，尤其是他的L'ETRANGER，除那令人驚奇的是男主角以第一人稱單數「我」出現、還有動詞之使用直陳式現在時態之外，那種荒謬荒誕感，更是在你後來的人生路途及實際生活裡，不時困擾著你心頭腦海的重重糾結，一直影響你到很久的時間之後；當然，影響你的，還有他的"MYTHE DE SISYPHE"以及其他。

（c）你於1961-1962已開始寫作的文稿，即使生嫩青澀，但存在、虛無、生存、死亡似乎是你文字裡經常出現並探討的主題，不論你寫的是與愛情、友情、親情或者是一般感情有關的內容。卡繆、沙特、尼采、叔本華在你的書寫中常冒出來打個招呼，尤其是，比如說，1963年，你那才13歲的三妹只不過才病倒到西貢住院幾天，你們以為她快痊癒了，誰知才幾小時沒在她身邊，她已到另外一個世界去了；而在她病倒之前，你傷寒重病，家中已為你準備後事。你昏迷不知多少天之後，以32公斤的體重緩慢得令人擔心但卻確定的活了回來。你對「存活」與「死亡」的「存亡」感到不可思議不可理解、哪一秒鐘裡是誰決定讓你走或讓你留下，誰都不可能事先預知。

（d）戰爭沒有停息，沒有人知道明天會如何，家裡狀況似乎也不太可能讓你離開越南。要留下來，去考越南全國會考的各級文憑吧！在父親的鼓勵下，你於1960年決定參加越南全國會考小學文憑，1961年考「中學第一級」、1962年考高二的「秀才一」。

　　　　1962-1963，你轉到美拖的阮庭昭男中學讀書。這所成立於1879年3月17日的中學校是特別有名的男中學，第一次讓高三那一班加收20名女生，與男生合班，是學校唯一的

一次，經驗十分特別。除了法文課和英文課外，其他課程全以越南文教學，哲學課比前一年在「女中學」要高一級，也更重一層。接近會考日期你傷寒倒下，無法應試，1964年才再去參加筆試口試通過，取得「秀才二」文憑。

1964-1965年，你決定去問鄭懷德街福建幫新民小學的校長是否需要一名教員，他看看你、認出你就是常在報上寫稿的人，點點頭。你就在這兒待了一年，小學四年級的大弟也是你的學生之一。

四、

（a）1965年，中法中學教你們中國文學的李魯叔老師之公子李達堯找同學到美拖找你，請你去他所待的法國公司COTECO當他的秘書，他需要同時會中文、越文、法文和英文的助手。父親本來因擔心女孩子單獨在外有點危險而反對，但你認為與其大半輩子都待在鄉下，不如出去闖蕩，毅然答應了李大哥。

（b）COTECO公司是當時在西貢最大或第二大的法國公司，位於西貢最繁華之區，宗室帖街16號之整個公司寬闊無比，另外在西貢河的對岸慶會區還有工廠和修理各類機器的廠房。李大哥與兩位林先生兄弟是公司的買辦，你負責替他們處理所有客戶的資料、訂單、銀錢往來的一切事物，當然還要接電話打字等等。

公司進口各式各樣難以想像的貨品，巨大無比的耕耘機和各種耕田用的機器，GE公司美國巨型冰箱，各歐美名牌的冷氣機、打字機、以及都記不住名字的機器到最小的沙丁魚罐頭，項目多到無法記清。另外一邊是老彭負責的瓦斯桶進出，一整天都是坑坑匡匡的聲響。

已六十歲的鑑叔負責各種機器的零件，他和你們「大食會」的成員最要好。周末常一起到「邊和快速公路」飆車，他那比憲兵使用的還更巨大的重型機車在他手裡，往往飆得把你們遠遠地拋在揚起的塵灰裡。

（c）對寫作，你懷有很大的熱情，幾乎每天都要找時間寫，尤其是去COTECO上班之後。當時常和你在一起或見面的文友詩友大概也如此，只要買到一本期待已久的書，大家很快都會知道，或自己也去買一本，或因沒錢買就等著向別人借來閱讀。

　　1965年臺灣的許多書籍進口之後，你們才曉得原來自己以前寫的散文和詩好像「文藝腔」太重了些，於是努力修改糾正自己的缺點。1966年，你和十一位詩人一起出版一本《十二人詩輯》（尹玲、古弦、仲秋、李志成、我門、徐卓英、陳恆行、荷野、銀髮、餘弦、影子、藥河），大家讀了，覺得的確是和以前不同了些。十二人裡頭，你是唯一的女生。當時結社、創辦刊物都很積極，儘管青澀嫩稚，但每個人都興致勃勃，出錢出力，想新點子，每個文社詩社都努力編出新的刊物，熱鬧非凡。

（d）1965年，你決定半工半讀。你到西貢文科大學去註冊，要完成大學學業，擁有學士學位。你在上班之前已先談妥，只要有課，你就可以在上課的那段時間內離開公司，到學校上課。六〇年代，幾乎每一個人都有一部摩托車。你最早用的是法國進口的VELOSOLEX，簡單優美的車型，讓車上的女孩子看起來更加飄逸，後來你又跟著大家買了一部標準時髦的天藍色法國MOBYLETTE，車型大了許多。你每天就是噗噗噗噗的上班上課下班下課，瀟灑的很，後來你也騎上「速速騎」（SUZUKI），從「法國」轉向「日本」。

你在文科四年，有幾位老師影響你蠻大的，讓你深深進入越南文學、越南文化和中越文學文化之間的密切關係及其源流，還有喃字研究等等這些領域之內，如BUU CAM老師、THANH LANG老師、越南詩人DONG HO，以及華人詩人葉傳華。葉老師是南越華文詩壇重要詩人，他的詩作、對詩歌的見解理念和教學都深深影響華文文學創作者。

（e）1968年，獲得越南西貢文科大學學士學位，對那個年代的女孩子來說是不可思議的一件事，尤其是華人。美拖客家幫決定將崇正學校從小學升為中學，並請你幫忙擔任立案校長。平時非常重視教育而且熱心辦理學校事務的父親更是覺得安慰。

（f）1968年，打了十幾年的南北越內戰，因北越以「停火」作為藉口，讓南越真的「停火」等著北越於戊申大年初一半夜「春節大崛起」，幾乎將整個南越消滅。1968年三百六十五天，整整打了三百天。

　　1969年春節，父親建議讓你去台灣讀書。你去申請中華民國政府獎學金，進入臺北國立台灣大學中文研究所繼續唸書。

五、

（a）離越之前，你早已買到並細心讀過幾本葉嘉瑩老師的書，迷到不行，原以為可以在台大修老師的課。1969年9月17日抵達台北後，才知道葉老師已離開台灣。一直到很久的後來，你才有機會見到葉老師，聆聽她永遠迷人的講演：她的聲音，她的風采、論述之內容和方式、言詞、態度、神情、無法讓人模仿學習的詩詞朗誦之絕美呈現。

　　能進入台大讀書，是你在學習中國文學路上最幸運之

事。你盡可能選修多位恩師的課。最初兩年你一心想早點修完碩士學位,返回西貢,非常專心的趕完碩士論文,照原來計畫兩年畢業。1971年暑假你返回美拖,父親看到一向還願意讀書的女兒果然兩年修到碩士學位,十分高興,在美拖南山酒樓宴請客家鄉親,歡聚一堂。

(b) 戰爭仍然繼續,已不知何日才能結束。父親問你意願,如願意唸書,就再繼續讀博士吧!

能讀書,心裡高興;要離家,心裡難過。台北不是西貢,兩個小時就可以回到美拖的家。你硬起心腸,仍回到台大第九女生宿舍207室去,繼續離家思家,離人思人;繼續讀書。

你習慣用一隻細細的鉛筆記筆記,常會將老師的分析、解釋、導引或他突然提到的一件事情、話題都記載下來。你在數十年後重翻以前上課的書,發現很多課本上都有密密麻麻的筆記,字小小的,不濃,但很清楚。有一次在國家書店的一個新書發表會上,你正翻看那本《詩經》,坐在旁邊的林煥彰看到了,叫起來:「讓我拍一下,拍一下!」用相機拍了下來。裴普賢老師的詩經課是你很喜歡的,她風趣幽默,可以將別人替學生催眠的詩,解析得令大家快樂地欣賞。《莊子》書上的筆記也是整齊好看易讀的,上課的老師比較喜歡自己抄在黑板上,講得較慢,學生就有時間抄寫。

你在台大數年,修鄭因百師的課最多,沒有錯過任何一門。你特別喜歡他上課的方式和模樣,他可以將他要傳達與你的各種深厚學問,在大家沉醉其中而完全不曉得下課時間已到的狀況下,全部吸收。他也會將他家鄉、他知道、認識、住過的城市、地區、國家,所有完全不同的特色說給你們聽,讓你嚮往。這些筆記,書上有,簿子上也有。

你喜歡的、印象深刻的還有臺靜農、屈萬里、俞大綱、

張敬、葉慶炳幾位恩師的課，《易經》書上的筆記也是清楚的。通常，觀察你所記的筆記多寡、清楚與否，就可以知道你將內容記在腦裡的有多少。

事實上，中法中學時帶你進入法國詩歌和文學的CARRE老師讓你使用的文學讀本，厚厚的，裡面上過的詩和課文，也都記有小小小小的法文字筆記，幾十年後再翻閱，熱淚盈眶。

（c）你修博士時原本計畫四年，只是越南的戰爭大大的影響你蒐集資料、撰寫論文的狀況。1973年暑假你第二次回西貢和美拖。美軍已於三月讓美國總統尼克森撤出越南，不再介入越戰。南越政府歡天喜地，以為和平將至。你七月在西貢曾獲當時總統阮文紹、副總統阮高奇、前後總理陳文香、陳善謙及所有高官大將邀請至總統府「獨立宮」的大宴會廳，以美酒美食款待你們海外回來的千千萬萬留學生，隔日讓你們搭軍機、軍車在整個南越領土上去看「戰後」南越，等待愛國的你們回國建設。

你離越時帶同大弟一起搭飛機到香港兩天，看看從小受其特大影響的香港真實面貌。

那時香港九龍之間的海底隧道才剛完成。你坐的上過去，要付10元港幣和司機回程的10元。香港不久後成為你經常去的地方，看著這城市每一秒中都在改變、看著最古老最傳統和最新潮最現代的一切在此的完美結合；看著不同種族的人在此過著「和諧」的日子、其中以中、英的「東西」融洽最特別，程度當然因人而異。全世界的美食在此都能找到「知音」。香港在後來成為你尋找許多「東西」的一個奇特城市，也是你的美食之都之一。你總能隨時覓到攤位、餐廳、大酒店、各種「星」級的廚師，你一年去七、八次探訪他們，讓他們為你展現最新的烹調美食焦點。

回台北後，你讓弟弟進入「台北工專」讀書。

越南的戰爭其實完全沒有停止，反而更劇烈的繼續進行。

（d）原本計畫四年博士畢業的理想，在現實裡完全不能實現。

1973年美軍撤後，戰況越來越糟。每天報紙和電視報導的新聞只有「淪陷」二字。各種焦慮恐懼越積越多。你無法像以前那樣，每日早上八點到晚上十點待在圖書館裡，專心進行論文的資料尋索、蒐集和撰寫。

1974年開始之後，一個接一個的城鎮陷入敵人手裡，你的煩躁與日俱增，什麼事都不想做，即使人在圖書館內，想的卻只有「淪亡」的日子與畫面。

1975年，戰爭結束更沒有希望，你和大部分從南越來台灣讀書或定居的人一樣，總是思索著如何讓家人脫離「可能」的牢籠鐵幕。信函勸不動家裡，的確，要逃離已居住了幾十年的「家」或「鄉」，根本是無法辦到的事情！

三月，你們看情況越來越不對，開始要為家人申請台灣入境證。你們到立法院找阮樂化神父，求他幫忙。天氣特熱，不知道有多少人全擠在一間小小的「室」內，愁眉苦臉，淚流滿面，跪地求救，以為阮神父可以為大家畫出一條從西貢抵達台北的希望之路。

4月26日，總統阮文紹先下台赴台北，副總統陳文香上台。4月28日陳文香下台，曾為政變頭子的楊文明上台。4月30日上午，上台未滿四十八小時的總統楊文明乖乖打開總統府「獨立宮」大門，歡迎「解放」，讓「獨立宮」成為「統一營」。

（e）「國破家亡」的滋味的確永遠梗在心頭。你的淚流不完，髮一夜幾乎全白。很長一段時間裡，你以為自己已經沒了，「存活」的那個「你」不是「你」。1975年三月初你到北門電信局排隊申請要撥打一個電話回美拖給父親，電

信局給你排5月1日上午八點。你寫了信跟父親說，5月1日我會從台北打電話回美拖給您，一定一定。4月26日之後可能早已打不通，何況4月30日已成共產國家之後？

　　博士論文寫寫停停，中間還休學了一年。葉慶炳恩師的鼓勵之下，你好不容易才完成博士學位。這期間，你重新再替家人申請入境證，只是，越南已是共產國家，如何能申請到？你進行所有可以想得到、聽得到、受騙受拐也無所謂，四年整。好不容易證件下來了，父親在上飛機的前一個晚上突然走了，不跟你說「再見」；而母親，於更早之前就已離世了。

六、

（a）1969年9月17日你抵達台灣之後，創作沒有停下。你最先聯絡上趙琦彬，接著是瘂弦，他們對你特別愛護，鼓勵你努力創作下去。你繼續寫散文、寫詩、翻譯法文小說、散文和詩或越南短篇小說與越南詩成中文，投到各報社副刊或文藝期刊。你最早投詩稿到《文藝》，主編吳東權，後來是姜穆。那時人部分的寫作者都喜歡聚在中華路國軍文藝活動中心三樓茶室喝茶，常常可以喝一整天；中午一起去吃客飯，再回來繼續聊天抬槓。

　　二樓常舉行一些展覽，畫、書法、攝影、詩人作品、書籍或其他。你幾乎每週日都會跟攝影學會的人一起去拍照，拍人，也被人拍。那時郎靜山大師偶然會在此廳或其他地方展出他的如畫照片，每一次你都會看到他。

　　《龍族》創刊時，他們也有找你，比較熟的有高上秦、林煥彰、辛牧、蘇紹連、蕭蕭、景翔、陳芳明、林佛兒等等，但你的個性一向都愛獨來獨往，不論自己年紀多小多

老。龍族停刊後，你很偶然才會見到他們。高上秦在香港後，1996年，你和彭邦楨、向明、白靈去中山開會時停留香港兩天，你才有機會見到闊別已25年的高信疆。

（b）在1969-1979這段時間裡，你也翻譯了法國都德（ALPHONSE DAUDET 1840-1897）的兩本書：《小傢伙》和《磨坊札記》，在《青年戰士報》上連載。後來姜穆請李牧從巴黎寄回來好幾本法國「新小說」，希望你可以翻成中文。你最後選了葛諾（RAYMOND QUENEAU 1903-1976）的 "ZAZIE DANS LE METRO" ，譯成中文，先在《青年戰士報》上連載，然後姜穆讓源成出版公司於1977年出版，以《文明謀殺了她》做為書名。只可惜那個年代在台灣還沒有多少人知道「葛諾」這位法國作家，也還沒有幾個人讀過羅蘭·巴特（ROLAND BARTHES 1915-1980）的《書寫的零度》，不知道零度書寫讚揚的兩位作家，第一位是卡繆，第二位就是葛諾；葛諾「社會化」到極點的「文學語言」，正是「書寫的零度」。

　　翻譯 "ZAZIE DANS LE METRO" 時，你花費的時間和精神非常多。正因為葛諾的文學語言在這一部作品中社會化到極致，不同身分不同背景不同教育不同職業等等的人，所說出來的話，全被他以那樣的發音寫到作品裡：全是口語、俚語，一句話說成一個字，快慢輕重完全就是社會裡頭的人所呈現出來的話語一樣。他另有一部書名《風格的鑄鍊》（EXERCICES DE STYLE），更是以三、四行通俗無聊到不行的一件事情，以九十九種不同的說話方式書寫出來。你買了他此書的幾乎所有版本，也在每次巴黎有劇團上演時特地去看一次。2016年7月29日，在巴黎LA COMEDIE DE PARIS有另一劇團演出，你又帶著女兒和

學生薇潔再去看了一次。

（c）1995年夏天，你陪著中央圖書公司的林小姐、親自帶她到巴黎的出版社，台法兩邊簽下合同，將出版出你翻譯的 **"ZAZIE DANS LE METRO"** 中文版，但以中法雙語對照形式出現，書名用回「薩伊在地鐵上」，你還特地寫了一篇導讀，細談此小說之各種特色以及在羅蘭・巴特論述裡、葛諾及其作品於零度書寫中最值得重視之處：他以「三一律」所嚴格要求的規律、用社會上小老百姓日常生活中最日常言語之嬉笑怒罵，非常真實又非常輕鬆地在字裡行間完全瓦解了「三一律」。

（d）1979年你申請到法國政府獎學金，於1979年10月25日赴巴黎繼續唸書。其實，你1977年才剛於國立台灣大學中文研究所獲得中國文學國家博士，臺靜農老師是你在教育部口試時的主考官，考試委員有鄭騫、葉慶炳、潘重規、張敬、王靜芝。你到淡江文理學院教了兩年書，在中文系和法文系。為何還要去讀書？助教和許多同事都覺得奇怪。大家的結論只有一個：已經副教授了，三年再升等就是教授。再讀書？都博士了，還有什麼可讀？

你想的卻是，以前讀的法義是在遠隔千萬公里之外的西貢，在台大雖然也去旁聽法文文學課，但畢竟不是在法國本土。在台灣十年，也沒見過法國的真正模樣。你想親自到法國學習在越南西貢和台灣台北沒有學到的學問和見識：接觸真正的法國文化、藝術、社會、風土人情、宗教信仰、以及學校裡可以選修得到的多少新鮮新奇新穎之學科知識；你還可以到處旅行、到處流浪、到處冒險，見識更多越南台灣以外的世界、文化和獨特。

（e）法國兩位非常著名的漢學家對你有十分特別的指引和影響：吳德明 （YVES HERVOUET 1921-1999）和桀

溺（JEAN-PIERRE DIENY 1927-2014）兩位恩師。吳老師在你一到巴黎第七大學就建議你一定要修JULIA KRISTEVA（1941-）的課，特別介紹這位傑出女性的淵博學問。你立刻選修KRISTEVA的課，一門在大學部，一門在研究所。

從中文系所突然轉向西方文學理論的確不是簡單的事。柯莉絲德娃所說的每一個法文字都聽得懂，但連起來之後的學術理論意涵可就不是很容易懂。她大學部講的是羅蘭・巴特，但研究所談得卻是符號學理論。你是每一堂課都特早到教室，一定要坐在第一排她的正對面，徵求她的同意可以錄音，放學後自己盡量努力去理解箇中奧妙。

桀溺老師授課地點就在巴黎大學內，在與桀溺老師上課時，你曾將困難請教他。他建議你不妨就在你們學校——索爾本（SORBONNE）本校——旁邊的法蘭西學院（COLLEGE DE FRANCE）去聽羅蘭・巴特本人講的課。你非常高興，一心想去旁聽巴特的課。然而就在你準備得差不多時，他卻於1980年2月25日下午從學院出來走過馬路時，被一輛卡車撞傷，住院一個月後去世。在法國求學的過程中，這應該是你覺得最遺憾的事情。你購買他所有已出版的著作和別人評論他的書籍，不論是讚賞還是痛批。你也買了所有他的錄音帶，不論是上課、講演或是訪問錄音。既然無緣在課室親自受教，如此間接的一個方式也獲益不少。

1995年，你再一次回巴黎待大半年，特地回第七大學重聽KRISTEVA的課；她優雅美麗依舊，仍然在講羅蘭・巴特。你忍著淚，再回母校聽了兩次。

（f）除了KRISTEVA的課，其實你還去聽了不少教授的課，尤其是法國文學課、文學理論課與社會學的課。社會學的課本來去聽得非常多，但其中有兩位令你印象深刻，一位是

RAYMOND ARON（1905-1983），另一位是PLACIDE RAMBAUD（1922-1990），特別是RAMBAUD老師的文學社會學，你非常專心的去上每一堂課，影響你後來也走進文學社會學的領域，深入研究，並將其中的理論和方法應用到華文古典與現代詩歌的分析上。

（g）此外，你還將部分時間讓給另一所學校：INSTITUT CATHOLIQUE，你特地選上修PROFESSORAT，希望學成獲得文憑，以後也可以在全世界任何地方擔任正式的法語教師。

　　課程中有兩位老師也影響你甚深：一位女老師的教學法，她每次都從與學生對談交流開始，讓學生自己說出她預先設定好的主題之相關法語文法句子，再請學生在黑板上寫出來；而且她總是能夠在下課之前，將那天要教的「文法」主題，全部在和學生的對談之下，幾乎是讓學生自己完成，並且是在非常快樂的氣氛之下進行，絕對與大部分教「法文文法」的老師讓學生覺得枯燥無味快要睡著、又完全不明白的狀況相差甚遠。她的教學法使你在日後教法文文法課時，受益不少。

　　另一位是教「文學評論」課程的男老師，你們用的課本相當厚，裡面有非常多不同類別的文選：著名文學家的小說、詩歌、散文選；文學批評家針對某篇文本所作的評論；文學社會學家針對社會上所產生之各種事件所作的觀察、分析、批評；法國國內某些政治事件或政客言論所導引的種種影響社會、百姓的批判等等。你對他所指導的闡釋和分析方法都非常喜歡，讓你在學成之後，也可以較以前更容易進入評論之路。

　　你念了兩年，希望自己能夠透徹學習不同科目的教學方法和技巧。考試那天，是校長親自當主考官，你在台上當

「老師」進行花了幾天時間設計的教學方法，看到校長不時微笑點頭，心中高興，畢竟真的學習到了自己想要的東西。你以特高分數取得文憑。

（h）吳德明和桀溺老師都是二十世紀最著名的漢學家戴密微（PAUL DEMIEVILLE 1894-1979）之弟子。吳老師深入研究並翻譯司馬相如和李商隱，非常透徹；桀溺老師學貫中西，他寫的中文字比很多中國人都好看。他翻譯《古詩十九首》。他常會在研究中國的某一主題時，加入西方於某世紀某年代亦曾進行過的相似主題書寫。你曾翻譯他一篇非常著名的論文《牧羊女與採桑女》，文中將中法兩國的文學作品在相隔萬里與綿遠歲月的狀況之下，仍可找出其中異同之處，考據翔實、論述精湛。

兩位老師對學生都非常好，經常邀請學生到家中吃飯聊天、討論學術上或課業上的問題，教導在法國、歐洲或其他地區的風土人情、文化藝術。

七、

（a）取得第七大學博士學位後，你回淡江中文系和法文系，將自己在外數年所學到的一點一滴，盡量全用到教學和研究之上。比較困難的一點是，在台灣長大的孩子們，大部分的個性或習慣，都是「老師說，我照做」，很少同學願意或敢開口講話，怕被「死當」。

（b）1985年從巴黎返回台北，一位老師講授你離台前所開的「蘇辛詞」，因此，你在中文系開了「詩經」和「世界漢學」，是較「繁複」的課。「詩經」課裡，你盡自己力量，蒐集同一首詩的眾多不同詮釋分析，包括海外西方與大陸及香港的，告訴學生，也會說出自己較認同或自己的

解說。只是大部分學生比較希望只有一種詮釋，認為那才是最好的方法。「世界漢學」是更難開的課，1985年，「世界」是太大了些，「漢學」的範圍、領域也是多樣到難以全部認識認清。在歐洲六年，出席過兩次「歐洲漢學會議」，見過很多不同國家的漢學家，他們研究的主題、題材也是多元、複雜、繽紛；因此你只能選擇自己最熟悉、認為較重要的來介紹，希望能啟發或引起同學們的興趣，畢竟每週才兩小時，要周全地細膩地詳盡加以「討論」，似乎太難了些。

上法文文法課時，即使使用你認為較理想的、活潑生動的教學法，他們都會說：「老師，你這種教法我們都不習慣，你必須將今天要教的文法主題寫在黑板上，將所有重點一項一項列出，否則我們完全不知道怎麼學習，怎麼考試。」

這種情況下你只能針對不同的班級、試著以數種不同的教學法融合在一起，讓學生和自己的互動可以更圓融和樂，付出和吸收都更豐富更容易些。

(c) 1986年，你在輔仁大學法文系開有「法國文學史」，後來又在法文研究所加開「翻譯」；在東吳大學社會學研究所開了「文學社會學」，是在台灣第一位開此課的教師。1989年，你將法國文學社會學裡五種重要的研究理論和方法詳細闡釋分析，並將高德曼的「發生論結構主義」應用到分析蘇東坡的四闋詞，做了最新最大膽的嘗試。你請臺靜農老師為書名題字，出版了《文學社會學》。

(d) 在淡江的法文系後來開了四年級的「翻譯」，你終可以用在中法中學時阮金鳳老師的那種教學方式，非常細膩地和學生進行深入每一「新」的生字生詞尋索其「根」，並翻譯比較多樣、主題多元的文本。現在回頭去看，你很訝異

的發現，只有那幾年，四年級的學生曾翻譯過LE MONDE
報上刊登的、與雷根、布希、高爾、柯林頓有關的選舉
或政治新聞、與香港1997回歸前後的相關問題、女作家
COLETTE的文學作品、福樓拜《包法利夫人》中的片
段、和美食有關的分析與介紹、以及當時法國的社會新聞
等等；同學們細心的將作業處理得完整週全，顯現出其心
思縝密的態度與模樣；尤其在學期結束前，讓他們進行一
份期末報告時，他們總會尋找那時在法文報章雜誌上刊
登的最熱門題材，將之翻譯、分析、尋根，做出最完美
的報告。

（e）2009年，在輔大法文研究所的「翻譯」課，你讓學生譯
了一篇介紹和評論與分子料理相關的文章，他們驚訝地發
現歐洲不同的美食天地。之後你也開了些與飲食有關的課
程；雖然在台灣開此課的學校和系所很多，但每位教授強
調的特色都不一樣。有一次你在台中與一位在大學裡開美
食課的老師剛好在一起。你說要去「樂沐」吃飯，她聽說
是法國菜，也要跟去。你才曉得她住美國多年，但從未進
過法國菜餐廳，從未見過一家稍微有個樣子的餐廳，從未
吃過法國菜，也不太會用刀叉，當然更不知道怎麼吃「法
國菜」了。

你想起還在巴黎讀書時，一位台大系主任到巴黎。他第
一天要求吃中國菜，第二天站在香榭大道上，大聲說要吃
BURGER KING，並很瞧不起你的樣子叫著：「難道你不
知道BURGER KING是全世界最好吃的東西嗎？」

2005年，你在政大「外語中心」開了「越南語文」
課，將你自小就會的「母語」教學，而且，你相信，大概也
很少有哪一位老師像你能講北越話、中越話和南越話三種不
同發音的語言，並和你一樣擁有通過「越南全國會考」考取

的「小學」、「中學第一級」（其實是「第一級中學」）、
「高中秀才一」、「高中秀才二」和大學學士文憑的了。

之後，你在淡江也開設有「越南文化與語言」課程至
今；除了教導越南語文之外，更重要的還是講解和介紹中越
文化關係密切及深受法國文化影響的越南文化，但同時保有
獨特的越南民族色彩。

在淡江中文研究所的課也較多元多樣，與現代文學、現
代詩、性別論述、飲食文化等等相關。

八、

（a）自小喜愛並習慣到處流浪的你，還在台大念書時，即已常
常各處去跑。沒多久，你幾乎已跑遍整個台灣。有一次，
你到台南善化，傍晚時分，搭上公路局經過「月世界」往
高雄旗津去。單獨一人在有些怪異氣氛模樣的「月世界」
裡，儘管人在汽車上，還是覺得有些詭異。另一次，你在
天祥坐了一部計程車到台中去，雖然沿途都是令人心怡的
美景，然而橫貫公路畢竟不是平坦大道。那時你也常去蘇
澳花蓮，也都單獨坐公路局司機右邊的那個座位，在彎來
彎去的路上，很多次你都以為快掉入那美麗太平的「太平
洋」中。

一大群人同遊和單獨去旅行感受完全不同。人多畢竟嘈
雜、意見多、等來等去、有些人脾氣又不怎麼好；雖然單獨
難免落寞，心事無法訴說，全部都由自己一人咀嚼一人吞
嚥；但你還是寧願孤單也不喜歡那種過分濃厚不屬於自己的
「邊緣」氛圍。

（b）越南的許多地方你也走過，除年輕時的「自由」行之外，
1973年暑假，阮文紹政府招待海外歸國省親學生、為未來

建設國家而鋪路的「南越祖國國土觀察團」，這也讓大家看了大半的南越國土。回不去之後 （因1975年4月30日南越遭「解放」），北越部分，只能等待未來再說。未來的一切，都是在「可能」與「不可能」之間徘徊、等待發生的。

1994年三月底四月初，你離越21年後再次回去。除淚流整整一週未停和在頭頓所謂「四星」的海鷗旅店被一隻蜈蚣（後來你解釋成那是等了20年的前世冤家）於半夜三點整在你後背咬上四大口之外，你終於也能到北越以及整個越南的其他地方。之後你每年總要回去一次或兩次。

（c）到巴黎讀書之後，「自由」行的空間更大了。第一，CROUS經常辦活動，你或許參加一次出遊，或參觀知名畫家（例如莫內、畢卡索等等）的畫室與故居和日式庭園或在蔚藍海岸的住家與工作室、或知名音樂家（例如拉威爾等等）故居、或到蔚藍海岸待上數天的假期、或到古堡群區、或參觀某大教堂等等。第二，你也常常自由自在的單獨前往你想去之處，除了共產國家之外。1982年你第一次到美國待兩個月，在許多知名圖書館蒐尋各類在台灣與法國無法覓著之資料，從巴黎起飛先到紐約（哥倫比亞大學、紐約大學）、紐澤西（普林斯頓大學）、波士頓（哈佛大學燕京圖書館）、馬里蘭（馬里蘭大學）、華盛頓DC（國會山莊圖書館），舊金山（史丹佛大學與胡佛中心、柏克萊大學）、洛杉磯（UCLA）等等，再飛往休士頓、重回波士頓、紐約與巴黎。你都可以在機場尋到往市中心去的巴士，盡量避免勞累朋友接送。

（d）1983年暑假，為了能到義大利觀賞你期待已久的藝術文化和美麗風景，你必須申請簽證。在那個年代，幾乎沒有任何一個華人學生能申請得到簽證。你花了近一個月的時光來進行。你到巴黎的義大利領事處排長龍進去呈遞表格

證件，等待。一週後的每一天上午，你都排隊進去問，回答是：「羅馬還未批下」。下午他們不上班，你改打電話去問，依舊「羅馬還未批下」。你如此進行了快一個月。

一天上午，你仍然像平常那樣排隊進去再問那位小姐，她仍回答：「羅馬未批下，不過你真的想去的話，我批給你」。你聽了嚇一大跳，她說：「我就是副領事，我給你簽25天，夠嗎？」你眼淚快掉下來，因為連續那麼多天，你一再跟她解釋你是獎學金生，來法國讀書，又不會講義大利話，只因仰慕義大利藝術、文化，才申請去旅遊，又訂了火車票和住宿之處，你拿給她看你付了錢的訂單。你的誠心感動了她，終於答應了，而且你自己本來還以為她只是辦事人員。

你一人單獨去流浪20天。從巴黎先到羅馬再往回走到翡冷翠（佛羅倫斯），往北再往東十二個城市，帶著詳細介紹導引的MICHELIN旅遊書，仔細地參觀每一城市鄉鎮。那一天，在羅馬火車站等待火車往翡冷翠，那個年代的義大利火車從未準時過，你等了一個多小時之後，火車靠站了，大家往前衝向火車，看到座位就趕快坐定。

你坐的是一個古典車廂，旁邊是一位美女，再過去是一位老太太，對面一排是好幾位年輕男孩。大家很高興。火車離站開走。不久，進來一位列車長查票，對面的第一位男生馬上離開座位和車廂。接著對面的第二位男生也離開座位和車廂，全部四位男生都同樣命運。列車長轉過來，先查老太太的票，客氣的交還給她，再查你身邊美女的票，又客氣的謝謝。接著，他微笑的看著你，點點頭離開車廂。

你問美女：「為何對面男生都要離開？為何他不查我的票？」美女說：「因為他們買的是二等車廂的票，這裡是頭等車廂。而你嗎？因為他看到你跟我聊天聊得很愉快，就認

為不必查你的票了。」原來如此。你才坐定就和美女英文老師聊得特別投契，讓列車長以為你也「頭等」有錢！

你們兩人從羅馬一直聊到翡冷翠，話題從國家大事到生活小事：語言、文字、教育、音樂、宗教、風俗等，不同國家不同民族的不同特色；你下車前還與她交換姓名地址電話。晚上你看著她的地址，翻查MICHELIN，原來她住的城市是茱麗葉羅密歐的故鄉呢！你立刻跑到翡冷翠火車站，找到公共電話亭，放入幾個銅板，撥她的號碼：「我一定要在去威尼斯之前，先到你的VERONA。」她很高興。你在翡冷翠及附近重要城鎮都欣賞完之後，跟她約定時間。她到火車站接你，帶回她家。她住的是一個豪華的公寓，建材及家具全是高級大理石，門口站著一位衛兵守著。她說：「因為這裡住了一位重要人物，沒有我帶著你，你自己是進不來的」。你們去看了VERONA羅馬圓形競技場，看了茱麗葉故居及其石棺，看了全城最美麗的廣場、美麗的建築、美麗的河流。她帶你去超市買菜，並說：「我一定要烹調我們VERONA有名的小牛肉菜給你吃，我們還要喝酒。」

你度過了一個不可預先想像、不可思議的VERONA之旅，有一位在從羅馬往翡冷翠的火車上與你邂逅、又投緣交談的義大利美女英文老師、與你在一起、並且是在她的故鄉她的住宅裡愉快地認識了彼此，同時還希望可以將這份友誼維持下去。你認識了VERONA，認識了一位優雅的義大利女性，認識了絕美的情誼。

（e）1985年七月，你從巴黎飛伊斯坦堡，待了四天，每天除了參觀欣賞不完的博物館和清真寺之外，你就是在渡輪上，歐洲亞洲來回。然後，在伊斯坦堡登上一部客運車，從歐洲往亞洲去，從土耳其北部往南穿越整個土耳其，抵達土耳其敘利亞邊界。原本賣車票的男子說只需24小時，你卻

花了34小時才抵達今日（2016年8月）已被炸得全「無」的ALEPPO。你也從北到南、從東到西盡可能去欣賞另一種風光和文化。你最愛的是PALMYRE沙漠，在最美的古羅馬廢墟遺跡前，你騎著單峰駱駝，最後停住，癡癡的凝視兩千年歲月，緩緩逝入絢美的夕陽裡。2001年八月，你攜著九歲女兒再次從巴黎進入敘利亞，在45度的氣溫裡重做一次1985年的動作。帶她上KRAC DES CHEVALIERS十字軍東征碉堡時，你指向遠處西南邊，告訴她八公里外就是黎巴嫩，上一個世紀你很想去那兒流浪時，那兒一直在戰火中，無法成行。

（f）你流浪過的地方太多太多，以前常從台北到舊金山再往東再往東，從紐約抵巴黎抵維也納抵曼谷再回台北，或反方向飛。2001年9月11日後，你至今未再踏上美國一步。

　　2016年6月20日至9月18日，你抵巴黎待數天，和女兒去BASTILLE歌劇院欣賞歌劇「阿伊達」（AIDA），非常精彩；往諾曼第住六天，回巴黎三日後到倫敦和劍橋住六天，特地和女兒去觀賞已熟到不能再熟的「歌劇魅影」；回巴黎，過兩天再到瑞士日內瓦待四天，再往義大利米蘭與女兒上大教堂在屋頂上散步，回VERONA重溫當年舊夢，再往威尼斯每日坐船，在經典雅緻的咖啡廳FLORIAN待一下午，聽那小樂隊每日演奏你少女時代的TANGO樂曲及其他，凝視那位高高的小提琴手，一臉落寞的模樣挑逗你身處異鄉的孤寂，看太陽每日升高落下隱沒，在如夢如幻如癡如迷的晃蕩水面之上。

（g）回巴黎幾天，你去看葛諾作品改編的「風格的鑄鍊」舞台劇第三或第四次。八月四日搭TGV到阿維濃，八月六日與家人特地到ORANGE，在逾兩千歲的古羅馬劇場欣賞歌劇「茶花女」，看著扮演男主角父親的多明哥在舞台

上；上次你看到舞台上的他時，是哪一年哪一月哪一日啊！？而2015年9月8日那天，夜涼如水，星光閃爍，在巴黎INVALIDES的寬闊空地廣場上，拿破崙雕像高高豎立在那兒，與全場數千觀眾及你欣賞了更繽紛更華麗的「茶花女」！之後，你在普羅旺斯的許多小城重溫二十世紀時你來過多少次的溫馨歲月與青春的波希米亞：例如逾兩千歲的古橋PONT DU GARD，例如曾住過那小樓如今卻當活廣告的梵谷之ARLES，或NIMES、或中世紀古城LES BAUX、或FONTAINE DE VAUCLUSE，等等以及等等。

（h）兩週後回巴黎，你又於八月二十四日準備前往德國柏林、萊比錫、紐倫堡，和奧地利的薩爾斯堡、HALLSTATT和維也納等地待上兩週。

那年，柏林圍牆倒下，大弟載著你從巴黎往柏林，在已無海關人員的東柏林海關崗哨和西柏林崗哨進入西柏林、再從西柏林過河進入東柏林，看著兩德小老百姓的歡心、西柏林的富裕和東柏林的貧困。圍牆被敲下的小小碎塊被喊價十馬克一塊，購買最多的大概是美國觀光客。一攤一攤東德軍人的軍服、軍帽、各種軍用徽章和軍隊各種用品，全變成「貨物」販售。幾十年的血和淚為誰而流？為何而流？流向何處？牆上的斑斑血色是哪一年哪一天哪一時刻哪一位敢死的無武器之人、可憐的成為有目的有命令有武器的人瞄準掃射的「戰利品」啊！冰天雪地或酷熱炎夏，春花怒放或秋葉紛飄，不同季節裡的哀傷卻永遠凝固在那一瞬間。

那一年，1989，大弟載著你遊過六國，你是他最好的認路者，在奧地利遇見多瑙河後，你們沿著河邊一路開到維也納，你還是小女孩時最愛唱的「藍色多瑙河」，也一路跟著飄灑在河面，歌聲一樣，卻添了多少哀愁滄桑。

流浪復流浪，不論在哪一座城鄉哪一國家哪一地域，你

都要尋找夜裡可睡的「旅」館，夜夜如此啊！

（i）你現坐在VAPIANO餐廳，萊比錫城內，看著外頭五、六條路交岔處，不時開過來開過去悅目的電車，左彎右轉，或在你前面不遠處的橫路滑過去。歌劇院就在左邊。天空晴藍。氣溫30度C。巴哈、孟德爾頌、舒曼、克拉拉舒曼就在你前後左右，樂聲音符也隨時飄過來飄過去，在你耳邊心上腦裡。

你拎著你永遠無法結尾的散文，在一個一個城市不斷進行、不斷繼續、不斷延伸。德國是你在二十世紀八〇年代九〇年代經常來旅行的國家，整個西德在你弟弟還未走之前，就經常與他重回已流浪無數遍的偏愛之城鎮、鄉村。

然而，今日，你仍在飄流，而他，他在哪裡？

（j）她未滿周歲時，你已拎著她飛往香港，待了一週。她是一個不愛哭的孩子，也不怕生。到任何地方去，都會笑嘻嘻的。就算生病看醫生打針，也絕不哭。

一歲三個月大時，先到香港幾天，再開始歐洲之旅。

抵達巴黎幾天之後，一站一站的跑。一天，到了一個海邊小城，牽著她的小手走呀走的，突然，她停下來不動。你也不知為何她不願意繼續走，臉上還擺出一個奇怪的表情。你喊她、叫她、她全不理你。你在她身邊轉過去、轉過來，還是搞不懂她這個模樣的原因。然後，你抬起頭來，突然看到她後頭正站著緊張大師希區考克，她臉上的表情跟他一模一樣，肩膀上還停著一隻鳥的雕像，那正是電影「鳥」裡頭的畫面。你大笑起來。有一些遊客也慢慢圍過來，看著一個小小東方女孩學著電影大師正經八百的模樣，大家都笑出來，越聚越多。她卻仍一本正經的完全不動不笑，維持後頭那座雕像的表情，一前一後，一真人一雕像，一東方小女孩，一美國緊張大師。

到義大利威尼斯後，不停晃盪的水面是你們的浪漫。沒

有汽車的水都，逍遙如此。牽她小手，走呀走的；唱你12
歲就會的義大利情歌給她聽，才剛剛會幾個音的她也呀呀地
重複。在迷宮似的小街小弄彎來轉去，上橋下橋，看到任何
新奇好看的手工藝品、尤其第一次見到的各種花樣和表情都
有的面具時，都停下來，咿咿呀呀的問；在華麗咖啡廳前聽
到樂隊演奏音樂，站住隨著節奏擺動跳舞；在聖馬可大教堂
前的聖馬可廣場，跟著鴿群小跑。然後，登上小舟，和你一
起晃入夜裡，在如醉如夢的月光之下，水色之中。

　　三歲半時，她隨你待在巴黎大半年。那時你申請到國科
會的補助，到巴黎進行六個月的研究。

　　你當時住在北邊郊外LA COURNEUVE。你每天一大
早將她放在電車總站附近的幼兒園，傍晚再去接回來。一整
天的時間，你到巴黎高級師範學院蒐集法國文學理論和法國
文學資料，同時也去上CRITIQUE GENETIQUE的課，忙
得昏頭轉向。有的課是在晚上上的，你還得找人幫忙看她。

　　十一月，你要去捷克布拉格訪問，帶著她一起去。早上
八點的飛機，五點要起床整理出發。她完全乖乖配合。

　　十一月多布拉格居然下雪。那天，你們母女倆出來，她
當然坐在推車上，你推著往查理大橋走。許多人都躲雪去
了，只有你們倆在白雪茫茫的空間裡瀟灑自在。橋上遠遠地
看到只剩一個人，還在擺畫賣。她說要看，你推過去。她看
了看，指著其中一幅說喜歡，希望你能買給她。你問賣畫者
價錢，並說因女兒喜歡、要買來送她。賣畫的人很訝異，看
著坐在推車內的外國小小女孩，興奮地說他是畫此畫的人，
一定要送給小知音，堅持不肯收錢。你在紛飛的白雪下為他
們兩個和畫攤拍了兩張照片。心底感動。

　　1995年還非常中世紀的布拉格，你1991年來時還未被
染上別的顏色的絕美之城，已開始出現兩家麥當勞在「香榭

大道」的頭和尾。

你去查理大學為他們講「台灣文學」的那天下午，她跟著去，但待在另一教室，安靜的等待。

講演結束後，從查理大學出來，黃昏時分，往最古老最清靜最典雅又曾經發生過多少歷史事件的大廣場走著走著。你本來給她買了一只木頭玩具，相當俏皮可愛的小老鼠，她拉著牠一起前進時，牠手裡就會一前一後、一上一下叮叮咚咚敲著眼前的小鼓。

那個黃昏，廣場上沒有幾個人，一老一小的東方臉孔在淡淡的暮色裡，從廣場的這一頭走向另一頭，小小姑娘手裡牽著一隻打鼓小鼠，在廣場正中心時，鼓聲揚向四周無邊的空間，彷彿永遠不會停止的隱約迴音，無限飄逸。

空曠無人的古老大廣場，布拉格十一月某日無邊的暮色，在深秋的無邊靜謐裡，兩母女有節奏的腳步聲，伴著小木鼠有節奏的小鼓聲，特別清脆動人。

1995年聖誕夜，你們在蒙馬特聖心堂。出來之後，就在畫家廣場旁邊一家大餐廳的外面，裡頭許多客人歡度他們的佳節；飯後正演奏起快樂樂曲，他們翩翩起舞。你對她說，我們一起跳舞吧！今夜是平安夜聖善夜啊！在寒意稍重的星光之夜，在特別好看的白色聖心堂旁邊，母女倆互相貼著，隨著裡面傳出來的圓舞曲音樂，轉著轉著，樂音、詩意，轉著轉著，令人迷戀的圓舞。母女倆在美麗花都第一個聖誕節平安夜，溫馨浪漫地度過。如此難忘。

她六歲那年暑假在舊金山，你帶著她每日從郊外搭巴士進城，再轉地鐵到你們想去之處。那天上午，在金門大橋邊上，兩人決定走路過橋。舊金山永遠微涼的清新空氣、晴藍天空、湛碧海洋，兩母女手牽著手走上那座經典大橋，自由自在。你心裡的感動無法用言語表達。六歲的小人兒可以在

任何空間和你度過許多不可思議的美好時光，只有溫馨細緻，沒有雜音異見。世上有哪一對母女可以如此瀟灑逍遙，從她零歲開始至今啊？你們快樂地呼吸舊金山的空氣、快樂地童言童語，走到橋的另一端，再慢慢地望回走，繼續你們前世已定的永恆結伴流浪，東方西方，地北天南。

（k）2004年10月初，解瑄邀請你和她一起介紹巴黎，在國家劇院的實驗劇場演出，女兒也跟你同時出場。

　　小學時最愛玩冰上曲棍球的女兒，進場時穿著那時正流行、後跟有一小單輪的HEELYS鞋，瀟灑地滑溜了好幾圈，然後停站在台上的你面前，以法語和你先聊幾句並談起巴黎；在解瑄的鋼琴伴奏聲中，銀幕上正播放你們在巴黎「銀塔」餐廳吃飯、和多處母女同遊的詩中美景照片、有你正在朗誦法國詩人APOLLINAIRE之〈LE PONT MIRABEAU〉、有你正在演唱〈LA VIE EN ROSE〉和〈LES FEUILLES MORTES〉、有你朗誦自己寫的與巴黎有關的作品；你吟誦〈鏡中之花〉時，與女兒一步一步往觀眾席的階梯上去，靜靜離開舞台。

（l）至目前為止，你生命中遇到不少好人、貴人，然而能與你時時流浪天涯、到許多不同國家、不同城鎮、一起度過各種狀況或欣賞美景、同享美食、觀賞各地各類歌劇戲劇音樂舞蹈的人兒，二十幾年來，她應該是唯一會跟你常常快樂同在，讓多少夢幻似的氛圍場景、浪漫的心境情緒環抱你們、翻騰心中、永存腦海。感謝上蒼！

九、

（a）如何進行一篇關於自己的書寫？對你來說，真是難之又難。

　　最早被要求寫一篇關於自己的「散文」和一份關於自己

的「年表」，你寫幾個字，扔掉；再改一個樣子，寫了幾頁，覺得「難看之極」，又扔了。你扔來扔去也不知道改了多少、扔了多少。一延再延、一拖再拖。最後，你說，我還是不用分開「兩」份來寫，我「合」在一起，行吧？

你「合」在一起，到底是「散文」，還是「年表」？是「散文」和「年表」的「結合」？還是「散文」和「年表」的「暫時共和」？或是「同床異夢」？或是「各說各話」？或是「什麼都不是」？

你也用了「你」。隔了兩天，覺得實在「無聊」，不如「你」「我」「她」「您」都來吧。試來試去，最後又扔掉，因為，到底哪一階段哪個時期哪件事情哪個原因哪個哀傷哪個歡樂才用哪　一個「人稱」啊？

最後，一面寫，一面改，一面在台北，一面在旅行，一面在流浪，一面在此處，一面在到處；可是還是還有想寫又沒時間沒心情沒機緣寫出來的許多許多事情、心境、等等。再說吧！"ROLAND BARTHES PAR ROLAND BARTHES"，如何？又如何呢？

(b) 此「書寫」或「文本」或「？」寫了很長的幾個月，於台北、香港；法國巴黎、諾曼第；英國倫敦、劍橋；瑞士日內瓦、GLAND、GRUYERE、VEVEY；義大利米蘭、VERONA、威尼斯；法國普羅旺斯AVIGNON、ORANGE、NIMES、ARLES、PONT DU GARD、LES BAUX、FONTAINE DE VAUCLUSE……德國柏林、萊比錫、紐倫堡；奧地利薩爾斯堡、HALLSTATT、維也納；法國巴黎等地；一點一滴的累積，思維、思考、記憶、回憶、記事、記錄，比行程更多元、多樣、繁複、糾葛，在不同的旅館、在飛機上、在火車上、在每個城市的地鐵、公車、電車與各種類型完全不同的餐廳、咖啡廳、

公園、候機室、火車站，從無星、一星、二星到三星，
與眾多不同民族的各種文化融化融合在一起的「暫時結晶」。

（c）還未寫的，會再努力。

（d）至於「結尾」？你說呢？

（e）何日何時完成？未知。

於巴黎　2016/09/15

釀文學210　PG1680

 血仍未凝：尹玲文學論集

編　　者	楊宗翰
內文編校	廖紫如
企劃執行	淡江大學中文系 編採與出版研究室
責任編輯	鄭伊庭
圖文排版	周政緯
封面設計	葉力安

出版策劃	釀出版
製作發行	秀威資訊科技股份有限公司
	114 台北市內湖區瑞光路76巷65號1樓
	電話：+886-2-2796-3638　傳真：+886-2-2796-1377
	服務信箱：service@showwe.com.tw
	http://www.showwe.com.tw
郵政劃撥	19563868　戶名：秀威資訊科技股份有限公司
展售門市	國家書店【松江門市】
	104 台北市中山區松江路209號1樓
	電話：+886-2-2518-0207　傳真：+886-2-2518-0778
網路訂購	秀威網路書店：http://www.bodbooks.com.tw
	國家網路書店：http://www.govbooks.com.tw
法律顧問	毛國樑　律師
總 經 銷	聯合發行股份有限公司
	231新北市新店區寶橋路235巷6弄6號4F
	電話：+886-2-2917-8022　傳真：+886-2-2915-6275

| 出版日期 | 2016年12月　BOD一版 |
| 定　　價 | 350元 |

國家圖書館出版品預行編目

血仍未凝：尹玲文學論集 / 楊宗翰編. -- 一版. -- 臺北
市：釀出版, 2016.12
　　面；　公分. --(釀文學)
BOD版
ISBN 978-986-445-163-0(平裝)

1. 尹玲　2. 新詩　3. 詩評

851.486　　　　　　　　　　　　105019188

讀 者 回 函 卡

感謝您購買本書，為提升服務品質，請填妥以下資料，將讀者回函卡直接寄回或傳真本公司，收到您的寶貴意見後，我們會收藏記錄及檢討，謝謝！
如您需要了解本公司最新出版書目、購書優惠或企劃活動，歡迎您上網查詢或下載相關資料：http:// www.showwe.com.tw

您購買的書名：＿＿＿＿＿＿＿＿＿＿＿＿＿＿＿＿＿＿＿＿＿＿

出生日期：＿＿＿＿＿年＿＿＿＿＿月＿＿＿＿＿日

學歷：□高中 (含) 以下　　□大專　　□研究所 (含) 以上

職業：□製造業　□金融業　□資訊業　□軍警　□傳播業　□自由業
　　　□服務業　□公務員　□教職　　□學生　□家管　□其它＿＿＿

購書地點：□網路書店　□實體書店　□書展　□郵購　□贈閱　□其他

您從何得知本書的消息？

　□網路書店　□實體書店　□網路搜尋　□電子報　□書訊　□雜誌

　□傳播媒體　□親友推薦　□網站推薦　□部落格　□其他＿＿＿＿

您對本書的評價：(請填代號　1.非常滿意　2.滿意　3.尚可　4.再改進)

　封面設計＿＿＿　版面編排＿＿＿　內容＿＿＿　文／譯筆＿＿＿　價格＿＿＿

讀完書後您覺得：

　□很有收穫　□有收穫　□收穫不多　□沒收穫

對我們的建議：＿＿＿＿＿＿＿＿＿＿＿＿＿＿＿＿＿＿＿＿＿＿

＿＿＿＿＿＿＿＿＿＿＿＿＿＿＿＿＿＿＿＿＿＿＿＿＿＿＿＿＿＿＿

＿＿＿＿＿＿＿＿＿＿＿＿＿＿＿＿＿＿＿＿＿＿＿＿＿＿＿＿＿＿＿

＿＿＿＿＿＿＿＿＿＿＿＿＿＿＿＿＿＿＿＿＿＿＿＿＿＿＿＿＿＿＿

11466
台北市內湖區瑞光路 76 巷 65 號 1 樓

秀威資訊科技股份有限公司　　　收

BOD 數位出版事業部

....

（請沿線對折寄回，謝謝！）

姓　　名：＿＿＿＿＿＿＿＿　年齡：＿＿＿　性別：□女　□男

郵遞區號：□□□□□

地　　址：＿＿＿＿＿＿＿＿＿＿＿＿＿＿＿＿＿＿

聯絡電話：(日)＿＿＿＿＿＿＿＿　(夜)＿＿＿＿＿＿＿＿

E-mail：＿＿＿＿＿＿＿＿＿＿＿＿＿＿＿＿＿＿